Nils Mohl
Es war einmal Indianerland

Roman

Rowohlt Taschenbuch Verlag

2. Auflage September 2012

Originalausgabe
Veröffentlicht im Rowohlt Taschenbuch Verlag,
Reinbek bei Hamburg, Februar 2011
Copyright © 2011 by Rowohlt Verlag GmbH,
Reinbek bei Hamburg
Lektorat Christiane Steen
Umschlaggestaltung any.way, Barbara Hanke/Cordula Schmidt
(Abbildung: © Raphael Schils)
Foto des Autors: privat
Satz aus der Apollo PostScript, PageOne, bei
Dörlemann Satz, Lemförde
Druck und Bindung CPI – Clausen und Bosse, Leck
Printed in Germany
ISBN 978 3 499 21552 0

für meine Schwester Wiebke

Dieser Roman spielt zum Teil an einem Ort, der an den Hamburger Stadtteil Jenfeld erinnert. Außerdem erinnern bestimmte Begebenheiten der Geschichte womöglich an Ereignisse, die dort (oder ganz in der Nähe) wirklich stattgefunden haben; diese fiktiven Begebenheiten sollen mit den realen Vorkommnissen nicht verwechselt werden, selbst dann nicht, wenn sich der Wortlaut der Zeitungstexte im Roman zuweilen an Originalberichten der lokalen Presse zu entfernt ähnlichen Fällen orientiert. Gleiches gilt, wenn dem Personal des Romans Parolen oder Worte in den Mund gelegt werden, die in anderen Zusammenhängen von realen Personen öffentlich geäußert wurden. Leben und Ansichten der Figuren sind freie Erfindungen. Wie vermutlich alles. (Jenfeld eingeschlossen.)

Ich brauche ein Auto, ich brauche Geld, ich brauche Schlaf. Was ich habe, sind eine Mütze, noch 5 Tage Sommerferien, die Bohrmaschine von Edda. Edda macht mir zu schaffen. Jackie sowieso. Hat mir nach allen Regeln der Kunst den Kopf verdreht, letzte Woche erst. Jetzt ist sie weg. Feiert die nächsten Tage beim Festival an der Grenze – nein, beim *Powwow* (welche Art Veranstaltung auch immer das sein mag). Mauser ist ebenfalls weg. Und ich? Ich hocke hier. Raten Sie mal, wie ich mich fühle. Und wenn Sie schon dabei sind, dann geben Sie doch ruhig noch einen Tipp ab, warum mich dieser Häuptling seit neuestem zu verfolgen scheint: langes blauschwarzes Haar, Adlerfederkrone (volle Kanne Wildwest: zum Totlachen, haha). Aber was ist das überhaupt für ein Indianer? Taucht hier auf, taucht da auf und bekommt die Zähne nicht auseinander. Mein roter Bruder. Das Unfassbarste – Sie wissen es ja: Zöllner hat seine Frau umgebracht. Erwürgt im Streit. Zöllner! Gibt es bloß zwei Kategorien von Erwachsenen? Erwachsene sind Mörder oder Leichen. Zu einfach? Dann erzähle ich Ihnen nochmal, was Zöllner gesagt hat, bevor er getürmt ist: *Die blöde Kuh hat einfach nicht verstehen wollen, wie sehr ich sie geliebt habe.* Das waren seine Worte. *Wie sehr.* Woher ich das so genau weiß? Mauser war nach dem Mord bei Zöllner. Allein. Mauser: Zöllners Sohn.

I. KRIEGER

Die Geschichte von Mauser — und Jackie

Mittwoch bis Mittwoch
(REWIND | rückspulen)

◀◀

|Kalender

Mittwoch
Die Videothek.
Zwei Überfälle. Das Freibad.
(Die Razzia.)
(Noch 12 Tage Ferien.)

Donnerstag
Taxifahrt.
Das Viertel am Fluss.
Eine Lektion für die
zwei kleinen Cowboys.
(Der Eiertanz.)
Baustelle. (Ferienjob.)
Der Zigeuner. Kampfansage.

Freitag
Post. (Eine Karte.)
Die Kundgebung.
Im Fesselballon.

Samstag
Schnürhalbschuhe.
Die Kolonie am See. Vier
Runden im Ring.

Sonntag
Strand.
Regen Regen Regen.
(Der Mord.)

Montag
Abschied vom Chef.
Observation.
(Noch eine Karte.)

Dienstag
Der Tatort.
Fahndung.
Das Baumhaus. (Nacht.)

Mittwoch
(Wieder ein Mittwoch).
Die Villa. (Noch nicht
zum *Powwow*.)
Die Bohrmaschine.
Die Autobahnbrücke.
(Manitu.)
(Noch 5 Tage Ferien.)

| zurück: Sonntag, noch 8 Tage Ferien
Tropfensalven wühlen das brackige Wasser des Flusses auf. Je länger man schaut, desto schaumiger und unruhiger wirkt die Oberfläche. Ein wildes Brodeln. Reinste Weltuntergangsstimmung. Da lässt sich nichts schönreden:

— Hunde und Katzen, sage ich.

Es puckert und klopft in einer Tour gegen den Schirm meiner Mütze. Ich ziehe sie tiefer in die Stirn. Rücke mit dem Hintern auf dem durchnässten Sand näher an das von mir gebuddelte Loch heran. Die Bandagen an meinen Händen erinnern an Kleidungsstücke, die man ungeschleudert aus der Waschmaschine holt.

— Die kommen nicht mehr, höre ich Mauser sagen.

Seine Stimme: weit weg, undeutlich (wie die hallenden Worte eines Predigers in einer halbleeren Kirche). Selbst meine eigene Stimme klingt im Kopf seltsam hohl wegen des Geprassels.

— Ja, es schüttet Dobermänner und Säbelzahntiger, sage ich.

Baggere eine Handvoll Matsch an die Oberfläche. Mein Arm schwenkt aus: Das Zeug tropft auf die Zinne der Tropfburg. Mauser:

— Die Sache ist ein Flop, ein Fiasko, eine Honigdusche im Bärenzwinger.

— Dusche ja, Honig nein, sage ich. Beschirme mit der Hand die Augen, spähe flussaufwärts. Der Strand, die Promenade: menschenleer. Das Einzige, was sich im Moment bewegt, sind die struppigen Büsche vor der Flutschutzwand. Ihre Ästchen: winkende Arme (wie die von Zuschauern beim Rodeo). Mauser:

— Und dafür fährt man jetzt durch die ganze Stadt, einmal von der einen zur anderen Seite.

— Dafür natürlich nicht.

Ich schnippe mit dem Nagel des Zeigefingers gegen eine Tropfburgzinne, schaue den auseinanderstiebenden Sandteilchen beim Auseinanderstieben zu. Wende mich um, linse im Sitzen über die Schulter.

Zum x-ten Mal der Kontrollblick zur Treppe.

Vom Strand führt sie vorbei an Ziergärtchen und schmucken Häuschen mit verwaisten Hochterrassen den grünen Hang hinauf. Ein verschwommenes Bild (wie frisch hingetuscht mit zu viel Wasser).

Nichts.

Niemand zu sehen. Nur Regenlachen auf den Steinstufen, aus denen (sehr malerisch) in einem fort winzige Fontänen aufspritzen.

Was habe ich erwartet? Dass Jackie hier bei diesem irren Wolkenbruch in Regenmantel und Gummistiefeln aufkreuzt? Wir dann Hand in Hand über Pfützen springen, uns an einer Bushaltestelle oder sonst wo unterstellen und sie mir mit geneigtem Kopf dort einfach nur becircend in die Augen schaut, während sich unsere vom Regen feuchten Münder aufeinander zubewegen. Habe ich das erwartet?

Nicht wirklich, stimmt's?

Stimmt leider nicht.

— Anderthalb Stunden, rechnet Mauser mir vor.

— Es ist Juli, sage ich, es sind Ferien, und warum nicht anderthalb Stunden an einem warmen Juliferientag am Strand verbringen?

Meine Nasenspitze fühlt sich kalt an, ansonsten ist

gegen die Temperatur tatsächlich wenig einzuwenden. Speziell nach diesen affenheißen letzten Tagen.

– Pffft, macht Mauser.

Er hat natürlich nicht gesehen, wie Jackie seine Trainingsjacke mit beiden Händen umklammert hat, um ihr sommersprossiges Gesicht hineinzuhalten in den Stoff. Wie sie daran gerochen hat. Vorgestern ist das gewesen. 150 Meter über dem Boden. Ein paar Minuten bevor wir uns für den Strand verabredet haben.

Er hat sie nicht im Matrosenkostümchen bestaunen dürfen.

Nicht im Bikini am Beckenrand im Freibad.

– Fünf Minuten noch, okay?

Ich schaufle eine letzte Ladung Matsch aus dem Loch auf die Tropfburg, eine sehr große Ladung. Einer der Türme sackt zusammen. Ich planiere die Stelle mit dem Fuß, nachdem ich mich erhoben habe.

Ein Käfer kommt dabei zum Vorschein. Bauch oben und paniert vom Sand, liegt er da, alle sechse von sich gestreckt: schwarz, kakerlakengroß, tot. Mauser:

– Finde dich damit ab, Jackie sitzt jetzt im Trockenen, in einem behaglichen Villenzimmer mit flauschigem Flokati-Teppich, während der Regen gegen große Fensterscheiben trommelt. Die setzt heute keinen kleinen Zeh mehr vor die Tür.

Ich nicke. Wische mir die sandigen Hände, so gut es geht, an den triefenden Hosenbeinen ab. Meine Klamotten kleben auf der Haut.

– Feste Behausungen, sage ich, sind schon eine tolle Erfindung.

– Absolut, da lässt es sich ganz prima aushalten bei so einem Wetter.

– Ja, sage ich, keine Frage, ich kann mir das schon lebhaft vorstellen, wie die kleinen, hübschen Jackies dort mit ihren kleinen, hübschen Freundinnen und großen, netten Freunden auf den gemütlichen Sofas und Sitzkissen lümmeln, in dampfenden Tee pusten und dran nippen, und wenn sie nicht nippen und pusten, dann planen sie die Fahrt zum Festival an die Grenze.

– Zum *Powwow*.

– Klar, zum *Powwow*.

Die letzte Silbe ziehe ich (so verächtlich es geht) mit zum Oval gerundeten Mund in die Länge, um im Anschluss Schleim hochzuziehen und auszuspucken. Mauser schweigt:

– ...

– Teeklatsch, sage ich, und nebenbei tunken sie so braunen, klumpigen Zucker, der an einem zierlichen Holzstiel klebt, in ihre Teeklatschteetassen.

Ich vollführe die entsprechende Stippgebärde, hebe das Gesicht zum grauen Bleistifthimmel (mehrfach geschichtet, kein Loch weit und breit) und schüttle den Kopf. Mauser:

– Ja, und hin und wieder wird ein *Scherz* gemacht über die Verabredung, die man im Regen hat stehenlassen.

– Das glaubt, wer selig wird, sage ich.

Senke meinen Blick zurück auf die Spitzen meiner Schuhe, male mit ihnen um den Käferkadaver herum Kurvenmuster in den Sand.

– Willst du mir vielleicht erzählen, das ist gar kein Regen?

– Unsereins steht im Regen, sage ich, aber die hübschen, kleinen Jackies, die auf ihren Sofas oder Sitzkissen im Trockenen lümmeln, die scherzen einfach nicht über Jungs, die im Regen stehen, das ist der springende Punkt.

– Sicher?

– Wie der Sonnenuntergang am Ende eines Westerns. Denn Jackies, die bei Niederschlägen dieser Art keinen Fuß vor die Tür setzen, die können über Jungs, die mitten im Monsun durch die Stadt toben, nicht scherzen, weil sie an solche Jungs vermutlich überhaupt keinen Gedanken verschwenden. Jungs ohne Telefon. Jungs mit Ferienjob auf einer Parkplatzbaustelle. Verblödete Waschlappenromantiker.

Ich rücke den Schirm der Mütze zurecht, wische mir mit den Bandagen über die Augen. Mauser schweigt erneut:

– …

Ich lupfe mein Shirt am Saum, rolle es ein Stück auf, wringe es. Das Wasser plätschert in größeren Garben zu Boden; auch der Käfer wird getroffen. Und endlich komme ich drauf: Seine K.-o.-Haltung erinnert mich an den Kampf gestern.

– Davon ganz abgesehen, sage ich nach einer Pause, war doch alles in allem ein lehrreicher Ausflug, vom Stadtrand an den Stadtstrand, immerhin bin ich jetzt mal hier gewesen.

– Ja, wenn es nicht schifft, ist diese Sandkiste bestimmt rappelvoll, ein Ort, der zum Verweilen einlädt, ob mit, ob ohne Begleitung.

– Vielleicht ein andermal, sage ich.

Ein Gedanke, der mir unvermittelt ein Gefühl beschert, als würde man mir die Haut bei lebendigem Leib abziehen. Jackie hat mich hängenlassen. Es hilft nichts: Ich muss es mir endgültig eingestehen. Und Mauser feuert nach:

– Vielleicht ein andermal mit Edda.

Ein Wirkungstreffer. Einer von der Sorte, wie sie Kondor gestern reihenweise hat einstecken müssen. Ich schiebe die Unterlippe vor, deute mit fußwärts weisenden Mundwinkeln ein gequältes Grinsen an.

– Edda?!

– Du könntest sie sogar heute noch besuchen, oder nicht?

Hat sich Kondor beim Kampf gegen Mauser gestern vielleicht so gefühlt: vor Schmerz ganz wacklig in den Knien und zugleich glücklich vor Stolz, immer noch zu stehen? Hat ihn das über die Runden gebracht, ihn weiter und weiter und weiter die Handschuhe oben halten lassen?

– Warum wohl sollte ich Edda besuchen, sage ich.

Bilde mir ein, Mauser leise lachen zu hören. Bohre mit der Turnschuhhacke den Käfer in den Sand zurück. Ob der Gepanzerte wohl in meinem Loch ertrunken ist oder ob ihn der Regen einfach erschlagen hat? Mauser:

– Ja, warum? Vielleicht um anders zu sein als die hübschen, kleinen Jackies.

– Ja, sage ich, halleluja.

Schiebe den Schirm der Mütze ein Stück nach oben. Der Regen prasselt, und ich knacke beiläufig mit den Fingerknöcheln, habe nicht übel Lust, mit einer satten Gerade auf Mausers Kinn zu zielen. Hole tatsächlich aus und schlage ins Leere. Noch einmal.

Und immer weiter. Wie bei einer Prügelei in einem Albtraum, in dem man auch so oft zuschlagen kann, wie man will, und nie trifft und trotzdem kein Ende findet.

Die Arme schmerzen, als ich endlich genug habe.

Mein Brustkorb pumpt wie ein Blasebalg.

Ich wische über das von Nässe gemaserte Gesicht, als wollte ich es sortieren, als ließe sich dadurch überhaupt alles neu ordnen oder herauskneten.

Die Wut. Die Enttäuschung. Alles, was mir die Luft abschnürt.

Ich lockere die Schultermuskulatur, atme durch, starre auf den Horizont.

Dort, flussabwärts, verliert sich die Landschaft in einem schillernden Gewebe aus changierenden Grautönen: ein dichter Vorhang von aus den Wolken stürzenden, kamikazefliegenden Silberfischen. Dort irgendwo muss das Meer sein. Weit weg.

Man riecht es beinah schon in der dieseligen Luft, schmeckt es salzig wie Rotz auf der Zunge. Ich war lange nicht mehr am Meer, und ich hätte nicht wenig Lust, mich jetzt gleich auf den Weg zu machen. Einfach um ein Ziel zu haben. Eins, auf das man sich freuen kann. Aber dann spurte ich doch in die andere Richtung.

Meine Ellbogen fliegen links und rechts.

Die Welt um mich herum verschwimmt.

Wieso hat Jackie mich hängenlassen? Wieso?

II

Drei Dinge, die ich sicher über Jackie weiß

- Sie hat sandbraune Haut, Sommersprossen, rotes Haar. Fuchsrotes, langes Haar. (Muss man mögen, ich mag's.)
- Sie lebt in einem Haus mit Swimmingpool im Keller und Tennisplatz im Garten (*Haus* trifft als Wort nicht sehr präzise in diesem Zusammenhang).
- Ich habe sie ca. ein halbes dutzend Mal gesehen, seit ich sie kenne. Nie hat sie dieselben Schuhe angehabt (und nie welche zum Schnüren).

■

| zurück: Samstag, noch 9 Tage Ferien
Die Glühbirne baumelt in einer schmucklosen Fassung von der tapezierten Decke über mir. Am fleckigen Kabel hängt eine wollfadendicke Staubliane, deren Ende ganz leicht in der Zugluft schwingt.

Ich habe 80 Kilo auf dem Langeisen, liege in meiner Bude mit dem Rücken auf dem porösen Lederimitat der Hantelbank, stemme.

– Vier. Fünf. Sechs. Sieben …

Im zerkratzten Spiegel mit den blinden Stellen (ein Sperrmüllfund) sehe ich meinen nackten Oberkörper glänzen. An der Schläfe treten die Adern hervor.

– Acht … Neun …

Ich halte die Luft an, lege eine kurze Pause ein, spüre, wie Schweißtropfen zusammenfließen, sich in meiner Halsgrube sammeln. Die lange Hose klebt an den Beinen. Die Arme zittern, ich presse die Stange mit aller Kraft (und zusammen mit dem Lungeninhalt) ein letztes Mal Richtung Zimmerdecke.

– … Zehn! Yippie-Yah-Yeah!

Aus. Durchpusten. Ich atme häppchenweise.

– Kurzhantel.

Mauser macht die Ansagen: neun rechts, neun links. Ausschütteln. Muskeln lockern, Schattenboxen vor dem Spiegel. Zwei linke Jabs, eine Hakendoublette zu einem imaginären Körper, rechts, links.

Tänzeln.

Der Blick aus dem Fenster danach: Plattenbauten, drei Stockwerke hoch, vier Stockwerke, fünf, sechs, hier und da sogar noch weiter emporgeschachtelt bis zur zwölften oder sechzehnten Etage.

Graue Klötze alle (scheinbar auf das Gebiet am Stadtrand gehagelt wie ein Meteoritenschwarm), aufgepeppt durch farbenfrohe Balkone, verziert mit zahnstein- oder nylonstrumpffarbenen Satellitenschüsseln.

Mittendrin in diesem Arrangement (und sehr gut zu sehen von meiner Bude im dritten Stock aus): das Einkaufszentrum unserer Siedlung mit seinen zwei Türmen.

– Ein idealer Beobachtungspunkt, sage ich.

Kühle meine Stirn am Glas des geschlossenen Fensters. Stelle mir vor, eine fremde Spezies würde das Treiben rund um den Mittelpunkt der Siedlung auf die Art faszinieren wie uns das Gewimmel eines Ameisenhaufens.

– Nur dass die Ameisen am Stadtrand mit leeren Händen zum Bau hinmarschieren und voll beladen zurückkehren.

Mauser.

Ich habe das schon öfter mit ihm bekaspert: diese seltsame Traurigkeit von Menschen, die sich mit Einkäufen abmühen. Ihr würdeloser Kampf gegen die Lasten, die in Tüten verstaut werden, gerne auch in Shoppern, die man hinter sich herzieht. Wie die Schultern automatisch hängen dabei.

Ein Sonderfall sind die Spezialisten, die ihre Warenberge im Einkaufswagen belassen (ein Geräusch auf den Gehwegplatten dann, als würde wer eine Kiste mit Besteck wie ein Irrer durchschütteln).

Das Traurige rührt in diesem Fall nicht nur von den Zuckungen her, die sich von den Stahlgitter-Vehikeln auf die Lenkenden übertragen, sondern speziell auch von der Gleichgültigkeit gegenüber dem Lärm und dem Umgang mit dem Fahrzeug. Zu Hause ausladen, Wagen ab in die Hecke.

Am nächsten Tag rumpeln die Ameisenkinder in dem Ding die steile Rampe am Parkdeck runter. Freizeitspaß. Oder jemand, der es braucht, besorgt sich das Pfandgeld.

– Eine fremde Spezies könnte sich nicht beklagen, sage ich, Ameisen aus aller Herren Länder gibt es bei uns, in jedem Alter, und es kommen in einem fort neue hinzu, vermutlich weil diese Gegend so einmalig anziehend ist ...

Mauser schweigt:

– ...

Ich betrachte das vor meinem Gesicht beschlagene Glas. Trete einen Schritt zurück, blicke an dem schnell kleiner werdenden Fleck vorbei auf die Siedlung.

Es ist kurz vor acht am Abend. Sonnenlicht tanzt golden auf den Scheiben der Häuser gegenüber. Ich lege den kalten Metallgriff um, öffne das Fenster weit.

Sommerferienhitze schwappt wie eine Welle über mich hinweg ins Zimmer, begleitet von einem Mix aus zarten Teer-, Staub-, Abfallcontainer-, Abgas-, Küchen- und Grillgerüchen; nicht zu vergessen: der unentwirrbare, sofort mit anschwellende *Sound*, der aus den Schluchten mit hineinschallt.

Verwehte Stimmen. Rasenmähergelärme.

Kindergejohle.

Bassgewummere aus einem vorbeifahrenden Auto.

Ich inspiziere die Lage vor dem Haus. Laura, Zöllners Frau, verschwindet gerade im Eingang, sieht oder beachtet mich nicht; zu sehr wohl damit beschäftigt, in dem fast bis zum Bauchnabel ausgeschnittenen Fummel

die Treppe hochzustöckeln. Hat sie den Müll rausge-
bracht?

Drüben an der Bushaltestelle fährt der Zehner an (in
Richtung der Vorstadt-Reihenhaussiedlung). Jemand
schraubt in einer Lücke zwischen den parkenden Autos
an einem Motorrad. Ansonsten nichts Weltbewegendes.

Auch noch keine Spur von Ameise E.

Die allerdings soll dort unten in Kürze zu sehen sein,
jedenfalls wenn man sich mit mir keinen Scherz erlaubt
hat. Und das bedeutet: Ich werde dann dies rätselhafte
Geschöpf gleich mal näher unter die Lupe nehmen. For-
scherpflichten.

Morgen treffe ich Jackie wieder. Das Interesse an
Ameise E. kann nur rein wissenschaftlicher Natur sein.
Ernstzunehmende Konkurrenz für Jackie, wie sollte die
auch aussehen?

Mauser (der nie Mühe hat, meine Gedanken zu lesen):

– Die Spannung steigt, Zeit für dein Date.

– Noch drei Stunden bis zum Showdown mit Kondor,
gebe ich zurück.

Ein Ablenkungsmanöver. Aber Mauser reagiert
nicht. Bohrt weder nach, noch geht er auf meine Bemerkung ein. Und so kontrolliere ich einfach stumm den
Sitz meiner Bandagen an den Händen, nehme die
Mütze.

Sie liegt auf der Fensterbank, neben der Karte, die
gestern erst gekommen ist. Viel Post dieser Art hat es in
den siebzehn Jahren meines Lebens nicht gegeben.

Eine Verwechslung?

Das habe ich zuerst vermutet. Allerdings: Mein Name
(geschrieben mit Bleistift in Blockbuchstaben) steht im
Adressfeld unter der Briefmarke, völlig korrekt. In einer
Schrift definitiv weiblichen Ursprungs.

Jackie, ist meine erste Spekulation gewesen. Das hat aber ganz und gar nicht zum Inhalt der Karte gepasst. Nicht, dass ich alles verstanden hätte. Sicher ist aber: Die Absenderin will mich kennenlernen.

Angeblich haben wir uns schon einmal gesehen.

Und meine Verehrerin hat einen Plan: Ganz offensichtlich wird sie sich, wie aus den Zeilen hervorgeht, jetzt gleich unter meinem Fenster die Schuhe binden.

Ich habe kein Problem mit Frauen, die Schnürschuhe tragen. Doch die ganze Schose steckt voller Seltsamkeiten. Was nicht nur mir auffällt. Mauser schaltet sich wieder ein:

– Du weißt, dass das komplett absurd ist, wem soll das nützen, wenn man sie vom Fenster aus zu sehen bekommt? Thema Kontaktaufnahme.

Ein nicht ganz unberechtigter Einwand. Ein Absender fehlt auf der Karte, unterschrieben ist sie auch nur mit einem Buchstaben. Doch bin ich Mauser, meinem Sparringspartner in allen Lebenslagen, ausnahmsweise mal einen Schritt voraus.

– Ameise E. wird mich nicht am Fenster sehen, sage ich.

– Sondern?

– Sie wird in einen Hinterhalt geraten.

Ich zwinkere mir selbst über den zerkratzten Spiegel zu, schiebe die Mütze aus der Stirn, und dann bin ich los. Jage durch Essensdunst (Kotelett Knoblauch Kohl) das Treppenhaus hinunter.

Vorbei im zweiten Stock an der Wohnung, in der Zöllner mit Laura, Mausers Stiefmutter, haust. Vorbei am ersten Stock und mit großen Sätzen ins Erdgeschoss.

Raus an die Luft.

Beziehe an der Ecke beim Parkdeck Posten, hinter

Hagebuttensträuchern, habe den Bürgersteig unterhalb meines Fensters bestens im Blick.

Eine von der Hitze ausgedorrte Hummel liegt mit glanzlosem, struppigem Pelz verendet vor mir auf der Erde. Ich kicke sie aus meinem Gesichtsfeld.

Es wird 20 Uhr. Noch eine Minute.

Die Abendsonne in meinem Nacken, auf dem bloßen Rücken.

20 Uhr eins. Alles läuft ab wie angekündigt. Ganz genau so.

Mich haut es fast aus den Latschen.

Hossa!

Alles ist anders, als ich es mir ausgemalt habe. Ganz anders.

In den Kopffilmchen, die in den vorangegangenen Tagen bei mir hinter der Stirn abgespult sind, war die Absenderin der Karte vom Typ her immer eine Art Jackie unserer Siedlung.

Dass die Wirklichkeit da keinesfalls würde mithalten können: geschenkt.

Das habe ich mir schon gedacht. Hätte mir eben auch vorstellen können, dass am Ende bloß ein Spaßvogel aufkreuzt (warum nicht Kondor?), der mir zum Fenster hoch im dritten Stock eine Nase dreht.

Darauf wäre ich vorbereitet gewesen. Auf Ameise E. bin ich es nicht.

In Zeitlupe sehe ich die Gestalt näher kommen.

Mannomann, Grünhorn, hier erlaubt sich jemand keinen Scherz mit dir!

Das exakt geht mir durch den Kopf, als ich *sie* sehe, zugucke, wie sie sich auf der Straße direkt unter meinem Fenster bückt, sich an ihren Schuhen zu schaffen macht, wieder aufsteht, kurz an unserem Haus hochschielt und anschließend sofort um die nächste Ecke verschwindet.

Mit wehenden Mantelstößen wie der Desperado, dem ein Kumpan gerade zur Rettung den Galgenstrick zerschossen hat.

Das ist kein Sommerschweiß mehr auf meinem nackten Oberkörper. Mir ist heiß. Kalt. Heiß. Von wegen Ameise E.

Fremde Spezies.

Diese Mütze (Wolle, bei 30° im Schatten).

Der Desperado-Trenchcoat (ein halbes Zelt).

Darunter eine pluderige Nadelstreifenhose. Und natürlich die ausgelatschten, klobigen Treter zum Schnüren.

Ich brauche einen Moment, bis ich es realisiert habe: Nein, Ameise E. ist in der Tat keine mir völlig Unbekannte. Ich kenne die Person, die mir nachstellt.

Warum hast du dir die Karte nicht besser angeguckt?

Das Wildschwein! Das Brillengestell (Marke Schlauberger)!

Entgeistert schaue ich auf die Stelle, wo sie sich die Schuhe gebunden hat.

Und da! Jetzt bemerke ich auch den Indianer auf der anderen Straßenseite.

Ist er das nicht? Der Typ, der mit dem Schraubenschlüssel an dem Motorrad werkelt? Ohne Adlerkrone zwar. Aber mit langen Haaren, Pockennarbengesicht und einem wissenden Lächeln auf den schmalen Lippen, als er sich umwendet. Ich bin mir nicht sicher, ob er mich sieht, aber er nickt einmal mit dem Kopf, und mir ist, als würde er meiner Wenigkeit damit einen Tipp geben, nach dem Motto: *hinterher.*

Schon bin ich raus aus meinem Versteck.

Nehme die Verfolgung von Ameise E. auf.

Weniger wegen des Indianers, mehr aus gesundem Menschenverstand. Denn das steht mal fest: Je mehr man über den Gegner weiß, desto besser kann man sich auf seine Angriffe einstellen. Gilt das nicht in jeder Lebenslage?

II

|Was zum Fall Zöllner
in der Zeitung steht (I)

Laura Z. starb am Sonntagabend. Erst am Dienstag nach der Tat hatte sich Eric Z. seinem Sohn M. (17) offenbart, der im gleichen Mehrfamilienhaus lebt. Es habe einen Streit gegeben. Eine Bagatelle sei der Auslöser gewesen, aber der Streit eskalierte und endete schließlich tödlich. Der Leiche habe der Täter die zum Teil zerrissene und blutbeschmierte Kleidung ausgezogen – das erklärt, warum Laura Z. nur einen Slip trug, als sie später im Schlafzimmer gefunden wurde. M. verständigte die Polizei. In dessen Gegenwart hatte sich Z. zunächst entsetzt über das eigene Handeln und kooperativ gezeigt. Doch noch bevor die Beamten eintrafen und ihn mit zum Verhör nehmen konnten, verließ er die Wohnung unter dem Vorwand, seine Brille aus dem Auto zu holen. Seither fehlt von Z. jede Spur. Ein Richter erließ Haftbefehl.

■

| zurück: Mittwoch, noch 12 Tage Ferien

Hier im Schwimmbad, inzwischen kurz vor Mitternacht. Einmal falscher Alarm. Keine Razzia. Bislang nicht. Und sie reckt die Hände über den Kopf, verschränkt die Finger, biegt den Rücken durch, sodass ihr Bikini-Oberteil mir ein Stück näher ist.

Wie macht sie das nur? Jede Bewegung eine aufreizende Pose.

Wir plaudern. Filtern Luft aus der chlorgesättigten Atmosphäre, etwas abseits der anderen. In den struppigen Mähnen der Bäume rund um das Freibad rauscht es. Das Wasser in den Becken plätschert seine Melodien. Jackie hat ziemlich einen im Kahn. Ich bete sie trotzdem an. Wir kennen uns seit dreizehn Minuten.

– Trinkst du nichts, nie?

– Gänsewein und Silvester ein Glas Sekt, sage ich, ich habe mal Bier probiert. Schmeckt nicht. Mehr steckt nicht dahinter, im Grunde.

Sie hebt die Augenbrauen. Ein Kerl kommt mit einer glimmenden Tüte auf uns zu, legt Jackie einen Arm um die Schulter. Er trägt ein Motto-T-Shirt: *Das Leben ist kein Ponyhof.* Er ist, schätze ich, zehn Jahre älter als wir, und, wenn ich das richtig orte, mit den Krawallbrüdern da (Hirnakrobaten von der Uni, wie sich herausstellt).

Er selbst sieht aus wie ein künftiger Autobahnheckenschütze. Haare raspelkurz, talgiges Gesicht, hinter milchigen Brillengläsern schwimmen die Augen wie dickbauchige Fische.

– Auch mal ziehen?

Ich werfe einen Blick an ihm vorbei. Noch keine Auf-fälligkeiten am Eingang.

Jackie nimmt die Tüte von Ponyhof, zieht. Knisternd frisst die Glut das Papier.

Und Ponyhof? Der stellt seine kleinen Hände zu einem Tipi auf, bei dem sich alle Fingerkuppen berüh-ren. Grinst mich an, als wäre er Sheriff und mein Konter-fei auf jedem Steckbrief dieser Stadt.

– Schiss? Hausfriedensbruch gemäß § 123 StGB, Frei-heitsstrafe bis zu einem Jahr oder Geldstrafe. Tja, im Ernstfall kein Schnäppchen, so ein Freibadbesuch bei Nacht: zwei anständige Lederjacken, mindestens, wenn nicht noch mehr.

Seine Kumpel schmieren gerade an die Häuschen der Umkleidekabinen ihre munteren Parolen. Mit Lippen-stiften. Zwei haben auch Sprühsahne dabei. Halten die Dosen wie Colts. Worum es geht?

Einmal um einen Alternativevent zum Festival an der Grenze. Außerdem aber um Kriege, Katastrophen, Krisen und die Lügen. Das Übliche also: Hungersnöte, Übervölkerung, bald wird alles zusammenkrachen, die Welt geht den Bach runter. Nieder mit den Bonzen. Alles muss sich ändern. Und so weiter.

Der Lösungsweg sieht in dieser Situation ganz offen-sichtlich so aus, dass man kurz vor dem Showdown noch einmal bei Mondschein einen Affentanz aufführt, sich einen reinstellt, bis die Birne dicht ist, und Wände in verschlossenen Freibädern beschmiert.

Keine Ahnung, ob das ein brauchbares Konzept ist. Kondor jedenfalls scheint es einzuleuchten. Die Hirn-akrobaten spendieren Plastikflaschenbier und lassen ihn an ihren Tüten ziehen. So putschen sie sich hoch,

und schon bald stehen sie wieder auf dem Zehnmeter-
turm.

Ich frage mich, warum sie nicht gleich mit einem Me-
gaphon die nächste Streife herlotsen. Frage mich außerdem: Muss ich mich um die Welt scheren? Schert sich
die Welt um mich? Und sage mir: Jeder hat seine Ma-
cken.

Zu Ponyhof sage ich, nachdem ich mich nebenbei
nach einer Scherbe in einem nahen Gebüsch gebückt
und sie aufgehoben habe:

− Letzten Monat haben Randalierer mehrere Schilder,
einen Sonnenschirm samt Ständer und ein Reinigungs-
gerät im Becken versenkt, so eine Maschine zum Absau-
gen der Beckenböden. Vor zwei Wochen hat der Bade-
meister am Morgen einen Mann aus dem Wasser gefischt,
Schwächeanfall, der ist hier ertrunken. Schätze, die Polizei hat das Bad auf dem Zettel. Mit Schiss hat das wenig
zu tun.

− Gut informiert, sehe ich, lobt mich Ponyhof.

Er schiebt anerkennend die Unterlippe vor. Ich blicke
ihm ins bleiche Gesicht, sehe, dass seine Augenbrauen
sauber gezupft sind. Er fragt:

− Wo bist du denn her?

Ich prüfe die Scherbe. Schiele auf Jackie. Spendiere
Ponyhof ein paar biografische Halbsätze. Jackie hat sich
unterdessen seitlich an ihn gelehnt, einen Arm um seine
breiten Hüften geschwungen.

Sie erzählen mir im Duett ein paar Takte zum *Powwow*, wie sie das nennen, diesem Alternativevent zum
Festival an der Grenze. Eine Art *Flashmob* im großen Stil
soll das geben. Deshalb auch der Zinnober in diesem
Schwimmbad. Ponyhof:

− Das peitscht, sage ich dir, alle sollen es wissen, das

wird die größte freie Kundgebung und Party aller Zeiten. Das Motto lautet: *Wir feiern nicht, wir eskalieren!*

Jackie und Ponyhof schauen mich an, als wären sie das künftige Königspaar, das dem Volk gerade ihre Verlobung verkündet hat. Fehlt nur noch ein Feuerwerk.

Und das bekommen sie.

Denn jetzt rücken sie an (wie auf Kommando). Vier, fünf Streifen vielleicht.

Im Schwimmbad verbreitet sich die Kunde schneller, als ein Funkenschlag eine Lunte hochklettern kann. Vorn am Kassenhaus ist bereits Rambazamba.

Laute Stimmen.

Taschenlampenlicht.

Hinten bei der Wiese wird es in Kürze auch losgehen, wenn die Einsatzleitung was auf dem Kasten hat. Ponyhof rennt los, genau in diese Richtung.

Er rudert mit den Armen und gluckst, als wäre das keine Razzia, sondern der Auftakt zum Schützenfest.

Ich denke an die Lederjacken, die ihn seine Dummheit kosten wird, packe Jackie am Handgelenk (die erste Berührung). Sie hat ein paar goldene Turnschuhe in der Hand (ohne Schnürsenkel), ist auf dem Weg zur Wiese, Ponyhof nach. Ich:

– Das ist eine idiotische Idee, nicht da längs, weg vom Zaun.

– …?

Sie schaut mich an, halb empört, halb amüsiert.

– Kannst du tauchen?, frage ich.

Das Rauschen in den Bäumen.

Das Mondlicht auf ihren Schultern.

Die Menschenleere um uns herum.

Ich lotse sie ein Stück den irrlichternden Taschenlampenkegeln entgegen. Ich nehme ihr die Turnschuhe ab, werfe sie in ein Gebüsch. Ich greife Jackie unter die Achseln, helfe ihr über eine niedrige Mauer (zweite Berührung): meine Handballen, die ihre Brüste touchieren.

Schon stehen wir an dem kleinen Außenbecken, das zum angrenzenden Hallenbad gehört. Und das Hallenbad, das ist das Ziel.

– Rein ins Wasser und da vorne dann gleich runter, sage ich, das Gitter im Wasser geht nicht ganz bis zum Boden, los, los.

Wir springen. Zwängen uns tauchend durch die kleine Lücke und sind drin: in einem kleinen Vorraum des Bads, umgeben von Kacheln und Fliesen und noch intensiverem Chlorgeruch.

Ich setze mich auf die oberste Stufe der schmalen Metalltreppe. Jackie setzt sich im Halbdunkel neben mich. Wir blicken gegen die milchigen Plastiklappen, die den Übergang von drinnen nach draußen markieren, sehen dahinter schemenhaft die Stäbe des Gitters. Unsere Oberarme berühren sich, andauernd, Haut an Haut, weil wir so zusammengepfercht sitzen. Und ein bisschen mit Absicht.

Draußen im Freibad die Stimmen der Ordnungshüter und das Krakeelen der Hirnakrobaten (gedämpft kommt es an, hier drinnen).

– Nehmen die unsere Klamotten mit?

Ihr nasses fuchsrotes Haar. Jackies Augen: schwarzbraune Kieselsteine, matt. Das Weiß drum herum von roten Äderchen durchzogen.

– Die haben den Wagen rappelvoll, wenn die alle Anfänger von den Zäunen gepflückt haben. Hängst du sehr an deinen goldenen Turnschuhen?

– Sneakers.

– Hängst du an deinen goldenen Sneakers?

34

Meine Badehose, die an den Beinen klebt. Man kann die dunklen Löckchen erkennen. Sie kräuseln sich auf der gebräunten Haut die Oberschenkel runter und auch rauf zum Bauchnabel. Meine Genitalien zeichnen sich ab, nicht deutlich. Was mich einige Anstrengungen kostet.

Kacheln und Fliesen anstarren. Chlor einatmen. Die Faust fester um die Scherbe in meiner Hand ballen. Ein gebogenes Stück aus einem Flaschenhals.

Ich fahre mit der Kante an der Haut meiner Unterarme entlang.

Nach und nach ebbt draußen der Lärm ab. Jackie reckt sich wieder. Das Wasser schwappt (gelangweilt könnte man meinen) um unsere Knöchel.

– Sag was.

– Mein Hobby ist, Frösche mit dem Strohhalm aufzublasen, auf die Straße zu legen und mich darüber zu freuen, wenn es *peng!* macht unter Autoreifen.

Augen verdrehen kann Jackie wirklich erstklassig.

– Die scheinen weg zu sein, sagt sie, oder ist das ein Trick?

Unsere Schultern berühren sich wieder.

– Um an die Strohhalme zu kommen, fahren wir mit dem Rad manchmal fast eine Viertelstunde durch die Siedlung, sage ich.

Erzähle die Geschichte auch, weil ich tatsächlich keine Ahnung habe, ob es ein Trick ist, ob vielleicht wirklich die Ordnungshüter draußen noch warten, bis alle aus den Verstecken raus sind. Aber ich habe es eh nicht sonderlich eilig. Zumal Jackie jetzt das Flaschenstück in meiner Hand bemerkt.

– Die Scherbe, he, du hast ja echt eine gefunden, sagt sie.

Ich nicke, setze die Spitze auf meinem Handrücken an.

– Ja, sage ich, und ich habe dir eine Menge Ärger erspart, immerhin müssen dich deine Eltern heute Nacht nicht von der Wache abholen, du musst keine Du-bist-ein-ungezogenes-Mädchen-mit-den-falschen-Freunden-Predigt über dich ergehen lassen, nicht auf dem Rücksitz von Papas Wagen nach Hause, und dich kostet der ganze Spaß nicht eine Lederjacke – ich höre.

– Du Held.

– Die Telefonnummer. Auch wenn ich kein Telefon habe.

– Und dann, sagt sie, bringst du mich auf der Stange deines Fahrrads nach Hause und rufst mich morgen von einer Telefonzelle aus an, richtig?

– Erst mal die Nummer, sage ich, die hast du mir versprochen.

Sie nennt ein paar Zahlen. Ich ritze nicht tief, aber zwei bis drei Blutstropfen quellen schon aus meinem Handrücken. Sehr dramatisch. Ich merke, wie sie neben mir leicht zusammenzuckt, lege meine Stirn in Falten, neige den Kopf und schaue sie an. Ihr Mund ein schmaler Strich. Ich:

– Das war erst die Vorwahl.

Mein Blick schweift ab. Ihre Brustwarzen haben sich verhärtet. Ich hasse mich für die Froschgeschichte. Was mir hingegen gefällt: Wie Jackie sich jetzt eine nasse Haarsträhne um den Finger wickelt.

– Kein Telefon, keine Nummer, du hast sie ja nicht mehr alle.

Das mit den Fröschen habe ich von den zwei kleinen Cowboys. Ich weiß, dass sie Tiere quälen. Sie schießen auf Katzen mit der Erbsenpistole, werfen mit Steinen nach Tauben. Keine Ahnung, ob man Frösche tatsächlich aufblasen kann.

– Immer besser lieb zu Tierquälern sein, sage ich, das ist klüger.

– Du hast noch nie einen Frosch aufgeblasen, sagt sie.

Es liegt weder Sorge noch Angst in ihrer Stimme. Ein Hauch Bewunderung?

– Du denn?

Wenn Menschen Magneten wären, dann wäre ich jetzt der Minuspol. Und sie?

Sie auch. Wir kommen nicht zusammen. Und dann gibt es doch ganz plötzlich eine positive Ladung: Jackie legt mir eine Hand auf den Oberschenkel. Und ich kann den Blick nicht mehr von einem Wassertropfen abwenden, der an ihrem Unterarm hinabrinnt (eine durchsichtige Perle). Jackie:

– Du willst mit mir vögeln, stimmt's?

Die Stille draußen. Jackies erigierte Brustwarzen. Ihre Schulter an meiner Schulter. Das rote Haar. Die Scherbe in meiner Hand. Das Blut auf dem Handrücken. Meine Badehose. Ihre Hand, warm und weich, die noch ein Stück höherrutscht.

– Was machst du?, flüstere ich.

Entdecke die Überreste eines Insekts, dessen Flügel an einer Kachel kleben.

– Dich anschauen, mach auch mal, flüstert sie zurück.

Ich betrachte sie wortlos aus dem Augenwinkel. Wie sie den Träger ihres Bikinis über die Schulter rutschen lässt.

– …

– Ich bin eitel, zickig und unkeusch, sagt sie, verlieb dich nicht.

Meine Badehose scheint sich zusammenzuziehen. Ich schiebe mein Becken nach hinten. Kartiere im Gebiet des

leichten Sonnenbrands ihres Dekolletés zwei Leberfle-
cken. Denke: *Zu spät. Zu spät. Zu spät.*

Und wie aus dem Nichts dann: das Licht einer Taschenlampe, das auf den Plastiklappen verharrt. Das
Licht einer sehr hellen Taschenlampe.

II

Die erste Karte

Vorn:
Die Handzeichnung von einem Wildschwein mit Brille (Bleistift auf grünem Karton).

Hinten:
Adresse. Gestempelte Automatenbriefmarke. Text (große Blockbuchstaben).

SCHWEINEREI: EGAL, WO MEINE GEDANKEN ANFANGEN, SIE HÖREN IMMER (IMMER!) AN DERSELBEN STELLE AUF, UND DA IST DANN IMMER (IMMER!) DASSELBE GESICHT. ERINNERST DU DICH AN MEINS? WIE FURCHTLOS BIST DU? SAMSTAG. 20 UHR 1. DIREKT UNTER DEINEM FENSTER. ICH BINDE MIR DIE SCHUHE. E.

PS: DU KANNST WITZIG SEIN, WIRKLICH, UND ICH, HUSTHUST, BIN NUR HALB SO PSYCHO, WIE'S JETZT KLINGT. WIR SEHEN UNS?

∎

|vor: Donnerstag, noch 11 Tage Ferien

Ich strauchle. Um ein Haar segle ich der Länge nach hin, und mir fällt das Magazin aus den Händen: Hochglanzpapierseiten schrammen über sandige Gehwegplatten.

Ich blinzle schräg nach oben in den Nachthimmel. Kondor?

Er hat mir ein Bein gestellt.

– Was macht mein Horoskop, Mann?

Pusteln auf der Wange und im Mundwinkel; das ölig schimmernde Haar wie immer zum Zopf gebunden. Ich bücke mich mit der bandagierten Hand nach meiner Lektüre (Berichte, Hintergründe, Interviews aus der Welt des Sports), drehe die gehefteten Seiten zur festen Rolle.

Mir ist nicht nach Streit, aber so ist das mit den Straßen unserer Siedlung nun einmal: Betreten auf eigene Gefahr.

– …

– Lass mich raten, die Süße aus dem Schwimmbad raubt dir den Schlaf.

– Ich pass auf die Bushaltestelle auf, sage ich.

Er schubst mich mit beiden Händen. Kann eine freundschaftliche Geste sein. Ich schubse freundschaftlich zurück. Er grinst. Schürzt dann die Lippen und küsst mit geschlossenen Augen in die laue Luft.

– Hat sie dich rangelassen?

– Zügelloser Verkehr, die halbe Nacht, Kondor. Mit chinesischen Lustkugeln und allem Pipapo.

– Hat sie ihn dir gelutscht?

Er beult sich mit der Zunge die Backe aus. Ich halte die Klappe.

– …

– Der Gentleman schweigt und genießt, oder wie?

Ein Bus fährt vorbei, bis auf den Fahrer vollkommen leer. Ich zupfe am Schirm meiner Mütze und halte die Hand vor den gähnenden Mund.

– …

– Was ist mit deiner Linken los, Alter. Hart trainiert?

Mit dem Kinn weist Kondor auf die Bandage (die orangefarbenen Stellen, wo es ein bisschen durchsuppt). Ich haue ihm mit der Sportmagazin-Rolle gegen die Schulter, blicke den Rücklichtern des Zehners hinterher, mache auf dem Absatz kehrt und lasse Kondor stehen.

– Wann genau war dieses große Kampf-Dings noch mal, krächzt er mir nach, übernächsten Sonntag?

Ich gehe weiter, antworte nicht. Höre, dass er sich mir an die Fersen heftet. Ich weiß, er will mich aus der Reserve locken. Rhabarbert in einem fort dummes (und hauptsächlich unflätiges) Zeug. Ohne Erfolg.

Ich schalte auf Durchzug.

Vor dem Eckblock, in dem ich wohne (18 Eingänge, darin untergebracht ein 1200-Seelen-Dorf) bekomme ich deshalb von hinten noch einen weiteren Rempler.

In aller Freundschaft, zum kurzen Abschied.

Kondor verschwindet im Labyrinth unserer Siedlung; einen unverständlichen Fluch auf den Lippen, vielleicht in seiner Muttersprache (Romani heißt sie offiziell, glaube ich), während ich das zweite Mal die Gehwegplatten aus der Nähe betrachte und das Magazin wieder einsammle.

Ich setze mich auf den Zaun vor dem Hauseingang.

Mein Blick klettert an der Fassade hinauf: Quadratische Platten. Überzogen mit Kieselsteinchen, die gefangen sind in einem verschlungenen Adernsystem aus (wie es aussieht) gefrorenem pechschwarzem Modder.

Ich lege mich ins Hohlkreuz.

Mein Rücken fühlt sich malträtiert an (als hätte ich den ganzen Nachmittag am Marterpfahl zugebracht). Muskelkater in den Armen, ein taubes Gefühl vom Ellbogen hoch bis zur Schulter. Mein Ferienjob. Ich bin da gewesen, ganz tapfer.

Jackie sehe ich (auch darum) erst morgen wieder.

Jackie.

Die andere Seite der Stadt.

Ich lasse den Kopf im Nacken kreisen.

Im Licht der Peitschenleuchten schwirren Staubpartikel und Motten (völlig ausgelassen kurz vor ihrem nahen Ende).

Es ist nach 23 Uhr. Die letzten Schimmer des Tageslichts sind vor Stunden bereits in ein unwirkliches, pflaumenblaues Halbdunkel übergegangen. Rauch und der Geruch von Grillkohle durchziehen noch immer die Luft. Aber die Wege vor den Häusern sind verwaist. Ein Plastikbecher kollert über die Straße wie ein verdorrter, entwurzelter Busch in der Prärie. Nachtruhe.

Nur bei den Mülltonnen mache ich für einen Moment zwei Silhouetten aus: die beiden kleinen Cowboys. Der eine trägt etwas, das aussieht, als wäre es ein totes Tier (eine schwarze Katze, gepackt am Nackenfell).

Es kann aber auch ein nasses Handtuch sein (das eine Ende verknotet), präpariert, um es als Schlagwaffe zu benutzen.

Noch sind Sommerferien. Ich frage mich trotzdem, was die beiden kleinen Cowboys mit ihren sieben Jahren um diese Zeit draußen zu suchen haben.

Ziehe meine Schuhe aus.

(Der Boden ist warm vom Tag. Ich spüre es durch die Strümpfe hindurch.)

Frage mich, was mit Mauser ist. Hätte er sich für eine Handvoll Piepen wie ein Idiot Schwielen an die Hände geschuftet?

Er hätte sicher den Job geschmissen. Hätte trainiert. Und den Rest des Tages dann mit Jackie verbringen, mit ihr zusammen sein können.

Ich stütze meine Ellbogen auf den Knien ab, drücke meine Handballen so fest auf meine Augen, dass ich bunte Prismen sehe. Das Knallrot ist Lipgloss. Es glänzt. So sehr, dass es sich auf Mausers Gesicht widerspiegelt. Mauser, nicht groß, aber gebaut wie eine griechische Statue, ein austrainierter Athlet, steht vor ihr.

Jackies Gesicht nähert sich seinem, aber noch lässt er sie zappeln. Sie gehen ein Stück, reden. Sie trägt ein Top mit Spaghettiträgern.

Er legt ihr die Hand auf die nackte Haut zwischen den Schulterblättern.

Mauser kann diese Dinge, da bin ich mir sicher.

Und mir fällt es auch nicht schwer, mir vorzustellen, wie es weitergeht.

Sie senkt im Gehen den Kopf auf seinen Oberarm. Jetzt bleiben beide stehen. Er hat seine Hände in ihrem Rockbund, das Gesicht an ihrem Hals. Der Rock flattert im Wind über den sandbraunen Beinen.

Wie sie sich küssen, intensiv, der tiefe Blick in die Augen hinterher, wie sich Jackies Lippen wieder öffnen, sie den Kopf zur Seite neigt; seine eine Hand auf ihrer Hüfte, die andere auf ihrem Hintern, dem Rücken, dann im Nacken.

Die empfindsamste Stelle des Körpers.

Ich krümme mich innerlich bei diesen Gedanken. Es kommt mir so wirklich vor, als wäre ich gerade bei ihr. Dabei habe ich sie seit der Freibadnacht gestern nicht einmal mehr gesprochen, kenne ja nur die ersten vier Zahlen ihrer Mobilfunknummer.

– Hände hoch, oder wir schießen!

Die beiden kleinen Cowboys. Ich tue so, als hätten sie mich nicht erschreckt, richte mein Kreuz nur langsam auf, sage nichts.

– …

– Kondor sucht dich, sagt der eine von ihnen.

– Er macht dich fertig, hat er gesagt, wegen heute früh und überhaupt, ergänzt der andere.

– Wir haben ihm alles erzählt.

– Alles! Gerade eben.

Ich drücke bedächtig die Schultern durch, fahre mit der Zunge meine Zähne oben ab, einzeln (Eckzahn, vier Mal Schneidezahn, und noch einmal Eckzahn):

– …

Die beiden kleinen Cowboys (angeblich Kondors Cousins) weichen ein Stück zurück, zielen (aus sicherer Entfernung) mit ihren Erbsenpistolen auf mich, ohne abzudrücken. Der eine von ihnen:

– Willst du mal eine skalpierte Katze sehen?

Es ist ein nasses Handtuch. Hoffe ich. Mit nassen Handtüchern kann man sich prima jagen. Das zwiebelt schön. Der andere Cowboy:

– So siehst du aus, wenn Kondor mit dir fertig ist.

Und prompt steht der auch hinter ihnen, ist wieder da:

– Nicht so vorlaut!

Ein schönes Familienbild. Mit dem finsteren Cousin Kondor in der Mitte: Kopf gesenkt und leicht nach vorn geschoben, als trüge er eine Kapuze. In einer Hand ro-

▸ 44

tiert ein Butterfly, das er mit gekonnten Handgelenks-
bewegungen (sensationell schnellen Bewegungen) auf-
und wieder zuschnappen lässt.

Er jagt die Cowboys in die Nacht.

Und für einen Moment sind wir zwei allein, in einem
raren Augenblick der fast absoluten Stille und des Frie-
dens in unserer kleinen, heimeligen Eckblockwelt.

Als hätte jemand den Ton abgedreht.

Keine Schritte, die sich im Hall der Treppenhäuser
vervielfältigen.

Kein Abfall, der rumpelnd durch Müllschlucker eta-
gentief in die Keller rutscht.

Kein Titschen eines Balles auf dem Pflaster.

Kein Laut von den Wellensittichen, die sonst auf den
Balkons in ihren Käfigen tagsüber an Hirseringen nagen
oder sich die Schnäbel am Kalkstein kratzen.

Kein Verkehrslärm.

Kein fernes Rumoren von Flugzeugen über uns.

Nicht einmal das leise Rieseln von Fußnägeln, die aus
(zum Trocknen über die Fensterrahmen gehängten) flau-
schigen Badezimmermatten fallen könnten.

– Hör auf, den Kleinen zwischen die Beine zu grap-
schen, das tut denen weh.

Es ist Kondors Stimme, die damit der Lautlosigkeit
den Garaus macht.

– Keine Ahnung, was sie dir erzählt haben, aber die
beiden Cowboys müssen lernen, anderen nicht mit Waffen vor dem Gesicht herumzuspielen.

– Ansichtssache.

Kondor fuchtelt (vermutlich reflexartig) wieder mit
seinem Messer.

– Tu dir nicht weh, Kondor, sage ich, ich habe deinetwegen heute eine Menge Geld in die Videothek getra-

gen, habe dafür den ganzen Tag buddeln müssen, du provozierst mich nicht, nicht auf die Art.

Wir blaffen uns noch weiter an. Am Ende wirft Kondor mir ein Kondom zu.

– Ein Geschenk, weißt ja, ich kann dich gut leiden, Bleichgesicht, ich mag Typen von deinem Schlag, Boxer sind wahre Krieger.

– …?

Kondor zeigt mir mit einem Lächeln die Zähne.

– Ich will, dass du auf dich aufpasst, sagt er, Mann, die Rothaarige ist ja total auf die *Sexy-Ghetto-Junge-Nummer* abgefahren, was?

– Halt die Klappe, Kondor.

Ich presse die Lippen fest zusammen.

– Autsch! Da habe ich wohl einen wunden Punkt getroffen, ja, ja, wer weiß, wen die sonst so zwischen ihren Beinen hat.

Mit den Fingern taste ich an der quadratischen Kondomverpackung herum. Das Material fühlt sich metallisch an, scharf an den Kanten. Prompt meine ich, die Schnitte auf meinem Handrücken schmerzhaft zu spüren. Jackies Vorwahl. Ich:

– Sind wir für heute fertig, Kondor?

– Nicht ganz, ich habe meinen Cousins versprochen, dir eine kleine Abreibung zu verpassen, Familienehre und so weiter, ich will mein Gesicht nicht verlieren.

Er macht einen halbherzigen Schritt auf mich zu.

– Okay, Kondor, sage ich, aber nicht hier.

Und mir kommt es so vor, als wäre es gar nicht mehr ich, der das sagt. Als wäre ich (wie manch einer, der bei Dunkelheit in ein Kostüm mit Maske und Umhang schlüpft, um das Gute gegen das Böse zu verteidigen) jetzt ein anderer.

– Hier oder sonst wo, mir völlig schnuppe, sagt Kondor.

Inzwischen hat er sich derart nah vor mir aufgebaut, dass ich seinen würzigen Atem sowie sein chemisch-fruchtig duftendes Haarwachs riechen und er ohne Mühe die Messerspitze gegen meine Schulter piksen kann.

– Weg damit, wir zwei regeln das, du und ich, ganz in Ruhe, beim Boxen.

Und das ist jetzt wirklich Mauser, der wie aus dem Nichts einfach da ist.

Was Kondor gefällt. Selbst als er nun kräftig nach hinten gepufft wird; nicht unbedingt in aller Freundschaft. Trotzdem lese ich im Halbdunkel zweifelsfrei Glück in seinen Augen. Kindliches Glück.

– Endlich, sagt er, sehr, sehr gut, ich bin ganz Ohr, Krieger.

– Samstag, 22 Uhr, Kondor, du besorgst den Schlüssel für die Baracke, ein Paar Handschuhe, und finde jemanden, der dich hinterher nach Hause bringt.

■

| zurück: Mittwoch, noch 12 Tage Ferien
Ein hauchdünner weißer, leuchtender Schleier bedeckt den Himmel. Durch ihn hindurch brutzelt die Sonne bereits unbarmherzig auf den Stadtrand nieder, trommelt und hämmert gegen Mauern, Fenster und Satellitenschüsseln. Ein Sommertag wie aus einem Comic. Die Luft flimmert, als wäre sie voller Benzindampf.

An diesem Morgen beginnt alles, was niemand wissen kann.

Mauser weiß von nichts. Ich weiß von nichts.

– Parkhäuser, Mann.

Es geht vorbei am Sonnenstudio (die Bräunungsoase), einem Dönerladen, dem Ärztehaus, entlang der Straße. Ich atme die Abgase der Autos und Motorräder.

– Parkhäuser?

Mauser hat wegen meines Ferienjobs nachgebohrt. Er hält das Ganze schlichtweg für Zeitverschwendung. Und ich flachse ein bisschen herum:

– Hast du dir mal eins genauer angeguckt, diese geniale Schlichtheit?

– Beton, wenig Farbe, Parkhäuser sehen aus, als hätte man eine Siedlung wie diese hier genommen, auf links gekrempelt und einen Schlagbaum davorgesetzt.

Ich hake die Daumen beim Gehen lässig in die Hosentaschen und nehme die Steilvorlage nur zu gerne auf:

– Genau, kein modischer Schnickschnack, zeitlos im besten Sinne, praktisch null Wartungskosten. Einfach Kassenautomat an der nackten Wand verschraubt und

gut. In der richtigen Lage sind die Dinger eine Gold-
grube.

– Und was hat das mit deinem Job im Sandloch zu
tun?

Kondor und ein paar Jungs winken von der Fußgän-
gerbrücke; sie führt hinweg über die vierspurige Haupt-
ader für den Verkehr, der unsere Siedlung durchströmt.
Die sanft (wie eine Augenbraue) geschwungene Stahl-
Beton-Konstruktion verbindet den Wohnturm direkt
über dem Einkaufszentrum mit dem baugleichen Wohnturm auf der anderen Seite.

Die Typen mit ihren Ölzöpfen und den Sonnenbril-
len im Gesicht wechseln, als von unten keine Reaktion
kommt, vom Winken über zum Johlen und führen spon-
tan wilde Schattenbox-Kämpfchen da oben auf. Aber
auch das ändert nichts.

Mauser ignoriert sie. Ich ignoriere sie.

– Klein anfangen, groß rauskommen, aus dem Sandloch wird am Ende des Monats ein Parkplatz geworden
sein, Parkraum ist ein todsicheres Geschäft, hatte ich
ja bereits erwähnt, und wer weiß, was sich da für Kar-
rieremöglichkeiten auftun.

– Du buddelst Baumwurzeln aus.

– Gute Wurzeln sind der Anfang von allem Großen,
sage ich, und außerdem durchaus lukrativ in diesem
Fall.

– …

Mauser schweigt. Geld ist derzeit ein Thema, im
Grunde ständig. Ich:

– Die Dinge haben ihren Preis, denk an den bestellten
Punchingball.

– Kostet ein Vermögen, keine Frage.

– Und Montag ist er da, sage ich, reservier dir beizeiten die Bohrmaschine von Zöllner, damit das Schmuckstück auch in Betrieb genommen werden kann.

Alle im Haus leihen sich diese Bohrmaschine. Jeder steht auf der Matte von Mausers Vater, wenn ein Loch in die Wand einer Wohnwabe gebohrt werden muss.

– Ja, vielleicht am Wochenende, gibt Mauser zurück, wenn Laura unterwegs ist, kann sein, dass Zöllner dann sogar etwas für den Punchingball springen lässt.

Ich schiebe den Schirm meiner Mütze ein Stück nach oben, bleibe stehen, genau vor der Videothek. Hier endet das Einkaufszentrum.

– Was ist denn da drüben los?

Jenseits der kleinen Stichstraße, die ein paar Meter weiter beginnt, liegt der Sportplatz der Schule (umsäumt von hohen Maschendrahtzäunen). Zur Ferienzeit hält sich rund um das Gelände normalerweise kein schulpflichtiges Volk auf.

Heute ist das allerdings anders. Bei einem Baum am Rande des Bürgersteigs hat sich ein Grüppchen junger Menschen versammelt. Man hält sich an den Händen und blickt mit gesenkten Köpfen zu Boden.

Blumen liegen dort (einzeln oder zum Strauß gebunden).

Ich sehe flackernde Windlichter und in Klarsichthüllen eingeschlagene, beschriebene oder bemalte Papierblätter (Gedichte, Briefe, Botschaften vermutlich).

– Verkehrsunfall?

Vor Hitze läuft mir der Schweiß in den Nacken.

Mauser:

– Oder mehr? Eine neue Touristenattraktion?

Ich weiß sofort, was er meint (jeder hier würde das wissen): Die Zeit vor vier, fünf Jahren. Als die Fremden wirklich von überall her kamen in dem Winter, um das blaugraue Hochhaus zu begaffen. Atemwölkchen vor dem Mund und rote Nasen. Den Kopf im Nacken auf der Suche nach dem Fenster im siebten Stock.

Es ist auch die Zeit, in der ich mit dem Boxen angefangen habe, Mauser wird mein ständiger Begleiter, zwölf, dreizehn Jahre alt bin ich damals.

Alle in unserer Siedlung wissen (ausnahmsweise) über alles genau Bescheid:

– Nie ist das Kind auf einem Spielplatz gewesen, heißt es.

Bei der Obduktion findet man Haare im Magen, das Mädchen hat sie sich ausgerissen. Fasern aus dem Teppich gekratzt, Flusen herausgerupft, den Putz von den Wänden geschabt, im Dämmerlicht eines Zimmers ohne Heizkörper, in dem es schimmelt, in dem das einzige Fenster zugeschraubt und mit Plastikfolie abgeklebt ist; um das Geld für eine Jalousie zu sparen, wie jemand in der Umkleide erzählt, der angeblich in einer der Waben direkt unter der Höllenwohnung haust:

– Das war kein Zimmer, das war ein Verlies, Mann.

Das Mädchen wiegt am Ende kaum noch mehr als der Kater, den die Eltern ganz selbstverständlich füttern, der ihnen nebenan im Wohnzimmer beim Trinken von Supermarkt-Fusel und beim Fernsehen um die Beine schnurrt.

Ihre siebenjährige Tochter haben sie verhungern lassen.

– Ich besorge mir einen Film, sage ich wie zu mir selbst.

Wende meinen Blick ab von den Trauernden, betrete die Videothek (einen von Tages- und Leuchtstoffröhrenlicht durchfluteten Raum).

Eine Art Terrarium mit äußerst strapazierfähigen Fliesen am Boden. Wobei der Innenaufbau des Glaskastens eher an eine Kirche erinnert. Vorne das Schiff mit langem Gang zwischen den brusthohen Regalen, die parallel angeordnet sind wie die Bankreihen in Gotteshäusern. Hinten der altarartige Tresen. Und an der Seite (wie der Zugang zu einem Beichtstuhl) die Tür zur Abteilung mit den Filmen ab 18.

Außer mir ist sonst niemand in dem (im Vergleich zu draußen) angenehm temperierten Raum zu sehen.

Ich gehe auf gewohntem Kurs durch die Videothek, schnappe mir schon bald eines der Kärtchen, schlendere zur Kasse vor. Eine Gestalt macht sich mit dem Rücken zu mir am Boden hinter dem Tresen zu schaffen, sortiert etwas aus einem Karton. Neue Filme.

– Dies ist ein Überfall!, rufe ich.

Die Gestalt fährt herum, blinzelt hinter ihrer Brille, als hätte ihr gerade jemand eine Taschenlampe ins Gesicht gehalten.

– …?!

Wo ist Bozorg? Normalerweise steht mittwochs immer der traurige Martin Bozorg hinter dem Tresen. Filzige Dreadlocks. Geflochtener Kinnbart. Menschgewordenes Filmlexikon. Mutmaßliches Geschlecht: männlich. Ich:

– Neu hier?

Mein Gegenüber nickt. Dann rollt das Lachen auf mich zu. Polternd. Es klingt, als würde ein Turm Konservendosen im Supermarkt einstürzen.

Mein Gegenüber, groß gewachsen, mit hausgemachtem Kurzhaarschnitt (das Styling: unfrisiert bis zerwühlt), ist nicht Martin Bozorg; das Geschlecht lässt sich eindeutig als weiblich definieren (die unter der Kleidung vibrierenden Brüste beim Lachen).

– Kann ich die Hände wieder runternehmen?

Sie hat sie nicht einmal hochgenommen. Sie steht jetzt an der Kasse, hantiert mit dem Scanner und meinem Leihausweis; was mir die Chance gibt, ihr Gesicht und ihre Hände genauer zu mustern.

Ihre Fingernägel sind glatt, rund geschnitten und schimmern rosa wie die Fingernägel eines Kindes (eines Mädchens).

Ihr auffälligstes Merkmal aber: eine Narbe unterhalb des linken Nasenflügels, die als blasser, gerader Strich Oberlippe und die Hautpartie darüber verbindet. Eine Entstellung, die entfernt an eine geschickt vernähte Lippenspalte erinnert. Ich:

– *Hände hoch* habe ich nicht gesagt.

Ich zücke meine Bonuskarte. Sie:

– Einlösen?

Die Ärmel eines verwaschenen, ausgeleierten Rollkragenpullis reichen ihr bis über die Fingerknöchel. Ich blicke auf. Sie guckt mich fragend an.

Ich nicke, sage:

– Wo ist Bozorg, ich meine, Martin?

Ihr Geruch, als sie näher kommt. Kein Parfum. Kein Schweiß. Wie ein Fluss vielleicht im Herbst. Oder ein Seeufer. Passt zur vornehmen Blässe. Sie:

– Kommt gestern ein possierliches Opossum hier rein, nimmt Bozorg, ich meine, Martin, es auf die Hand, gibt ihm einen Kuss und verwandelt sich daraufhin selbst in eine Texas-Klapperschlange. Rasselt er dann vor Glück mit dem Schwanz, verspeist das possierliche Tierchen gleich an Ort und Stelle und kraucht weg.

– …?

Die abgemilderte Variante des kollernden Lachens. Dann die Frage hinterher:

– Wer ist Bozorg, ich meine, Martin?

Ich erteile ihr kurz Auskunft über den Vorgänger, dessen Freundin Kitty letztes Jahr gestorben ist. Schlaganfall. Bozorgs Ersatzfrau richtet die kantige Brille mit einem Stupser gegen den Steg.

– Ich wohne erst seit letzter Woche in der Gegend, sagt sie achselzuckend, hinter der Autobahnbrücke.

– Aha, sage ich, in der Kolonie beim See.

Und ich meine endlich zu wissen, was mich die ganze Zeit irritiert hat. Den letzten Schliff gibt ihrem Aussehen nämlich ein silbernes Ding, das sie am Kragen ihres Rollis befestigt hat, fast sheriffsterngroß, in Tierform. Ich:

– Hübsche Brosche. Magst du Wildschweine?

Einen Moment lang scheint sie mich sehr genau zu mustern, bevor sich ein Lächeln in ihrem Gesicht ausbreitet.

– Hübsch? Hübsch hässlich. Aber ein Erbstück, ein Totem, bringt mir Glück, seit ich's hab, sprechen mich laufend junge, attraktive Männer an.

– Ein Keiler?

Ich kreuze die Arme, grinse wie jemand, der gerade beim Kartenspiel den entscheidenden Trumpf auf den Tisch gepackt hat.

– Eine Bache, sagt sie.

Eine Antwort, mit der sie mich glatt aussehen lässt wie ein Frischling.

– Eine Bache, wiederhole ich, klar.

Wechsle dann schnell das Thema, frage sie nach der Gedenkstätte und dem Auflauf der Trauernden vor der Schule.

– Motorradunfall letzte Nacht, wohl mit Fahrerflucht, der Junge war gerade 18.

– Das ist nicht alt.

– Nein, sagt sie.

Geht mit dem Cover an ein Regal an der Wand, summt, als sie die DVD aus dem Fach fischt, kommt zurück. Sie schiebt den Film über den Tresen auf mich zu, lässt aber die Hand mit den rosigen Mädchenfingernägeln auf der Hülle liegen.

– Bist du denn schon 18?

Der Film ist ab 16, trotzdem kein schlechter Witz. Ich streiche über meinen Unterarm oberhalb des Handgelenks.

– Siebzehn und einen Keks, sage ich.

Stelle verwirrt fest, dass ich große Lust habe, ihre Mädchenfingernägel zu berühren. Aber sie hat die Hand schon weggezogen.

– War ein Scherz, sagt sie.

– Ich komme jeden Mittwoch, sage ich.

Sie lächelt, zupft an einer kurzen Haarsträhne, die ihr in die Stirn hängt. Wir wechseln einen verlegenen Blick.

– Den Film kannst du bis morgen 22 Uhr zurückbringen, sagt sie, sonst wird eine Strafe fällig, und wenn du ihn verbummelst, wird es teuer, wie du weißt, in der Größenordnung von ein Paar Turnschuhen, also, pass auf dich auf.

Ich tippe mir zum Abschied ein bisschen blöd an den Schirm meiner Mütze, marschiere zum Ausgang. Bemerke einen hoch aufgeschossenen Kerl, der zwischen den Regalen steht und den Text auf der Rückseite einer DVD zu lesen scheint. Er sieht indianisch aus und trägt (Irrtum ausgeschlossen) eine Federkrone.

Ich habe nicht bemerkt, dass er die Videothek betreten hat, und als ich an ihm vorbei bin, halte ich es sogar für nicht ausgeschlossen, dass sich mein Hirn bloß gerade einen Scherz mit mir erlaubt hat.

Ist der Indianer vielleicht nur ein Pappaufsteller gewesen, eine lebensgroße Filmwerbung? Oder habe ich einen an der Pfanne?

Ich könnte mich natürlich noch einmal umblicken, aber das wiederum würde Bozorgs Nachfolgerin vielleicht falsch interpretieren, und deshalb lasse ich es.

II

|Was zum Fall Zöllner in der Zeitung steht (II)

Es war zum Streit gekommen. Zuerst wurde sie handgreiflich. Er wehrte sich. Als sie daraufhin ins Treppenhaus flüchtete, stieß er sie die Treppe hinunter, acht Stufen tief, offensichtlich unbemerkt von den Nachbarn. Doch Eric Z. (45) rief nicht den Notarzt, als er seine Frau Laura (36) zurück in die Wohnung gebracht hatte, obwohl sie ihn immer wieder darum bat. Da Z. wusste, dass die Misshandlung seiner Frau herauskommen würde, fasste der Handelsvertreter und Ex-Leistungsschwimmer den grausamen Entschluss: Er würde sie töten. Z. legte der Frau, mit der er seit 12 Jahren verheiratet war, die Hände um den Hals und erwürgte sie.

■

➤➤

|vor: Mittwoch, noch 5 Tage Ferien
Vitrinen aus blitzendem Glas und poliertem Holz.
Wände voller Bücher. Ein Flügel. Jackie geht vor mir
her. Ich hebe den Arm und schnüffle unter der Achsel
an meinem T-Shirt: Waschmittel (nur noch schwach),
Schweiß (eine deutliche Spur davon) und Erbrochenes
(wenn man eine empfindliche Nase hat). Der Geruch des
letzten Tages und der letzten Nacht haftet an mir wie
Staub am Mantel eines Gesetzlosen.

Angst Adrenalin Affenhitze.

– Ich bin so froh, dass du gekommen bist …

(Als hätte ich ihr keine Szene gemacht vorgestern.)

– … du bist ja nirgends zu erreichen für mich, sagt
sie.

Bevor wir die breite Treppe ins Obergeschoss nehmen, begrüßt uns eine ältere Frau: dezentes Make-up,
Seidenhalstuch, randlose Brille. Eine elegante, würde-
volle Erscheinung. Jackie schleudert ihr im Vorüberge-
hen acht Wörter entgegen:

– Geh ruhig wieder fernsehen, ist Besuch für mich.

Oben angekommen, frage ich Jackie, wer das war.

– Deine Oma, schlage ich vor.

Jackie lacht.

– Unsere Haushälterin, erklärt sie.

Durch die Bullaugenfenster auf der Galerie blicke ich
hinaus in ein Meer aus Grüntönen. Außer einer Ecke des
Tennisplatzes ist nur Parklandschaft zu sehen. Es wim-
melt in dieser Gegend von Privatwegen, automatischen
Bewässerungsanlagen, Zierteichen und Villen bis zur

Schlossgröße, die hinter dem üppigen Blätterschmuck unzähliger Baumarten verborgen liegen.

– Mein Reich, sagt Jackie.

Sie hat haltgemacht und sich vor einem Durchgang zu mir umgedreht.

Es fehlen nur die Saloontüren. Im Top mit westernartigen Fransen lacht sie mich an, und ich bin mir sicher, sie trägt keinen BH. Den Zopf hat sie hochgesteckt, ein Band aus schwarzer Seide schmiegt sich eng um ihren schlanken Hals, und an den Ohrläppchen baumeln Kreolen, so groß, dass ein Zwergpapagei sie mühelos als Schaukel benutzen könnte.

Aber wir betreten keine Westernkulisse, sondern ein Zimmer, wie man es bei uns in der Siedlung nur aus der Flimmerkiste kennt oder aus Wohnzeitschriften, die in Wartezimmern beim Arzt ausliegen.

Der begehbare Kleiderschrank steht offen.

Der an der Wand hängende Plasmafernseher läuft.

Das Bett steht in einer weiträumigen Nische hinter einem Vorhang.

Kein Heizkörper verschandelt das Bild (Fußbodenheizung vermutlich). Dafür stehen fremdartige Schnittblumen, vielleicht asiatisch, mit leuchtenden Blütenblättern in einer kugelförmigen Vase. Daneben ein Joghurtbecher, in dem ein Löffel steckt.

– Ich habe gerade meine Sachen gepackt, heute Nachmittag geht es endlich los, aber das weißt du ja.

Jackie lässt sich in ihrem kurzen Röckchen auf einen tiefen Sessel ohne Armlehnen plumpsen, wirft ihre Schuhe (weiße Mokassins) durchs Zimmer.

Ihre Beine (diese Haut, die sich um die Oberschenkel strafft wie die Pelle um ein Wiener Würstchen), glatt, makellos.

Ich schaue zum offenstehenden Fenster. Davor wächst eine Birke, Blätter filtern das Licht, das ins Zimmer fällt.

Ein Windhauch bauscht die Vorhänge. Am Boden liegt eine Trainingsjacke, die ich kenne. Ich frage nicht danach. Ich habe andere Sorgen. Ganz andere.

Ich bin früh aus dem Baumhaus weg, mit den ersten Sonnenstrahlen, habe den Bus genommen. Die U-Bahn. Bin vom Hafen dann zu Fuß hierher. Unterm Arm die Zeitung, die ich unterwegs an einem Kiosk habe mitgehen lassen.

Im Kopf sirrt und flimmert es (nicht nur wegen Schlafmangels). Was nichts daran ändert, dass mein Hirn mir taktlose Streiche spielt.

Ich denke mir Jackie nackt auf einem weißen, seidengleichen Laken, habe Mühe, diesen Gedanken zu zensieren und wieder in Jackies Selbstgespräch über den *Powwow* und die Fahrt dahin und so weiter einzusteigen.

— … von morgen bis Sonntag ein riesiges Happening, vier Tage, wie es noch keine gegeben hat, wir werden noch unseren Enkeln davon erzählen, jede Wette.

Sie spricht wie aufgekratzt und mit verruchter Cowgirlstimme. Wickelt sich eine aus dem hochgesteckten Haar hängende Locke um den Finger beim Reden.

— …

— Hörst du mir überhaupt zu?

Ich betrachte die Reisetasche. Die herumliegenden Flyer.

— …

— Komm schon, was genau geht dir durch den Kopf? Gefällt es dir hier nicht?

Ich merke, wie mir die Lider zittern. Die unangenehme Spannung zwischen den Augen (dieses Symptom, wenn man Heulen könnte, aber nicht will).

– Nein, das ist es nicht, sage ich.

– Du siehst aus wie der Kater, der den Goldfisch aus dem Glas gefischt hat, sagt sie, spuck's endlich aus, was ist los? Liebeskummer?

Ich erzähle stockend, was ich von Mausers Vater weiß. Zeige Jackie hinterher den Artikel in der Zeitung. Das Blatt liegt aufgeschlagen auf meinen Knien. Ich tippe auf die vier kurzen Absätze, auf das unscharfe Foto daneben:

– Das ist er, sage ich.

Als hätte das besonderes Gewicht.

Lange Pause. Jackie überfliegt die Zeilen, betrachtet Zöllners unscharfes Bild.

– Schachmatt, derb, sagt sie schließlich.

Ihre Miene hat sich verfinstert. Sie kratzt sich am Bein. Guckt auf. Sie scheint zu erwarten, dass ich etwas sage. Aber mir fällt nichts ein.

– …

Dafür habe ich das ungute Gefühl, Jackie würde mein Gesicht mustern, als wäre der abgebildete Täter in der Zeitung nicht Zöllner, sondern ich, und ich falte die Seiten stumm zusammen, senke den Blick. Betrachte den Rest von Schorf auf dem Handrücken. Eine Woche ist es auf den Tag her, dass ich die Zahlen mit der Scherbe hineingeritzt habe. Die Spuren verblassen.

– Puh, ganz schön gruselig, sagt Jackie, als sie das wackelige Schweigen zwischen uns endlich bricht.

– …

Ich habe meine Sprache noch immer nicht wieder gefunden.

– Wirklich, sagt Jackie, wenn ich die Frau von so einem Kerl wäre … Einfach Briefmarke auf den Allerwertesten und weg, aber rechtzeitig.

– Nein, so ist das nicht, sage ich schnell.

Merke, dass ich gerne ihr Bild von Zöllner korrigieren würde.

– Was meinst du?

– Es ist völlig anders, als du dir die Sache jetzt vielleicht vorstellst, es guckt kein Kamm aus der Gesäßtasche, wenn er eine Jeans trägt. Wenn er sich schick machen muss, dann nicht mit Hawaiihemd und Cowboystiefeln. Er pilgert auch nicht am Wochenende mit Fanschal ins Stadion oder sitzt mit Zahnstocher im Mundwinkel auf der Couch und rülpst. Er trägt Anzüge, wenn er zur Arbeit geht, er tatscht nicht einfach jede Frau an beim Reden, wenn sie ihm gefällt, ich weiß, dass das seltsam klingt, aber er behandelt andere mit Respekt, wirkt charmant, hat sein Abitur in der Abendschule nachgeholt.

– Und seine erste Frau?

– Krebs.

Ich weiß nicht viel mehr, und Jackie kommt mit ihren Fragen sehr bald auf die Ereignisse von gestern zurück. Ich berichte, was ich weiß, bereitwillig, vielleicht sogar nicht ohne leicht angeberisches Pathos. (Ich, der Augenzeuge.)

Sehe mich wieder vor dem Haus stehen, die Menschen, die hinter dem rot-weißen Flatterband der Absperrung lungern, mit weit aufgerissenen Augen. Darin: Entsetzen Gier Ratlosigkeit Taktlosigkeit.

Sobald jemand das Haus verlässt, klicken die Kameras der Fotografen los. Die Gesichter der Abgelichteten: verwüstet vom Feuer der Blitze.

Und obwohl Jackie nicht fragt, erzähle ich, wie es mir ergangen ist vor 24 Stunden, an diesem Dienstagvormittag. Es bricht aus mir heraus wie ein loses Brett aus dem wackeligen Zaun eines verwilderten Gartens.

– Alles war wie immer und gleichzeitig gar nicht, sage ich, ich stand seltsam neben mir, alle Nachbarn genauso, hatte ich das Gefühl, und die Polizei hat mit Spürhunden …

Ich stocke, merke, dass mir ausgerechnet der Gedanke an die Tiere, die wie verrückt an den Ketten gezogen haben, die Kehle zuschnürt und die Augen wässert.

Merke, dass ich dringend wohin muss, raus aus dem Raum.

– Im Durchgang rechts, ruft Jackie mir noch nach.

Ich drehe den Schlüssel im Schloss, spüre den Druck, der auf dem Brustkorb lastet, ein wenig abebben. Atme tief durch, gehe hin und her in Jackies Bad, das groß genug ist, um zehn Schritte zu machen, ohne die Richtung zu wechseln.

Ich hebe den Toilettendeckel, drücke die Spülung, obwohl ich die Toilette nicht benutzt habe. Das Wasser strudelt in der leeren Kloschüssel.

Ich stelle mich vor den Spiegel, sehe auf der Wand daneben eine Mücke mittig auf einer Kachel hocken. Ich balle die Hand zur Faust, spreize den Daumen heraus.

Das Insekt rührt sich nicht.

Kampflos erledige ich die Mücke. Verwische den mit Gekröse angereicherten Blutklecks, der dabei entsteht. Ich bin erschrocken, als ich mein Gesicht hinterher im Spiegel betrachte, die Grimasse: dieser leere Blick.

Bin das ich?

Der Griff zum Wasserhahn (mit zittrigen Händen).

Der Strahl, der hart auf die Keramik schlägt.

Über das Waschbecken gebeugt, netze ich mir das Gesicht. Mit eiskaltem Wasser. Bis es glüht, als hätte man es mit Schnee abgerieben.

– Zöllners Frau hat sich die Brüste vergrößern lassen

vor ein paar Jahren, sage ich, nach dem Eingriff haben
sie wohl fürchterlich geschmerzt, und es hat albern ausgesehen, keine Ahnung, was in den Köpfen dieser Leute
manchmal vorgeht, was die überhaupt beschäftigt den
ganzen Tag.

Ich sitze wieder bei Jackie im Zimmer.

Sie hockt auf der Fensterbank, drückt eine Zigarette
im Aschenbecher aus, greift in die Haare (den Zopf hat
sie in meiner Abwesenheit geöffnet), schlingt sich ein
paar Strähnen um den Hals. Ich sehe den Knutschfleck
in der sanft geschwungenen Beuge zur Schulter.

– Ich habe mir letzten Herbst auch die Nase richten
lassen, sagt sie, ich finde das nicht verwerflich, grund-
sätzlich, aber man braucht schon den richtigen Arzt.

Ein Schlag vor den Kopf. Ich komme mir betrogen vor
(oder wenigstens ein Stück weit vorgeführt). Aber als sie
registriert, dass die Antwort mir nicht schmeckt, wechselt sie sofort geschickt mit einer Frage zu den Ermitt-
lungen das Thema, lächelt ihre vorherigen Sätze dabei
gleich wieder aus meinem Bewusstsein.

– Was die Polizei jetzt macht? Lauwarmen Automa-
tenkaffee trinken, nehme ich an, Bleistifte abstauben
und der Größe nach sortieren, diese Dinge.

Ich zucke mit den Schultern. Mir ist (ohne dass ich es
erklären kann), als würde sie nicht mit mir, sondern mit
jemand Fremdem sprechen.

– Guckst du auf meinen Knutschfleck?

Wieder das Lächeln: jedes Mal ein kleiner Magen-
schwinger. Ich:

– Der Qigong-Workshop vom Wochenende?

Sie klopft zu ihren nächsten Worten einen Begleit-
rhythmus mit den Händen auf ihren Bauch. Ihre Augen
leuchten.

– Blödmann. Das warst du am Freitag.

War ich das? Ich betrachte das Werk, sage:

– Wie geht es weiter?

– Ist die Frage ernst gemeint?

– Ist die Antwort ernst gemeint?

Sie kommt auf mich zu. Umgeben von einer Wolke schalem Zigarettenrauch, Mädchenschweiß, Sonnenmilch.

Im Gegenlicht wird ihr fuchsrotes Haar von einem kupferfarbenen Schein umkränzt.

Ich bin bereit, alles, was sie sagt und tut, gut zu finden.

– Ich gehe jetzt für das Festival einkaufen, sagt sie, und du kommst mit.

– Zum Einkaufen oder zum Festival?

Wie sie sich dann die Reißverschlüsse ihrer kniehohen Lederstiefel zuzieht. Ihr Gang die Treppen runter: federnd und unbeschwert.

Ein leichter Wind weht im Vorgarten die Gischt von einer Sprenklerfontäne zu uns herüber. Das Gras im Halbschatten der Bäume strahlt im Mittagslicht hell und unwirklich (technicolorgrün). Efeu klettert über kunstvoll gealterte Mauern.

Jackie geht voraus. Wir spazieren durch das Viertel am Fluss.

Das würfelartige Pförtnerkabuff vor dem Eingang zu einem Wohnpark, in dem ein Uniformierter mit Dienstmütze über eine Zeitung gebeugt sitzt wie ein Telegrafist über der Morsetaste.

Die Kameraaugen, versteckt in Büschen neben schmiedeeisernen Toren.

Selbst die bauschigen weißen Wolken am Himmel wirken bauschiger und weißer als normal in diesem Teil des Universums.

Wenn alles jetzt pixelig werden würde oder bunte Artefakte anfingen, mir vor den Augen zu tanzen, ich wäre nicht überrascht.

– Warum kommst du nicht gleich heute Nachmittag mit, in unserem Auto sind noch Plätze frei.

Hinter meiner Stirn ist mit einem Mal alles so leer wie eine Feldflasche nach zwei Tagen in der Wüste. Und ich fühle mich so sprachlos wie der unbeschriftete Grabfund eines Archäologen (und genauso tot).

– …

Mir fällt keine Antwort ein.

– Komm, gib mir einen Kuss, ich brauch das jetzt, sagt Jackie und blickt mir fest in die Augen.

– …?

Ich frage mich, ob ich richtig gehört habe. Oder ob sie vielleicht gerade etwas ganz anderes gesagt hat. Wir haben uns noch nicht einmal berührt heute. Sie packt mich am Ärmel meines T-Shirts.

– Komm, nur ein Kuss.

Ich küsse sie, während sie die Arme um mich schlingt. Sie drückt mich an sich, wie in tiefster Verzweiflung.

Ich leiste keinen Widerstand. Lasse ihre fuchsroten Haare durch meine Finger laufen.

– Denk über die Sache mit dem *Powwow* nach, flüstert sie, ich freue mich, wenn du kommst. Das mit Sonntag ist ein blödes Missverständnis gewesen, ein ganz blödes, besorg dir doch endlich mal ein Telefon.

Können das nur Mädchen: ohne Schwierigkeiten von einer Rolle in die nächste schlüpfen? Ich starre auf den Eingang der Drogerie, vor der wir stehen, auf die automatischen Türen, die auf- und zugehen, wenn die Kunden rein- oder rausmarschieren.

– Ich geh besser nach Hause, ich muss noch eine Bohrmaschine abholen, beende ich mein Schweigen.

Natürlich möchte ich, dass sie mich an der Schulter
packt, mich noch einmal in die Arme schließt und sagt:
Geh nicht … doch das passiert nicht. Sie sagt:

– Okay.

Und etwas führt mich fern von Jackie, fern von diesem Ort. Ja, ich glaube tatsächlich, es ist unheimlich
wichtig, dass ich erst noch die Bohrmaschine besorge,
bevor ich die Stadt verlasse. Dass ich am besten jetzt
gleich aufbreche, um ein paar Dinge zu erledigen. Nur
welche genau?

– Ich komme nach, ganz bestimmt, sage ich.

II

Drei Dinge, die ich sicher über Edda weiß

- 21 Jahre. Die Sorte Mensch, die laut sagt, was sie denkt. (Ihr Blick dann, als wäre sie entschlossen, auf der Autobahn eine Geisterfahrt zu unternehmen.)
- Linkshänderin – und kann knallharte Ohrfeigen schlagen, mit denen man nicht rechnet, die man deshalb nicht kommen sieht. (Umwerfend auf ihre Art.)
- Meine Adresse hat sie von der Bonuskarte abgeschrieben, die ich bei ihr abgegeben habe. (Schreiben kann sie, ehrlich, sie kann's.)

■

|zurück: Mittwoch, noch 12 Tage Ferien

Ich trete zurück ins blendende Licht vor der Videothek, werde herzlich von den unheiligen Temperaturen empfangen. (Die Wärme umschlingt mich.) Die Poren öffnen sofort wieder alle Schleusen.

Ich rücke im Gehen an der Mütze, kneife die Augen zusammen.

Mein Blick wandert vom Parkhaus gegenüber zur Brücke zwischen den zwei Türmen. Kondor und Kumpane sind nicht mehr zu sehen.

Vor dem Schaufenster des Spielzeugladens, einen Steinwurf entfernt von der Videothek, mache ich halt. Hinter der Scheibe hängt an einem Faden das Modell eines rosa Flugzeugs. Eine Propellermaschine. *Lilly 7* steht auf dem Rumpf.

Zur Dekoration gehört außerdem ein rosa Stoffhase, der dem Betrachter entgegengrinst. Eine der weißen Puschelpfoten ist mit einem Draht so über seinem Kopf fixiert, dass sie (auf beinah faschistoide Art) zu grüßen scheint. Mauser:

– Angst vor Hasen? Du siehst leicht verstört aus.

Meine Silhouette spiegelt sich im Glas. Er hat Recht: Ich sehe leicht verstört aus. Blicke zurück zum Eingang der Videothek. Kein Indianer.

– Alles prima, sage ich.

Rekapituliere meine Begegnung mit Bozorgs Nachfolgerin. Mauser schweigt:

– …

– Sie war nicht völlig unsympathisch, sage ich, aber

ein rosa Stoffhase im Arm, und man hätte sie leicht für eine Irre gehalten.

– Ein rosa Stoffhase im Arm, und jede Frau wirkt irre.

– Ich bin mir sicher, es gibt Frauen, die sehen aus wie ein echtes Luder mit einem rosa Stoffhasen im Arm.

– Bestimmte Mädchen vielleicht, Frauen sehen aus, als hätten sie den Schuss nicht gehört, wenn sie einen rosa Stoffhasen im Arm halten. Immer. Mädchen und Kuscheltiere wiederum, da schnalzt der Pädophile mit der Zunge, keine Frage.

– Ja, und dazu so ein kugelförmiger Lutschlolli, der einem eine pinkfarbene Zunge macht. Und geflochtene Zöpfe natürlich. Rasiert im Schritt.

– Hast du dank Bozorgs Nachfolgerin jetzt vielleicht auch Zugang zu der Abteilung für Erwachsene in der Videothek?

– …

Ich schicke mir mit meinem Spiegelbild ein Grinsen hin und her, stelle dann wieder scharf auf das Stofftier mit der erhobenen Pfote, betrachte die Naht, die den gereckten Puschelstummel durchzieht. Denke unwillkürlich an die kleine Narbe von Bozorgs Nachfolgerin, berichte davon. Mauser:

– Eine Hasenscharte?

– Nein, nein, sage ich, nur entfernt erinnert es daran, ist aber dezenter, viel …

Ich suche ein Wort, komme nicht weit damit: Hinter uns an der Haltestelle ist gerade einer der drei Linienbusse vorgefahren.

Das Zischen von Pressluft, mit dem sich die Türen öffnen. Ein Pulk Menschen strömt auf den Gehweg. Ich bin abgelenkt (das Gewimmel um mich herum macht mich unruhig); ich eise mich von der Geschäftsauslage los.

– Kondor und Co. wollen am Abend zum Schwimmen, vermelde ich nach ein paar Schritten.

– Freibad oder See?

– Das Freibad im Park, Stadtmitte.

– Erhöhtes Risiko in den Ferien, zu viel Schnöselpack, fast täglich Razzia.

– Außerdem Kondor, sage ich.

– Außerdem Kondor, präzise.

Mir ist klar, warum Mauser nicht wild auf diesen Ausflug ist. Nächsten Monat zu den Kämpfen will er auf den Punkt vorbereitet sein. Es geht um die wertvolle Währung Zukunft, um die eine Chance, die man besser bei den Eiern packt: Die Nominierung in die Auswahl winkt.

– Ist ja kein Bankraub, werfe ich versuchsweise ein.

Anders als Mauser glaube ich, etwas Abwechslung, um den Kopf mal wieder frei zu bekommen, könnte nicht schaden. Die Ferien waren bisher eine einzige Schinderei, ein hartes, diszipliniertes, zielgerichtetes Training. Mauser:

– Apropos Raub, wie viel hast du aktuell noch in der Tasche?

– Drei Kupfermünzen und einen Fussel im Bauchnabel.

– Gut, dann gibt es ja keinen Grund, die Straßenseite zu wechseln.

Es ist ohnehin zu spät.

Mauser hat ihn nicht gleich bemerkt. Ich habe ihn nicht gleich bemerkt: Kondor blockiert hinter der großen Kreuzung (bei der Apotheke) den geraden Weg an der Straße längs. Grinst breit. Nähert sich mit schimpansenartigem Schaukelgang.

Und los geht das Affentheater:

– Hey, Boxer!

Trotz der Hitze trägt Kondor eine schwere schwarze Lederjacke (die Musik der klimpernden Reißverschluss-Zipper), dazu eine verspiegelte Sonnenbrille, groß wie ein Integralhelm-Visier.

– Kondor, so allein?

Der Stumpf eines ausgeschlagenen Schneidezahns blitzt mich an.

– Tja, die Jungs meinten, sie hätten geschäftlich zu tun, sagt er.

Spuckt auf den Asphalt. Ich:

– Ein bisschen warm, um Tankstellen mit Skimasken auf dem Kopf einen Besuch abzustatten, oder nicht?

Illegale Aktivitäten sind bei der Truppe an der Tagesordnung, wie jeder weiß; größere Verbrechen allerdings eher nicht. Dafür sorgt schon Brand III, der große Strippenzieher hinter all diesen Kleinganoven der Siedlung. Und deshalb behält Kondor auch seine gute Laune (vorerst):

– Körperliche Arbeit liegt ihnen nicht, sagt er.

– Außendienst?

– Ich würde es Management nennen.

– Ja, sage ich, wenn man älter wird, ist man im Management vermutlich besser aufgehoben als auf der Straße, stimmt schon.

Kondor ist nur unbedeutend jünger als ich. Er, sein angeblicher Halbbruder Emmemm und ich sind eine Zeitlang in dieselbe Grundschulklasse gegangen. Im April hat man Emmemm mit einer Nadel im Arm gefunden (neben der Kloschüssel in einem Schnellrestaurant am Busbahnhof).

Kondor:

– Wenn man natürlich eher der sportliche Typ ist,

können sich auch ganz andere Möglichkeiten auftun, karrieremäßig …

Er schiebt das verspiegelte Visier in das ölige Haar. Das Leder seiner Jacke knarzt. Die Zipper klimpern. Eine Wolke Schuhschachtelduft weht herüber.

– …

Mauser schweigt. Dabei geht es um ihn. Um seine Chance auf die Auswahl.

– Es ist ein Turnier wie jedes andere, sage ich, der Beste gewinnt.

– Der Beste von denen, die teilnehmen, sagt Kondor.

Spuckt noch einmal aus. Er und Emmemm haben eine Zeitlang ebenfalls geboxt. Bis es die ersten Konflikte mit dem Gesetz gegeben hat. Plus Emmemms vorzeitigen Ausstieg aus dem Schulsystem (der endgültige K.o.); ich erinnere mich noch gut an die Worte des Trainers (vor versammelter Mannschaft):

– Wer den Kopf nicht benutzt, um aus dem Ghetto zu kommen, wer keine Disziplin hat, der braucht nicht in den Ring zu steigen, nicht hier.

Emmemm hat gefleht. Geflucht. Am Ende auch geflennt.

Der Trainer, Ex-Europameister im Schwergewicht, Sohn eines Trunkenbolds und Melkers, hat sich davon nicht erweichen lassen: Er hat ihm die Sporttasche eigenhändig vor die Tür getragen. Emmemm, der neben Mauser das größte Talent der Staffel gewesen ist, hat nie wieder einen Turnschuh in die Baracke gesetzt.

Und Kondor bald auch nicht mehr. Schwebt seither über dem Abgrund. Nach Emmemms Tod mehr denn je. Falsche Freunde. Falscher Ehrgeiz, ihnen zu gefallen.

– Falls noch ein Sparringspartner gebraucht wird, mein Angebot steht.

Kondors glasige Augen. Ihr fehlender Ausdruck lässt ihn immer ein bisschen angeödet wirken. Aber ich weiß, was er sich wünscht.

– …

Und wieder hält Mauser sich diskret zurück. Auch er weiß, dass Kondor die fixe Idee hat, mit ihm noch immer mithalten zu können.

– Sparring ist derzeit nicht, sage ich.

– Egal. Aber der Schwimmtermin heute Abend steht.

Kondor setzt sich die Sonnenbrille zurück auf die Nase.

– Klar, sage ich, …

(Weiß, dass ein Nein ohnehin keinen Sinn hat.)

– … wir treffen uns vor Ort, wenn nichts dazwischenkommt.

Ich merke, dass Kondor mir nicht glaubt. Er wird häufiger versetzt. Was auch daran liegt, dass man nie weiß, woran man bei ihm ist. Mal sucht er (auf oft rührend unbeholfene Art) Nähe, mal (ganz plump) die Provokation.

– Wir fahren zusammen, sagt er.

Ich betrachte meine Fußspitzen. Eine Wespe schwebt eine Handbreit über dem Boden, im Erkundungsflug. Dreht bei. Lässt uns in Ruhe.

– Hör mal, Kondor, sage ich, …

Denke über eine gute Ausrede nach, pumpe die Lungen auf mit Straßenluft (Stein Teer Staub), warm, trocken, unparfumiert.

– Ich besorge ein Auto, sagt er.

Und das ist der Punkt, an dem Mauser sich zu Wort meldet.

– Ehrlich gesagt, passt die Sache nicht wirklich gut.

– Ich habe einen Film ausgeliehen, ergänze ich.

Kondor leckt sich die Lippen, beugt sich vor.

– Diese Aggressivität in der Stimme, sagt er, ich kriege langsam das Gefühl, der Umgang mit mir wird nicht gewünscht.

Mauser:

– Hör auf mit dieser Heulsusennummer, Kondor.

Ich:

– Mittwoch ist Filmabend, so ist das nun einmal.

Womit die DVD nun in den Fokus von Kondors Aufmerksamkeit gerät. Er packt mein Handgelenk.

– Und da ist der liebe Kondor natürlich nicht eingeladen, sagt er.

Und als er merkt, dass ich mich nicht wehre, lässt er mich los, schnappt mir den Film aus den Fingern weg. Klappt die Hülle auf.

– Komm, gib ihn zurück, sage ich.

– Das klingt jetzt aber auch nach Heulsusengeheule, sagt er, worum geht's denn in diesem Streifen?

Die Lichtreflexe des Silberlings tanzen ihm im Gesicht herum.

– Ist so eine Art Roadmovie-Western, handelt von jungen Typen, sage ich.

– Typen so wie wir?

– Schätze schon.

Ein Pfiff der Bewunderung.

– Das klingt aufregend, da passieren bestimmt üble Sachen, gibt ja immer Schurken in diesen Filmen, die nur so fieses Zeug im Kopf haben.

Sagt es. Nimmt die runde DVD-Scheibe in die Hand, zaubert ein Butterfly in die andere und ritzt mit der Messerspitze ein X in den Kunststoff.

– Das kostet mich eine hübsche Stange Geld, Kondor, da gehen soeben ein paar Turnschuhe über den Jordan, sage ich.

Versuche halbherzig, ihm die Hülle zu entwenden. Er tänzelt zurück.

– Ein paar Turnschuhe besorge ich dir, kein Problem, welche Größe?

Ein paar Passanten, die vorbeikommen, schauen demonstrativ durch uns hindurch. Als wären wir Luft. Mauser:

– Komm, gib die DVD zurück.

Kondor pfeffert das Ding wie ein Frisbee auf das Dach der Apotheke. Ich bekomme die leere Hülle vor die Füße geworfen. Kondor:

– Jetzt kann nichts mehr dazwischenkommen, Filmabend fällt aus, wir gehen schwimmen. Unter Leute kommen tut gut, Boxer.

Und zum Abschied gibt's ein Böser-Bube-Lächeln. Dazu eine obszöne Geste mit dem Mittelfinger. Kann durchaus kameradschaftlich gemeint sein.

■

|vor: Donnerstag, noch 11 Tage Ferien

Außer uns keine Menschenseele. Ein Bademeistertraum: als wäre dies eine ganz normale Schwimmstätte, geschlossen und verlassen bei Nacht, wie es sich gehört. Mondlicht bedeckt das Wasser. Von den ungebetenen Gästen, die bis zur Razzia hier herumgeturnt sind, zeugen einzig noch die Parolen an den Umkleidekabinen.

(Schnüffelt da wirklich eine Ratte an den frischen Parolen aus Sprühsahne?)

Jackie und ich sammeln unsere Klamotten zusammen (sie liegen noch an Ort und Stelle), finden sogar ihre Zigarettenschachtel wieder, schleichen zum Drehkreuz.

Ich helfe Jackie beim Klettern.

– Und, wo ist jetzt dein Fahrrad, Herr Krötentöter?

In goldenen Sneakers und Strandkleid steht sie vor mir. (Das Zittern unter ihrer Haut, das die Müdigkeit verrät.) Ich bin immer noch ein wenig sprachlos, dass sie sich nicht einfach unter meinen Berührungen in Luft aufgelöst hat; und dass sie keinerlei Anstalten macht, jetzt, da wir ungeschoren davongekommen sind, sich wieder schnellstmöglich von mir zu verabschieden.

– Schätze, die Tour auf der Stange müssen wir verschieben, murmle ich.

(Ich bin ohne Fahrrad gekommen; einer von Kondors Kollegen hat Kondor und mich vorhin mit dem Auto direkt vor dem Eingang des Freibads abgesetzt.)

– Dann fahnden wir, sagt sie, am besten nach einem Profi, der uns chauffiert.

– Ich bin blank, sage ich.

Aber Jackie zaubert einen Schein aus ihrem Bikini-Oberteil. Die Banknote ist zwar durchnässt vom Tauchen, kaum mehr als ein schlapper Fetzen, aber es findet sich schließlich ein Taxifahrer (nicht zuletzt dank Jackies Charme), der den Lappen nimmt, sie und mich stadtauswärts fährt. Richtung Westen. Vorbei am Hafen, vorbei an immer höheren Zäunen und Hecken und immer größeren Parks.

Überwach lasse ich die vorbeifliegenden Bilder auf mich wirken, während Jackie neben mir auf der Rückbank einfach einschläft (den Kopf an meiner Schulter).

– So, Guthaben aufgebraucht, ihr Turteltäubchen …

(Der Fahrer hat vor der Auffahrt eines geschlossenen Restaurants mit großer Außenterrasse gehalten, schaltet die Innenbeleuchtung ein.)

– … Endstation, weiter geht die Fahrt nicht. Scusi.

Er klopft gegen das Taxameter.

Jackie hat noch immer die Augen geschlossen. Ich stupse sie an.

– Hm?

Sie blinzelt, lächelt, und ich weiß für einen Moment nicht, ob sie weiß, wer ich bin und wo sie mich aufgegabelt hat. Dann fällt ihr Blick aber auf meine Hand (die mit den Kratzern und den feinen Krusten von bräunlichem Blut auf der Haut).

Ein Zeichen des Erinnerns huscht über ihr Gesicht. Ich helfe ihr aus dem Taxi.

– Ich bringe dich nach Hause, schlage ich vor, das Geld hat nicht gereicht.

Das Taxi wendet.

– Knauseriger Mistkerl, schimpft Jackie dem Wagen hinterher, hätte uns die letzten Meter nun wirklich auch noch fahren können.

Es ist zwei Uhr morgens. Wir setzen unseren Weg zu Fuß fort. Sie blickt mich so wenig an, wie ich sie anblicke. Keiner von uns sagt einen Ton. Und dann, nach ein paar Minuten, hängt sie sich plötzlich bei mir ein, als machten wir das immer so um zwei Uhr morgens, nach dem Freibadbesuch.

– Gib mir deine Hand, sagt sie ein paar Schritte weiter.

Flicht ihre Finger in meine: ein Moment, als wenn man oben auf einer Rutsche sitzt, loslässt. Ich schaue auf meine Füße und sage mir im Takt meiner Schritte: *Ich. Ge. He. Mit. Jack. Ie. Hand. In. Hand. Und. Sie. Ist. Der. Wahn. Sinn.*

Riskiere einen Seitenblick auf meine Begleiterin, gehe fast in die Knie.

Ich kann im Licht der Straßenbeleuchtung den blonden Flaum auf der Haut ihrer Unterarme gut erkennen, komme mit dem Zählen der Sommersprossen nicht nach. Mein Herz wummert, als wäre mein Brustkorb der Maschinenraum eines Schaufelraddampfers. Alles ist im Grunde perfekt in diesem Moment.

(Klitzekleiner Haken: Meine Blase beginnt heftig zu zwicken.)

– Wir haben Glück gehabt im Schwimmbad, sage ich.

– Keineswegs, du hast das richtige Versteck gekannt, sagt sie.

Wir reden. Auch darüber, wie knapp es wohl wirklich gewesen sein mag. Eine halbe Ewigkeit hat die Taschenlampe die Plastikklappen beleuchtet, hinter denen wir Schulter an Schulter gesessen haben. (Reglos wie Schaufensterpuppen.)

– Glaubst du, die kommen hier rein?, hat Jackie geflüstert.

Ich habe ihr angemerkt, wie sie die Spannung genossen hat.

– Durchs Wasser? Niemals.

Nichts ist passiert. (Wirklich nichts?) Aber ihre Hand hat trotzdem nach meiner gegriffen. Die festen Kunstnägel, die sich mir ins Fleisch gegraben haben. Wie jetzt.

Ich gehe so neben ihr, dass ich sie ansehen kann. Jackie bemerkt es, tut, als würde sie (wie eine wilde Raubkatze) mit den Zähnen nach mir schnappen. Löst den Griff, zündet sich eine Zigarette an.

– Und du? Noch nie geraucht?

(Es zwickt bei jedem Schritt schlimmer.) Ich:

– Wir haben früher Benzin geschnüffelt und uns aus alten Kippen, die wir an der Bushaltestelle gesammelt haben, neue gedreht. Angefangen habe ich mit zwölf, aufgehört auch. Ein halbes Jahrzehnt her.

– Auch weil es nicht geschmeckt hat?

– Es hat vor allem dem Erziehungsberechtigten nicht geschmeckt.

– Autsch!

– Ja, es herrschen raue Sitten in der Gegend, aus der ich komme. Wie ist das in dieser Gegend? Hier bekommen die Kinder doch mit zwölf unter Garantie ihre erste Kreditkarte, um ihre Lines ordentlich bauen zu können.

Jackie lacht und schmeißt die Kippe weg.

– Du bist hier noch nie gewesen?

Nein, bin ich nicht. Und bin durchaus beeindruckt: Die Luft ist nicht mehr wie beim Schwimmbad mit Chlor und Stadtdunst gesättigt, sondern mit Chlorophyll und (vom nahen Fluss aufsteigendem) Meeresduft. Überall wächst, blüht und wuchert es. Das Grün der Blätter wirkt jetzt bei Nacht fast wie schwarz.

(Nicht bedrohlich, nur unwirklich.)

Überhaupt: Alles sieht aus wie im Film. Einstellung für Einstellung ein immer makellos komponiertes Bild. Selbst als ein Krankenwagen an uns vorbeihetzt, hat das etwas von einem Kinomoment. (Das Blaulicht, das ganz klar Rettung verheißt, nicht schlimmer Notfall, und aufregende Farbmuster ins Dunkel der Nacht tupft.)

– Wenn du mir gleich gestehst, das sind alles bloß Kulissen, in den Villen wohnt in Wahrheit kein Mensch, glaube ich dir sofort, sage ich.

– Pass auf, haucht Jackie mir warm ins Ohr, das ist eine Aufzeichnung fürs Vorabendprogramm, aber das hast du nicht von mir.

– Ist okay, ich lasse mir nichts anmerken, gebe ich zurück.

Wir biegen ab, schlendern durch eine verschlafene Nebenstraße, an deren Rand nicht ein Auto parkt, etwas, das ich in der Form auch nicht kenne.

– Da wären wir, sagt Jackie.

Sie hat vor einer prachtvoll geschwungenen Toreinfahrt haltgemacht. Die Spitzen über den hohen Eisengitterpforten ragen in den Himmel wie Speerklingen.

Grillen veranstalten ein Zirpkonzert der Extraklasse für uns.

(Nach wie vor das Zwicken der Blase.)

– Respekt, sage ich. (Die Unterlippe anerkennend vorgeschoben.)

Und Jackie sagt auch etwas. Aber es dringt nicht mehr bis zu mir durch, denn ihr Kopf berührt leicht meine Schulter. Wie von selbst umarmen wir uns.

Fest drückt sie ihre Lippen auf meine.

Sie schmeckt nach Rauch Bier Lippenbalsam. Ich spüre ihre kalte Nase beim Küssen an der Wange. Das ist die Szene, in der die Musik kommt: die Crescendi, die von aufsteigenden Melodielinien getragen werden (von aufwallenden Streichern).

Unsere Kiefer mahlen und mahlen. Für einen Augenblick ist alles um mich herum vergessen, gewesen: die Welt, ich (meine Blase eingeschlossen).

– Sag mal, wie heißt du überhaupt?

Die Musik ist aus. Die Erdanziehungskraft hat ihre Macht zurück.

Ich erteile artig Auskunft, und noch einmal küssen wir uns. Tauschen Speichel über die Zungen aus. Ich schmecke ihre Fahne, ihre Zigaretten. Ich spüre eine Hand im Nacken. Jetzt knetet die andere Hand meinen Schritt. Ich (schwer in Bedrängnis):

– Halt. Ich bin noch nicht so weit.

Ich entferne Jackies Hand aus der gefährlichen Zone. (Es fehlt maximal noch ein halbvoller Fingerhut Flüssigkeit, um meine Blase zum Platzen zu bringen.)

– *Ich bin noch nicht so weit,* wiederholt sie, …

Lacht: hell, glucksend, das Klimpern von Glasperlenvorhängen.)

– … du bist vielleicht witzig.

Sie bietet mir prompt an, mit reinzukommen. Sie bietet es mir an. Sie (Jackie). Mir! Meiner Antwort (einer Frage) mangelt es mächtig an Originalität.

– Und deine Eltern?

– Meine Eltern? Die liegen im Sand, weit weg. Auf einer Palmeninsel mit massenweise blauem Wasser drum rum.

Jede Faser, jedes Molekül und Atom in mir, skandiert: Ja, sei kein Trottel. Aber der große Geist, der in mir steckt, wird zum Verbündeten meines Harndrangs, gibt den endgültigen Spielverderber.

– Danke. Ein andermal, sage ich.

Hasse mich auf der Stelle dafür. Bin zugleich furchtbar stolz auf mich.

(Hass: Weil ich die Gelegenheit in den Wind schlage.)

(Stolz: Weil ich den Augenblick nicht an die Wand setze. Warten kann.)

– Ach, los, ich beiße nicht, nicht doll jedenfalls, sagt sie.

Im Mit-den-Augen-Plinkern ist sie eine Wucht. Im Auf-die-Unterlippe-Beißen auch. Ich bekomme es trotzdem hin, standhaft zu bleiben. Ich:

– Heute mache ich auf alte Schule, ich bin kein Mann für eine Nacht.

– Ach, Mensch, Herr Krötentöter.

Scheinentrüstet stampft sie mit dem Fuß auf. Verschränkt die Arme vor der Brust, sieht mich an und löst die Schutzgeste gleich wieder.

– Zeit für die Heia, sage ich.

Zeige entschuldigend meine Handteller vor. Aber wir verabreden uns noch.

– Und wehe, ich werde versetzt, sagt sie.

Küsst die Fingerkuppe ihres Zeigefingers (kräftig, mit geschürzten Lippen) und drückt diese Fingerkuppe dann fest auf meine Lippen. Kratzt danach mit einem ihrer künstlichen Nägel sanft, ganz sanft an meiner Nasenspitze entlang.

Jetzt darf ich gehen. (Meine Augen sind schon gelb unterlaufen.)

– Mir fehlt noch der zweite Teil deiner Telefonnummer, sage ich.

(Schon im Rückwärtsgang).

– Kein Telefon, keine Nummer, ruft sie mir hinterher, *Bye-bye*.

Und ich sehe, wie sie mit einer Magnetkarte die Gitterpforte (eine wahrhaft stattliche Pforte) öffnet, die dann automatisch zur Seite wegfährt (untermalt vom leisen Surren eines Motors). Das Haus sehe ich nicht.

Ich sehe Jackie nur hinter blühenden Gewächsen über eine kleine Steintreppe verschwinden. Ein Bild, das sich mir, das spüre ich, einbrennt, regelrecht einätzt ins Gedächtnis (jetzt, in diesem Moment, sodass ich es immer werde aufrufen können).

Und ich nehme die Beine in die Hand, kneife den Hintern zusammen und finde zum Glück schnell einen Baum, gegen den ich mich erleichtere.

Ich finde außerdem an der übernächsten Haltestelle eine gültige Fahrkarte im Mülleimer und eine Sportillustrierte (200 Hochglanzseiten).

Ich finde, das Leben hat es noch nie so gut gemeint mit mir wie heute.

Selbst der Nachtbus kommt bald. Ich steige ein, und an der Endstation in den nächsten und schließlich auch noch in einen dritten. Nur das letzte Stück bis zu unserer Siedlung müssen mich meine Turnschuhe tragen.

Es dämmert bereits hinter dem Eckblock mit meiner Wohnwabe. Die ersten Vögel legen los. Mir kitzeln noch die Lippen von Jackies Küssen. Funken fliegen mir aus den Fingerspitzen. Ich bin hellwach. Fühle mich unverwundbar.

∎

|vor: Sonntag, noch 8 Tage Ferien
Weißlich sprühend tanzt der Regen auf den Gehwegplatten vor dem Eingang. Der Himmel ist nach wie vor
aschgrau betongrau rattengrau, und dünne Bindfäden
durchmustern den Raum zwischen tiefhängender Wol-
kendecke und Boden.

Ich rette mich unter das Vordach, nehme die triefende
Mütze vom Kopf, ziehe die Turnschuhe im Stehen aus.
In meinen klammen Strümpfen scheuert noch der Stadt-
strandsand, hängt zwischen den aufgeweichten Zehen
(einzelne Körner spüre ich selbst unter den Fußnägeln).

Im Treppenhaus empfangen mich die abgelagerten
Gerüche von rund vierzig Jahren, die unser Eckblock
auf dem Buckel hat, übertüncht vom frischen Citrusduft eines Putzmittels. Jemand wischt weiter oben die
Treppe.

Ich stehe im Erdgeschoss, lausche, schaue durch das
Glas der Tür zurück nach draußen, sehe die Türme
des Einkaufszentrums (nur schemenhaft, vielleicht sogar überhaupt bloß, weil ich von ihrer Existenz weiß).

– Niemals mit runtergelassener Hose erwischen
lassen …

Es ist Zöllner (die Hemdsärmel oben), der auf dem
Absatz zwischen erster und zweiter Etage mit dem Mopp
schwungvoll über den gemaserten Bodenbelag wischt.
Er blickt mir entgegen. Sein Bauch lugt über den Bund.

– … jedenfalls nicht länger, als du zum Pinkeln
brauchst, ergänze ich seinen Spruch leidenschaftslos.

Schleiche mit tropfenden Klamotten, eingezogenem

Kopf und trägem Schritt auf Mausers Vater zu. Nasser als ein begossener Kojote.

In den Oberschenkeln: mehr als anderthalb Stunden Dauerlauf.

Nur für die Strecke bis zum Hafen habe ich den Bus genommen. Habe es dann in der Blechschachtel nicht mehr ausgehalten. Bin raus. Und los.

Am Fluss längs. Oberhalb der verlassenen Anleger.

Barkassen liegen an den Pontons. Historische Dreimaster. Eine Linienfähre.

Gegenüber an den Docks Containerschiffe vor stillstehenden Kränen.

Ich überhole ein Pärchen, das die Köpfe unter einer Jacke zusammengesteckt hat, spüre den Aufruhr im Rippenkäfig, erhöhe unwillkürlich meine Schrittfrequenz.

Pfützen spritzen unter meinen Sohlen auf.

Die Füße schmatzen bei jedem Tritt im Schuh.

Der Blick streunt umher. Da!

Auf dem Wasser schippert ein Ausflugsdampfer mit rotem Heckschaufelrad und Schornsteinimitationen auf dem Oberdeck; zieht gerade vorbei an einem Kanu, das von einer hoch aufgeschossenen Gestalt mit ruhigen Schlägen flussabwärts gesteuert wird.

Selbst auf die Entfernung und durch den dichten Regen hindurch meine ich den Häuptling zweifelsfrei zu erkennen. Geschickt balanciert er die Schiffswellen aus. Winkt er mir zu?

Ich muss einem Grüppchen ausweichen, sechs, sieben jungen Kerlen, alle ausgestattet mit roten Strohsombreros (wie es sie in Urlaubsorten zu kaufen gibt) und kuttenartigen Jeanswesten (wie Biker sie tragen).

Man prostet mir mit Bierflaschen zu, grölt, und einer der Gang verfolgt mich ein paar Meter aus Spaß.

Ich verliere das Kanu aus den Augen und aus dem Sinn.

Renne mutterseelenallein weiter.

Durch die überschwemmten Straßen der Stadt (diese Gedankenflut hinter der Stirn). Sehe die Welt absaufen, während das angeknackste Herz zappelt wie ein aufs Trockene geworfener Fisch.

In der Senke unter einer Bahnbrücke treibt ein Auto im hüfthohen Wasser. Ein Mann, vermutlich der Besitzer, steht daneben, bis zur Hüfte in der braunen Brühe, eine Hand am Fahrzeug, die andere am Ohr, er spricht in ein Mobiltelefon.

Ich habe mich geschämt, weil ich nicht wenigstens versucht habe, ihm (wie auch immer) zu helfen. Aber ich habe einfach nicht anhalten können, allein schon aus Angst, dann womöglich doch wieder umzukehren, am Ende noch einmal vor dem Tor von Jackies Haus zu landen, sinnlos Sturm klingelnd.

(Ich, das angezählte Weichei.)

– Du siehst aus, sagt Zöllner, als wenn du einen Fön gebrauchen könntest, Junge, hast es mal mit einem Regenschirm versucht?

Ich finde, ich habe einiges versucht in letzter Zeit. Ich schweige.

– …

– Ich habe einen übrig, wenn du willst …

Zöllner pflanzt nachlässig den Mopp neben sich auf wie ein Infanterie-Reservist das Gewehr beim Appell. Er ist unrasiert. Und etwas in seinem Gesicht wirkt anders als sonst, bilde ich mir ein. (Erschöpfter?) Die Tränensäcke hängen wie benutzte Teebeutel unter den Augen. Auf seiner Stirn bilden die Falten eine wilde Landschaft (ein Canyon, betrachtet aus großer Höhe).

– ...

Ich lehne sein Angebot mit einem nur angedeuteten Kopfschütteln ab.

– Schuldigung, sagt er, ich ahne, was du denkst, *schieb dir deinen Schirm sonst wohin und spann ihn auf!*

Grinst selbst nur gequält über die Bemerkung. Ich bemühe mich um ein halbes Lächeln. Es gibt durchaus Gründe, Zöllner auf seine Art zu mögen. Für mich ist er einer der wenigen Erwachsenen, von denen ich mir vorstellen kann, dass sie selbst mal Kind gewesen sind. Er hat, als Mauser noch jünger gewesen ist, mit den Jungs im Hof oder auf dem Schulsportplatz beim Einkaufszentrum regelmäßig Körbe geworfen, hat sich dabei ins Zeug gelegt. Er fletscht die Zähne beim Wurf, schimpft, wenn der Ball vom Ring zurückprallt oder beim Dribbling verspringt, ballt die Faust bei einem Treffer. Bis er sich den Fuß eines Tages verknackst und danach nie wieder mitgeht.

– Danke, meine Haut ist wasserdicht, sage ich, und mein Herz rein.

Er lacht. Ich ziehe mich am Handlauf den letzten Schritt auf den Absatz hoch, auf dem er steht, schiele an Zöllner vorbei in den zweiten Stock.

Der Schlüsselbund, der an seiner Tür hängt. Für einen Moment der Gedanke an die Bohrmaschine. Aber der Wunsch, einfach nur schnell nach oben zu kommen, siegt. Spätestens als ich auf Zöllners Höhe bin.

Der Geruch seines Mundwassers.

Ich rieche es, als er mir den Kopf tätschelt.

Kinn auf der Brust, will ich gerade den Aufstieg fortsetzen, da sehe ich seine Hand kommen. Er streichelt mir wie einem kleinen, enttäuschten Jungen nach einem verlorenen Fußballspiel durch das feuchte Haar.

Das Komische ist: Es ist mir nicht einmal unangenehm.

Ich ducke mich trotzdem unter der Berührung weg, sehe dabei eine Schnake, die in dem Winkel zwischen Wand und Treppenhausdecke (gefangen und leblos) in einem Spinnennetz hängt. Bemerke das erste Mal auch die Verletzung in Zöllners Gesicht. Eine Schramme dicht neben dem Auge.

Das Werk eines Fingernagels?

Zwei Stufen nehme ich auf einmal, bleibe dann aber stehen, drehe mich zu ihm um (schaue auf Zöllner herab), starte einen Testballon:

– Wie geht's Laura?

– Weißt ja, schlechten Menschen geht's immer gut, gibt er zurück.

Als hätte er meine Gedanken durchschaut. Sagt es vielleicht eine Spur zu laut. Und zu schnell, als käme die Frage nicht überraschend.

Dazu ein Lächeln, mit dem einen Mundwinkel nur.

Ich habe noch immer diesen Geruch in der Nase, der sogar den Citrusduft vergessen macht: Mundwasser, vielleicht auch Zahnpasta.

Eine Zeitlang hat Zöllner sich zehn- bis zwölfmal am Tag die Zähne geputzt (Ersatzhandlung eines Süchtigen nach dem Entzug). Im Vergleich zu dem, was davor war, eine Kleinigkeit.

Der Tod seiner ersten Frau, das Kind, das er vorübergehend abgeben muss (an die Großeltern), das Ende der nie richtig in Gang gekommenen Sportlerkarriere, eine zweite Ehe, die unter den Umständen auch alles andere als erfolgreich anläuft.

Der Sumpf ist tief, in dem Zöllner damals gesteckt hat (mit Mitte dreißig).

– Dann schönen Sonntag noch, sage ich.

Setze gerade den Fuß auf die nächste Stufe, da fällt Zöllner noch etwas ein.

– Laura hat erzählt, sie hätte da neulich etwas vor der Apotheke beobachtet, sagt er, Mittwoch vielleicht, ja, Mittwoch hat sie gemeint, Laura …

Er macht nach dieser scheinbar beiläufigen Äußerung eine Pause.

Guckt erst mich an, wendet dann den Blick an mir vorbei nach draußen.

Vermittelt den Eindruck, als musterte er die im Regen vor dem Fenster liegende Siedlung mit höchster Aufmerksamkeit.

Ich:

– Mittwoch? Keine Ahnung.

Zöllner wendet sich wieder mir zu und zuckt mit den Schultern.

– War da was mit Kondor? Ich habe ihn am Morgen um die Häuser schleichen sehen, ziemlich verbeultes Gesicht.

– …

Kein Kommentar von mir dazu. Ich betrachte reglos die feuchtglänzenden Fußleisten auf dem Absatz hinter Zöllner. Er hat sehr gründlich geputzt heute.

– Kondor ist bestimmt kein schlechter Typ, aber einfach kein Gewinner, ein Gewinner hat einen Plan, sagt Zöllner, ein Verlierer hat immer eine Ausrede. Weißt du noch, wie er aus der Boxstaffel geflogen ist?

Zöllner fährt sich mit der Daumenspitze über seine Oberlippe. Betrachtet mich mit dem distanzierten Blick eines Forschers.

Um mich und meine Strümpfe herum haben sich Pfützchen gebildet. Die Bandagen an den Händen wiegen bestimmt so viel wie zwei, drei Bisonskalpe. Ich könnte sagen: Kondor ist nicht rausgeflogen, er hat Emmemm die Treue gehalten, und wenn er ein Verlierer sein sollte, dann ganz sicher einer mit Nehmerqualitäten wie kein Zweiter.

Aber ich bin zu schlapp. (Draußen zu viel Regen, drinnen zu viel Jackie.)

Ich nicke nur kraftlos, sage:

– Lange her, schätze, Kondor ist nicht mehr traurig deswegen.

Ich weiß, was Zöllner an Typen wie Kondor stört. Dass sie den Sport nicht zu ihrem Leben machen, obwohl sie es womöglich könnten. Aber was ist, wenn der Sport einmal alles war und er es eines Tages dann nicht mehr ist?

Zöllner kennt das, wenn Träume den Bach runtergehen.

Einmal feuert er im Treppenhaus mit einer Gaspistole um sich, trägt dabei Frauenkleidung (so betrunken, dass er praktisch nur noch krauchen kann).

– Sollen doch alle hören, dass bei uns die Hölle los ist, schreit er.

Der Tiefpunkt. Alles wird besser, als der Alkohol aus dem Spiel ist. Zöllner fängt sich beruflich wieder, macht eine anständige Figur in seinem neuen Job, wenn auch ohne erkennbaren Ehrgeiz. (Glücksspielautomaten vertreibt er.)

Laura und er arrangieren sich ebenfalls. (Hat es den Anschein.) Trotz Affären, die sich beide leisten, raufen sie sich immer wieder zusammen; zuvor allerdings fliegt das Geschirr tief, werden Kehlen heiser geschrien, Hände rutschen aus.

– Man könnte fast meinen, ohne Eskalationen langweilen sie sich miteinander.

Eine von Mausers Einschätzungen (dem Ohren- und Augenzeugen).

(Ein Scherz natürlich. Ein ernstgemeinter.)

Die Wahrheit ist vermutlich, dass für Zöllner eine Scheidung nicht in Frage kommt. Noch eine große Niederlage im Leben will er einfach nicht kassieren.

– Kennst du den?

Zöllner räuspert sich, offenbar um die Neugier zu steigern. Ich drehe mich (schon fast in der zweiten Etage angelangt) noch ein weiteres Mal zu ihm um:

– …?

Sehe das Zucken in seinem Mundwinkel: Kann womöglich Vorfreude sein, aber auch etwas ganz anderes. (Ein Hilferuf?) Er blickt mich jedenfalls an, als hätte er den Witz bereits erzählt und würde nur darauf warten, dass die Pointe zündet.

– Pass auf, sagt er schließlich, sitzen zwei Typen in einer Bar, meint der eine, ich habe gehört, die Alte aus dem dreizehnten Stock reibt es ihrem Mann Nacht für Nacht richtig rein, schlägt ihn wie der Teufel, sobald er eingeschlafen ist. Fragt der andere verdutzt: Und, wieso? Sagt der Erste: Tja, weil ihr Mann dann glaubt, es ist nichts weiter als ein böser Traum.

– *Ein böser Traum*, wiederhole ich.

– Ich finde den gut, sagt er.

– Ja, nicht übel.

– Pah, *nicht übel* …

Ich nicke Zöllner zum Abschied zu. Lasse ihn zurück auf dem Treppenabsatz, acht Stufen entfernt von seiner Wohnung, von der Tür, in der ein Schlüssel steckt.

(Zöllner, der kleine Junge, gefangen im Körper eines Mannes, der traurige Witze erzählt und sonntags die Treppe putzt.)

Höre den Mopp wieder über den Boden wischen, den Plastikkopf hart gegen die Fußleisten klacken. Habe dieses Geräusch selbst dann noch im Ohr, als ich längst in meiner Wohnwabe mit nassen Hosenbeinen am kalten Heizkörper lehne.

Ich blicke hinaus Richtung Westen, vorbei an den Schlieren der Regentropfen, auf zum Himmel, in dem ich vorgestern noch mit Jackie gewesen bin (150 Meter hoch). Betrachte das Fensterglas direkt vor meiner Nase (150 Millimeter entfernt).

Starre nach draußen, starre nach drinnen, ich stehe mir gespiegelt im Glas gegenüber und starre auf mich selbst.

(Das Klacken im Kopf.)

Wer bist du? Wer bist du wirklich?

■

|zurück: Freitag, noch 10 Tage Ferien

Ich komme mir vor wie eine Hyäne, die zwischen den Bretterbuden einer Geisterstadt umherirrt, eingekesselt von wildgewordenen Apachen auf dem Kriegspfad und Kopfgeldjägern, die seit Tagen keine Mahlzeit mehr zu sich genommen haben.

Wo ist Jackie? Wie soll ich sie hier finden? Wenn sie denn überhaupt da ist.

Schminke, Masken, Perücken, Verkleidungen, kaum jemand in Zivil. Ich bin den Menschenzug bereits zweimal von jeder Seite abgelaufen. Nichts.

Sich in das Getümmel zu stürzen macht es nicht besser.

Wir feiern nicht, wir eskalieren, schallt es mir von der einen Seite ins Ohr.

Fun, Fun, Fun, von der anderen.

An dem Pulk, durch den ich mich gerade durchtanke, zieht lachend eine Schar bunt Kostümierter in einer langen Polonaise vorbei. Am Kopf läuft ein Kerl, der ein Bienenkostüm trägt (samt Haarreif mit wippenden Fühlern). Dahinter: ein Skelett, ein Fliegenpilz, zwei Krankenschwestern, ein Malader mit Schaumstoffgips am Bein plus echten Achselstützkrücken, ein Hotdog. Und so weiter.

Kostüme. Polonaise. Transparente. Gute Laune.

Da lässt sich das Wetter nicht lumpen. Ein helles, übergangslos bis zum Weiß gestaffeltes Blau bietet der Himmel auf (wie hingepinselt). Mir summt es im Kopf vor Sonne und Tamtam.

Einige Parolen kenne ich schon seit der Nacht im Freibad.

Kein Protest, keine Zeit wird skandiert. Von einem einzelnen Rufer hier. Oder: *Du änderst nichts!* Von einem weiteren Solisten dort.

Und ich denke an Jackie.

Ich habe gebadet, mit Zahnseide hantiert und ein Kondom in der Tasche.

Außerdem die Karte einer Unbekannten. Das Schriftstück hat heute Morgen im Briefkasten gelegen. Und jetzt ziehe ich (innerlich aufgewühlt wie der Acker einer Kartoffelfarm vor der Saat) durch die Innenstadt.

Ellbogen an Ellbogen mit lauter Halberwachsenen, die meisten von ihnen wohl Hirnakrobaten von der Uni.

Jackie und ich haben keinen Treffpunkt ausgemacht, keine Uhrzeit.

– Wir sehen uns auf der Kundgebung, hat Jackie gesagt.

(Am Ende der Freibadnacht.)

Was für ein Plan. Ich spüre, wie die Enge mir zusetzt. Kämpfe mich ungestüm durch das Gedränge erhitzter Leiber, raus aus dem Pulk. Hefte mich bis zur nächsten Ecke noch an die Hacken der Polonaiseläufer, biege dann ab, kaufe mir in einem Schnellrestaurant eine Cola.

Ein Eiswürfel prallt beim Trinken gegen die Zähne. Ich lasse ihn in den Mund flutschen und mahle ihn mit den Backenzähnen klein.

Auf dem Klo dieses Etablissements (ein Glaskasten in einer ganzen Reihe von Glaskästen) haben sie Emmemm gefunden. Ein letzter pappiger Burger, dann *Goldener Schuss.* (Sind wir nicht überlebensfähig außerhalb unserer Siedlung?)

Als die Nachricht von Emmemms Ende uns beim Training in der Baracke erreicht, fährt sie allen spürbar ins Mark: Schock, Trauer, Beklommenheit, vielleicht sogar latent Schuldgefühle.

– Er hat die Alternative nicht gesehen, an die ihr euch haltet, hat der Trainer kommentiert (mit brüchiger Stimme), das ist ein schlimmer Tag.

Ich schlucke das zerkleinerte Eis hinunter, spüre es kalt den Weg durch die Speiseröhre nehmen, schaue durch die Glasfront nach draußen.

In dem Moment tippt mir jemand auf die Schulter. Ich drehe mich um.

Niemand zu sehen.

– Huhu!

Ich drehe mich zur anderen Seite. Da ist sie!

Jackie. Geflochtene Zöpfe aus fuchsrotem Haar, schwarzes Matrosenkostüm, glänzende Lackballerinas. Wir stehen uns gut einen Meter gegenüber. Der Geruch von Weichspüler und (ganz zart darunter gemischt) Silberzwiebeln trifft mich, zündet einen Goldregen in meinem Kopf. Sie winkt mit der Hand.

– Du Träumer, was machst du hier am Fenster?

– …?

Ich hebe die Schultern. (Kein Kuss?)

– Komm mit, sagt sie, da draußen ist die Welt, die wir heute ein Stück besser machen, jetzt gleich.

Kein Kuss. Keine Berührung. Wir wechseln harmlose Blicke. Als wären die Nacht im Freibad und unser Spaziergang keine zwei Tage her, sondern zwei Jahre. (Oder als hätte es das alles nie gegeben.)

– Los, komm!

Sekunden später sind wir auf der Straße.

Gerade erreicht ein gewaltiges Trillerpfeifenkonzert seinen Höhepunkt. Jackie hüpft und läuft ein Stück vor,

96

die Zöpfe schwingen wie Arme eines ausgelassenen Orang-Utans auf und ab, ihre Hüfte wackelt hin und her beim Gehen, genau an der Grenze zwischen ordinär und elegant.

Wir passieren die vielen verstreuten Grüppchen, die hinter dem Hauptfeld der feiernden *Protestler* hermarschieren, bis Jackie jemandem in einem Trupp von hinten um den Hals fällt. Es ist die Blonde aus dem Schwimmbad, und auch ein paar andere Gesichter erkenne ich wieder.

– Mein Retter von vorgestern Abend, stellt sie mich kurz und knapp vor.

(Dabei rückwärts und auf den Fußballen vor uns hergehend.)

Die Hirnakrobaten glotzen mich an, Jackie rasselt die Namen runter, bestimmt zehn Stück. Einer der Typen heißt David. Ein Pfeil mit Saugnapfspitze pappt über der Brille an seiner Stirn. Es ist Ponyhof.

– *Wir feiern nicht, wir eskalieren*, akklamiert der Trupp im Chor.

Gefolgt von etwas, das wie das Angriffssignal von Filmindianern klingt. Stumm reihe ich mich ein, richte meine Mütze, gehe zwischen Jackie und Ponyhof. Ich frage Ponyhof, worum es genau geht bei der Sache.

– Es gibt Druck, jeden Tag, wir stehen unter Druck, wir alle …

(beginnt Ponyhof. Es klingt wie auswendig gelernt.)

– … schon in der Schule wird dir eingebläut, alle müssten einhundert Prozent Leistung bringen, Minimum, sagt er, ohne Verschnaufpausen.

– Willkommen in der Karrieresklaverei, sagt Jackie.

– Genau, sagt Ponyhof, und dagegen wollen wir was tun. Herausforderung Nummer eins: Wer unter Druck

97

steht, muss handeln. Herausforderung Nummer zwei: Die Jugend ist heute ein Heer von Individualisten. Herausforderung Nummer drei: Als Einzelkämpfer kannst du nicht viel reißen. Was tun?

– Feiern! Eskalieren!, ruft eine Senftube kämpferisch dazwischen.

– Exakt, sagt Ponyhof, nicht warten und jammern, sondern selber machen, für die gute Sache trommeln; und auf den Putz hauen, alle zusammen, jetzt und sofort, das ist die Botschaft, das System muss aufhören, weiter Amok zu laufen, und du wirst sehen, spätestens beim *Powwow* nächste Woche, wenn wir das Festival alt aussehen lassen, bewegen wir was, diese Generation ist besser als ihr Ruf, Punkt.

Reden kann der! Fuchteln mit den Armen auch. Jackie (zu mir):

– Was hältst du davon?

Ja, was? Jackie hat sich einen Zopf als Schnurrbart unter die Nase geklemmt, die Brauen gehoben. Ihre Augen sagen (ganz deutlich): Du bist gefragt!

Ich schaue Ponyhof an, der grinst wie ein zufriedenes Pony. Ich sage:

– Ich halte das für eine gute Sache.

Ich halte das für eine gute Sache? Das? Für eine gute Sache. Ich?

Während ich den Satz im Geist zerlege, wandert mein Blick zurück zu Jackie. Ihr anerkennendes Lächeln scheint aufrichtig zu sein. Ponyhof:

– Und warum ist das eine gute Sache, deiner Meinung nach?

Ich weiß nicht, wieso, aber die Frage lässt mich, was mich verwirrt, an den rosa Plüschhasen im Spielzeugladenschaufenster denken. Ich:

– Ehrlich gesagt verstehe ich nichts von diesem Zeug, aber die Leute hier sind nicht gegen etwas, sondern für etwas, das finde ich nicht schlecht.

– Und für was bist du?

– …?

Darauf weiß ich nichts zu sagen. Oder vielmehr: Wo will man anfangen?

Ich druckse herum, bin heilfroh, als mich scheppernde Kuhglocken retten. Dicht an unseren Ohren werden sie geschwungen, machen das Reden vorübergehend unmöglich. Und danach ist die Sache offensichtlich vergessen.

Jackie pflückt mir beiläufig im Gehen einen unsichtbaren Fussel von meiner Trainingsjacke.

– Da vorne ist die Bühne, sagt sie, wir sind da!

Die Straße, auf der wir marschieren, öffnet sich zu einem Platz mit Brunnen.

Von überall her ertönen wieder Parolen, links und rechts, vorne und hinten:

Niemand ändert, dass wir was ändern!

Was repariert werden kann, ist nicht kaputt!

Wir feiern nicht, wir eskalieren!

Und so weiter. Der Zug hat sich aufgelöst. Ein Heer von jungen Menschen umlagert einen buntbemalten Lastwagen. Die Planen sind an der Seite über das Dach des Pritschenaufbaus zurückgeschlagen.

– Lasst euch nicht provozieren, bellt von dort oben jemand in eine Flüstertüte.

Augenblicklich brandet Jubel auf, und ich sehe unzählige Luftballons und Luftschlangen in Richtung der Polizisten fliegen, die sich zu beiden Seiten des Lkw in großer Zahl versammelt haben (ausgerüstet mit Kampfhelmen und Schutzschilden).

Man bläst direkt vor ihnen in Neckrüssel, applaudiert und kreischt schrill.

– Ziemlich cool hier!, ruft Jackie mir zu.

Wir tippeln eingekeilt zwischen Körpern mehr oder weniger auf der Stelle. (Bestandteil einer Wanderdüne, die sich scheinbar orientierungslos für keine Richtung entscheiden kann.)

– Ziemlich eng hier!, rufe ich zurück.

Werde angerempelt und erst gegen meinen Vordermann (Ponyhof) und dann gegen meine Nachbarin (Jackie) gedrückt. Mein Körper ganz dicht an ihrem Körper. Unsere Hände finden sich. Ich spüre, dass meine Stirn kalt wird.

– Ich kann die Enge nicht gut ab!, schreie ich gegen den Lärm in ihr Ohr.

Sie drückt meine Hand (die unbandagierte) fester.

Vorne klatscht ein Farbbeutel an einen Schutzschild und gleich noch einer und ein dritter, und plötzlich, als die erste Reihe des Polizeiaufgebots sich vorbewegt, geht alles sehr schnell.

Panik.

Die Menge drängt rückwärts, stiebt an den Rändern auseinander (als hätte ein Koloss in die unentschlossene Wanderdüne geniest).

Wir haben Glück, stehen relativ weit außen, die Stoßbewegung der Menschen katapultiert uns einfach in eine Seitenstraße. Wir laufen. Alle laufen.

Jackie und ich rennen Hand in Hand, selbst als es im Grunde keinen Sinn mehr hat, weiter zu fliehen; längst sind wir in einer belebten Fußgängerzone, um uns herum lauter gewöhnliche Passanten. Ponyhof und die anderen haben wir verloren.

– Warum laufen wir?

Jackie lacht.

– Weil wir es können, gebe ich zurück.

Und wir machen weiter. Passieren den Hauptbahnhof, hören im Laufen die vorbeiwehenden Stimmen, das Klappern von Skateboardrollen, Autolärm.

– Halt an!

Jackie verlangsamt den Schritt. Sie zieht mich an sich, völlig außer Atem.

– Was ist los?

Wir stehen an einer unübersichtlichen Kreuzung. Der Verkehr jagt an uns vorbei: hier unter einer Brücke längs, dort auf einen Kreisel oder Tunnel zu. Auf der anderen Seite des verschlungenen Straßengewirrs thront über einem zugigen Platz vor zwei historischen Lagerhallen eine Touristenattraktion: ein riesiger Fesselballon. An einem armdicken Seil kann er hoch in die Luft aufsteigen. Jackie:

– Bist du so weit?

Ich blicke auf die bunte Kugel mit dem Durchmesser einer Planetariumskuppel, spüre den Hitzeschweiß auf Jackies Unterarmen. Ich:

– Bist du es?

Wir pressen unsere Münder wie wild gegeneinander, schnappen in kurzen Atempausen nach Luft, um nicht zu ersticken.

Sie drückt ihren Oberkörper gegen meinen. Ich spüre ihre Brüste durch die Kleidung an meiner Brust, sauge mich fest an ihrem Hals.

Sie schiebt mir einen Oberschenkel zwischen die Beine, hat die Hände in meinem Nacken (die Mütze fällt), sie wühlt mir durchs Haar.

Ein vorbeifahrender Wagen hupt.

Meine Wangen verspüren die Wärme von Jackie, als

wir voneinander lassen. Ich hebe die Mütze auf. Jackie lächelt ein Lächeln Marke Unschuld-vom-Lande:

— Was denkst du?

— Ich denke, wir sollten fliegen, sage ich.

■

| vor: Samstag, noch 9 Tage Ferien

Bereits nach zwei Blocks bin ich dicht an ihr dran. Weil sie sich nicht ein einziges Mal umblickt, ist es ein Kinderspiel, der Gestalt in dem wehenden Desperadomantel auf den Fersen zu bleiben.

Ich halte mich zunächst im Schatten der Hauseingänge, werde bald mutiger, laufe gebückt hinter Tannenhecken längs, eine Zeitlang fast auf gleicher Höhe mit Bozorgs Nachfolgerin.

Sie summt.

Nach großer Enttäuschung klingt das nicht, was mich seltsamerweise beinahe wurmt (immerhin hat sie mich auf der Straße nicht angetroffen, mich nicht einmal aus der Ferne zu sehen bekommen). In meinem Kopf beginnt es zu arbeiten.

Was will sie überhaupt von mir?

Wozu dieser ganze Affentanz plus Senkelbinden unter meinem Fenster?

Als die große Rätselhafte aus der Videothek am Ende der Siedlung den Weg Richtung Kolonie am See einschlägt, bleibe ich dran. Als hätte das große Bedeutung.

(Gibt es etwas, das unsere Schritte lenkt? Etwas außer unserer allgemeinen Bescheuertheit? Etwas außer Hunger und Lust?)

Es geht über die Autobahnbrücke. Dahinter macht die Straße eine scharfe Kurve, und der befestigte Fußweg endet. Neben der schmalen Fahrbahn verläuft nur noch ein Schotterpfad, und nach einer weiteren Kurve hat man endgültig das Gefühl, als sei man raus aus der Stadt.

Ich gebe der Unbekannten eine halbe Minute Vorsprung, bevor ich ihr in die langgezogene Allee nachschleiche.

Auf der einen Seite befindet sich ein Park; unter dessen gräsernen Hügeln rottet (seit über sechs Jahrzehnten) der Schutt des letzten Krieges vor sich hin. Auf der anderen Seite nur von Unkraut überwuchertes Brachland (der Boden rissig wie das Leder eines alten Boxhandschuhs). Die reinste Prärie.

Am Ende der Allee liegt der Friedhof. Davor stehen (auf den Parzellen einer alten Kleingartenkolonie) ein paar einfache Häuser und Hütten.

Ich habe mal gehört, es gibt dort nur Plumpsklos.

Plumpsklos! Blumen- und Gemüsebeete. Jägerzäune.

Hier also wohnt Bozorgs Nachfolgerin. Gut einen Steinwurf entfernt von den Ruhestätten (mehr oder weniger) aller Toten, die es im letzten halben Jahrhundert in dieser Gegend gegeben hat.

Und genau hier treten wir zurück vom Schatten ins Licht: erst sie, dann ich.

Nach gerade mal zehn Minuten Weg. (Von zu Hause eine Welt weit entfernt.)

Es riecht intensiv nach feuchter schwarzer Erde. Selbst jetzt, am Ende dieses knochentrockenen Tages. Im Licht unter den Bäumen flirrt die Luft. Noch immer ist es so warm, als hätte man gerade die Klappe eines Backofens geöffnet.

Ein paar wenige leuchtende Wolken stehen am Himmel. Und ich sehe einen rötlichen Schimmer im Westen, da, wo Jackie zu Hause ist.

Wen ich jetzt allerdings nicht mehr sehe: die Gestalt im Desperadomantel.

Ich luschere vorsichtig um Ecken, pirsche durch unebene Heckenwege, irre umher zwischen Grundstücken, auf denen man bescheidene geziegelte Häuschen und simple Wellblechschuppen errichtet hat.

Nichts. Spur verloren. Die Orientierung auch.

Und dann, ich mache gerade einen Schritt rückwärts, laufe ich genau in sie rein: Mein Körper kollidiert mit einem anderen Körper, ich weiche zurück.

Die plötzliche Stille in den Bäumen.

Drei, vier Blätter wirbeln lautlos durch die Luft.

Ein Ast knackt unter meinem Turnschuh wie der Knochen von einem in der Wüste ausgedörrten Geierskelett. Ein Schwarm Spatzen fliegt auf.

– Tag, sage ich.

Stelle mich vor, so abgebrüht und wortkarg wie nur möglich.

(Nicht, dass hier auch nur ein Hauch von Romantik keimt.)

– Hi, sagt sie.

– Die Bonuskarte, sage ich, stimmt's?

– Edda, sagt Edda.

Ein jäher Windstoß fährt ihr ins Haar, zerzaust den Pony ihres Schopfes.

– Deshalb auch das E auf der Karte, sage ich, na klar.

Stelle fest, dass sie Mantel und Mütze abgelegt hat. Der eine liegt über der Zaunpforte, die andere wringt sie in den Fäustchen mit den Mädchenfingernägeln.

– Ja, sagt sie, genau, E wie Edda oder ertappt.

Wir stehen uns gegenüber, ein bisschen wie bei einem Duell. Mein Brustkorb fühlt sich an, als klemme er fest in einem Schraubstock.

Ich mache einen Schritt auf sie zu, strecke die Hand aus, wiederhole wie gehirnentkernt noch einmal meinen Namen, füge hinzu:

– Mann, das war ja ein witziger Auftritt unter dem Fenster bei mir, filmreif.

Das Tschilpen der Vögel um uns herum kommt mir plötzlich dreimal so laut vor. Ich sehe, dass Eddas erdbeereisfarbene Wangen strahlen, mehr noch als die Augen hinter der Brille.

– Nichts im Vergleich zu deiner Observation, gibt sie zurück.

Schlägt ein. Mit festem Druck legen sich ihre Finger um meine.

– Tja, sage ich, …

Habe keinen Schimmer, was ich jetzt noch weiter zum Besten geben könnte. Oder was genau mein Plan ist. Ziehe meine Hand zurück, wische damit über meine nackte Brust und richte die Mütze.

(Wollte ich nicht etwas klargestellt haben? Nur was?)

– Tja, sagt Edda nun ihrerseits.

Zupft an einem der Fäden, die sich am Ärmel ihres ausgeleierten Pullis gelöst haben, beißt sich auf die sanft geschwungenen Lippen, unterdrückt wohl ein Lachen. Ich sehe, dass sich die feine weiße Narbe unter dem linken Nasenflügel kräuselt.

– Tja, wiederhole ich auch noch einmal stumpf.

Als wäre dies im Moment der einzige mir bekannte Laut. (Tatsächlich herrscht unter meiner Schädeldecke gerade die gleiche Leere wie im Lauf eines abgefeuerten Henrystutzens vor dem Durchladen.) Und ich glotze weiter auf die kleine Entstellung in Eddas Antlitz. Was ihr nicht entgeht.

– Okay, sagt sie, habe ich grüne Punkte im Gesicht, oder ist es die Narbe?

Ich schüttle dämlich den Kopf. Grüne Punkte sind es nicht. Verdammt stickig ist es allerdings, die Luft steht in diesem ehemaligen Kleingärtnerparadies, und ein feuchter Schleier schimmert auf der Haut über Eddas Mund.

– Du bist zu warm angezogen, sage ich, ist das nicht ein Winterpulli?

Lenke meinen Blick bewusst weg aus ihrem Gesicht. Und mir fällt ein Typ auf, der ungefähr drei Grundstücke weiter mit einem kleinen Propangasbrenner Unkraut in den Zwischenräumen der Gehwegplatten bearbeitet.

– Ich unterstelle jetzt mal Fürsorge und keine unlauteren Absichten, junger Mann, sagt sie, aber der Pulli gehörte selbstverständlich zur Verkleidung.

Ich betrachte die Wildschweinbrosche am Kragen.

– Verkleidung?

Dasselbe laute Lachen, das ich schon aus der Videothek kenne, kollert nun aus ihr heraus. Womit das Eis zu tauen beginnt. Edda:

– Die Rache für den Überfall, und ich dachte, bei konspirativen Treffen wäre gedeckte Kleidung Pflicht, ist das nicht in Filmen immer so?

– Filme dieser Art spielen eher selten in Betonschluchten, sage ich.

Und es entwickelt sich ein halbwegs intelligenter Schlagabtausch. Erst geht es ganz allgemein um das Wohnen in dieser Gegend. Und schließlich um Eddas Hütte.

– Meine Oma hat hier gelebt, erzählt sie.

Edda hat den winzigen Kasten geerbt. Selbst das Auto, das auf der Auffahrt steht, ist ihr vermacht worden. Ein klappriges Gefährt mit rotem Anstrich, bemalt mit schwarzen Punkten.

– Ein falscher Käfer, sage ich.

– Klein, aber mein, sagt sie, alles, was du hier siehst.

– Eigene vier plus ein paar mehr Wände sind viel wert, sage ich.

Spreche mit Edda über Mietkosten Ferienjobs Parkhäuser. Denke nebenbei an Mauser. An die Zeit, als er bei Zöllner und Laura gewohnt hat.

Die dünnen Wände. Die Streitereien, die man durch sie hindurchhört, ebenso die Versöhnungsarien. Ihr Quieken. Sein Grunzen. Ob sie sich in der Wolle haben oder mit Freude übereinander herfallen, ist nicht immer zweifelsfrei zu entscheiden.

Mauser stellt sein Bett um. Mit mäßigem Erfolg.

– Das halte ich bis zum Abitur so nicht aus, sagt er zu Zöllner.

– Die Wohnung ist für drei zu klein, pflichtet ihm Laura bei.

Kurz nach dem 16. Geburtstag mietet Zöllner seinem Sohn eine Wabe im selben Haus dazu. Geld, das durch die Lebensversicherung seiner ersten Frau vorhanden ist und für Mauser zurückgelegt worden war, macht es möglich.

– Ich spendiere einen *Drink*, sagt Edda, was meinst du?

Ich merke, dass ich mir die Kehle trocken geredet habe, und ich blicke leicht verwirrt auf Eddas Behausung. Der rissige Isolierputz. Fensterrahmen, die dringend mal einen Anstrich vertragen könnten.

– Ich schätze, du versprichst mir als Nächstes, nicht zu beißen, sage ich.

Edda greift den Mantel, öffnet die Pforte.

– Eistee?

Der Himmel im Westen scheint jetzt in Flammen zu stehen.

– Danke, sage ich, aber ich glaube, ich mache mich jetzt mal auf.

– Ich beiße nicht, sagt Edda (lacht).

– Eigentlich bin ich dir nur gefolgt, um dir zu verklickern, dass ich auf diese Sachen mit Kartenschreiben und so nicht wirklich abfahre, sage ich.

Aber auch diesmal lässt Edda sich nicht in die Enge treiben. So als würde sie intensiv auf das Tschilpen der Vögel achten, blickt sie um Schamhaaresbreite an mir vorbei, scheinbar ganz in Gedanken, um dann plötzlich Augenkontakt zu suchen und einen überraschenden Konter zu fahren.

– Du hast eine Freundin?

Himmel nochmal. Ich atme durch. Atme die von diesen intensiven Holz- und Erdgerüchen aufgeladene Luft einmal ein und wieder aus.

– …

– Du bist verliebt, sagt sie.

– Weißt du, ich möchte einfach im Moment nicht mit dir vögeln, sage ich …

(Sage es ganz sicher eine Spur zu scharf.)

– … verstehst du das?

Es ist keine Frage. Es ist eine schallende Ohrfeige.

Das wird mir klar (und zwar spätestens in dem Augenblick), als die Antwort folgt. Ich sehe die Hand nicht kommen. Ich sehe nur, wie sich ein Schleier vor Eddas Augen senkt, und dann kracht auch schon die Backpfeife, die sie mir versetzt, mit voller Kraft ins Ziel, knallt wie ein Peitschenschlag.

Es haut mir glatt die Mütze vom Kopf, und meine Wange glüht.

Ich lege dämlich die Hand darauf.

Der Typ mit dem Propangasbrenner legt ein Päuschen

ein, grinst herüber. Ich bin leicht benommen, aber ich könnte schwören, er trägt eine Federkrone. (Wieso ist mir das vorhin nicht aufgefallen?)

Brennend wie Chilipulver steigen mir die Magensäfte in den Mund.

Ich kapituliere: Der rettende Gong wird nicht kommen. Und meine Scham lässt mir sowieso keine andere Wahl, als im Eiltempo auf dem Absatz umzukehren und den Schauplatz zu verlassen.

Und genau so mache ich es: Pflücke die Mütze vom Boden, suche das Weite.

Ich weiß, ich sollte erleichtert sein: Der Fall Edda ist geklärt, alles wird gut. (Noch einmal schlafen, und ich sehe Jackie wieder, am Strand.)

Aber das Merkwürdige ist: Es fühlt sich komplett anders an, gar nicht toll. Ich fühle mich wie ein alberner Rotzlöffel.

Doch jetzt kommt's:

– Bleib bitte nochmal kurz stehen, bitte.

Edda läuft mir nach. Sie überholt mich und geht jetzt rückwärts vor mir her. Ich halte nicht an, blicke (raubauzig) an ihr vorbei.

– …

– Nur eine Sekunde, wirklich.

– Schon okay, ich habe von Haus aus Nehmerqualitäten, und das ging schon in Ordnung, die Abreibung war verdient, schätze ich.

– Nein, auf keinen Fall, sagt sie.

Weiter im Rückwärtsgehen, bereits sehr dicht an meinem Gesicht. Noch einen Zentimeter, und sie träte mir zu nahe.

– Schon abgehakt, sage ich.

– Halt trotzdem mal an.

Sie legt mir ihre Hände auf die Schultern, will vermutlich das Tempo auf diese Weise drosseln, aber wir verhaken uns nur unglücklich ineinander.

Straucheln.

Klammern uns an allem fest, was wir zu packen bekommen (ich ihren Pulli, sie meinen Oberarm). Verlieren schließlich vollends das Gleichgewicht.

Ich falle. Erwische (es ist ein Reflex) dabei ihre Hand, reiße Edda mit um. Wir wirbeln mächtig Staub auf; und als er sich zu lichten beginnt, liege ich am Boden (der Schotter scheuert im Rücken), und Edda liegt auf mir, hat die Brille verloren.

Ich blase ihren Atem (Buttermilch, mit einer Spur Minze) aus meinem Gesicht.

– Alles in Ordnung?

Der Himmel glüht wie ein Hufeisen, bevor der Schmied es zurechthämmert.

– Entschuldigung, sagt sie, als unsere Blicke sich treffen, Entschuldigung.

■

|zurück: Donnerstag, noch 11 Tage Ferien

Unter mir funkelt durch die hohen Gräser der Böschung hindurch das Wasser des Bachs. Ich habe mich gebückt, um meine Schuhe zuzubinden, und als ich mit der zweiten Schleife fertig bin, mache ich ein paar Dehnübungen. Spüre die frischen Schnitte auf meinem Handrücken unter der Bandage leicht brennen.

Mein flacher Atem.

Die kalte Haut im Gesicht.

Unter der kalten Haut die heißen Adern.

Die Nacht ist kurz gewesen, nach drei Stunden hat mich bereits der Wecker wieder aus dem Schlaf gerissen, aber jetzt (nach der Runde um den See) bin ich wach, hellwach. Die Synapsen der Nerven übermitteln ein einziges Signal: Glück.

– Natürlich sehen wir uns wieder, hat Jackie gesagt.

– Wann?

– Wann du willst.

Ich stehe auf, schüttle die Beine aus, blicke in die dichte Vegetation (gewebt in reich abgestuften Grüntönen), die den Joggingpfad an dieser Stelle rechts und links begrenzt. Die eine Ecke des Baumhauses ragt zwischen Weiden- und Pappelwipfeln hervor. Ein bekanntes Liebespaarnest. Überhaupt ein guter Ort, um allein zu sein.

Anfang der Ferien habe ich die beiden kleinen Cowboys dort überrascht, wie sie gerade eine von der Sorte blaue Pillen zerkleinert haben, die auch Zöllner bei sich im Nachtschrank aufbewahrt.

– Ein Potenzmittel, behaupten die zwei.

Ich stehe auf der Strickleiter, linse in den Bretterverschlag; Schokoladenatem schlägt mir warm und süßlich ins Gesicht.

– Was habt ihr damit vor?

– An Vögel verfüttern, sagt der eine.

– Das wird der Nachmittag der Rohrspatzen, der andere.

Ich habe die beiden Cowboys aus dem Baumhaus gescheucht. Kein einziger Spatz hat sich für die Brösel interessiert, die sie bei ihrer überstürzten Flucht auf dem Boden des Verstecks zurücklassen mussten.

– Komm, komm, Endspurt.

Mausers Stimme. Ich tänzle auf der Stelle, winkle die Arme an. Blinzle. Die oberen Fenster der Hochhäuser, die hinter den Baumwipfeln auszumachen sind, reflektieren die Strahlen der Morgensonne.

– Und los! (gebe ich mir selbst das Startzeichen.)

Ich laufe in kurzer Trainingshose und altem, ärmellosem Box-Trikot, ziehe das Tempo am Ende des Joggingpfads deutlich an.

Ein kurzer Anstieg. Die ersten Häuser. Ihre langen Schatten.

Jenseits der Schattenflächen glänzt der Asphalt wie neu in dem frühen Licht. Die Siedlung wird gerade erst wach, das Thermometer kratzt aber bestimmt schon wieder an den 20 Grad.

Mein Herzschlag hallt im Kopf, und die Schritte schlappen im strengen Zweivierteltakt *(eins-zwei, eins-zwei)* auf der unbefahrenen Straße.

Meine Lungen pumpen sich voll mit der noch nachtfeuchten Sommerluft, die ich gierig einsauge, und ich stelle mir plötzlich vor, wie Jackie auf der anderen Seite der Stadt im Bett liegt. Wie sie träumt. Wie sie mit geschlossenen Augen auf ihrem Kissen ruht, über dessen Stoff sich das fuchsrote Haar ergießt wie glühende Lava über die Flanken eines Vulkans. (Gedanken, die mich beflügeln.)

– Bis zum Sandkasten ohne Bremse?

– Bis zum Sandkasten ohne Bremse!

Ich biege vor den Mülltonnen ein in den Hof unseres Eckblocks. Spurte vorbei an handtuchkleinen, trostlosen Erdgeschossgärtchen. Die Halme auf der Rasenfläche davor sind ausgedörrt und platt getrampelt, an zig Stellen mustern kahle Erde und Maulwurfshügel den Grund. Und in der Mitte der Arena befindet sich (umsäumt von mickrigen Bäumchen und ausgelatschten Gehwegplatten) ein Sandloch.

Ich stürze darauf zu. Hechte mit einem weiten Satz hinein.

– Yippie-Yah-Yeah!

Ich schlage am Balken eines Klettergerüsts an, stütze die Hände in die Seiten. Verschnaufe. Lasse mich anschließend zurück in den Sand fallen, stütze mich auf die Ellbogen ab, als würde ich am Meer liegen. Ich:

– Wenn das nicht schön ist.

Mauser schweigt:

– …

Es sind nicht die Erdgeschossgärten, in denen kaum etwas gepflanzt wird, die ich meine; es ist nicht die Siedlung, in der alles in Beton gegossen scheint (selbst die Tischtennisplatten und Sandkästen). Ich weiß nicht einmal genau, was ich meine.

– Es fühlt sich einfach gut an, alles.

Ich habe vor dem Lauf keine Zähne geputzt. Bilde mir ein, Jackies Geschmack noch auf der Zunge zu schme

cken, genieße jedes Kristall dieses Aromas. Im Geist be-
sucht mein Blick dabei eine Sommersprossen-Galaxie auf
ihrer Schulter.

– Du hast dich verknallt.

– Ich habe mich verknallt, bis über beide Ohren.

Ich lasse noch einmal den Film der letzten Nacht abspulen (die Szenen vom Freibad und alles andere). Mein
Oberkörper ist mit Gänsehaut bespannt. Kann sein, dass
es der verdunstende Schweiß auf der Haut ist. Kann
sein. Meine Brustwarzen haben sich zu harten Knöpfen
(wie oben an Kugelschreibern) zusammengezogen.

– …

Mauser schweigt.

– Ihre Klamotten haben nicht einfach nach Weichspüler geduftet, sondern mehr wie ein Milchshake, die
Sorte, die man mit einem dieser Papierschirmchen serviert bekommt.

Mein erhitztes Gesicht. In meinen Augen brennt Salz.
Das Atmen schmerzt noch (ganz leicht) vorne im Rachen. Mauser:

– Hat sie einen Kerl?

Sie ist ein Schmetterling, hat sie gemeint, ihr gefallen
viele Blumen.

– …

Ich lasse Sandkastensand durch die Finger rinnen,
stelle mir vor, dass Jackie jetzt aufgestanden ist und
(warum auch immer) auf der Kante ihres Bettes sitzt und
versonnen die Nägel ihrer perlenartigen Zehen feilt.

Diese leicht eingesogenen Wangen und der Knospen-
mund, wenn sie den Kopf schräg legt. Diese Grübchen in
ihren Wangen beim Lächeln.

– Morgen sehe ich sie wieder, sage ich.

Blicke auf ein verkokeltes Stück Plastik oder Gummi,

das unweit meiner Schuhspitze im Sand liegt. (Überreste eines Spielzeug-Bowiemessers?) Mauser:

– Was stellst du dir vor, machst du mit Jackie, wenn ihr zusammen seid? Worum geht's? Um Zungenküsse, Hand-unter-den-Pulli-Stecken? Oder willst du mit ihr Getränke aus Gläsern mit Zuckerrand trinken und ihr Geschichten erzählen?

– Picknicken und Ringelblumen pflücken. Über Politik diskutieren.

(Ich habe keine Ahnung.) Reibe die Handteller aneinander, um den Sand, der daran klebt, loszuwerden. Höre plötzlich das Drehkarussell hinter mir quietschen.

Fahre herum. Die beiden kleinen Cowboys.

Der eine klammert sich wie ein Affe an einem Eisenbügel des Spielgerätes fest, der andere versetzt dem Rahmen der Grundplatte von Zeit zu Zeit einen Tritt, damit sie in Bewegung bleibt. Aber schon nach zwei, drei Runden haben sie genug.

– Guck dir die an, sage ich, auch früh auf.

Sie springen zu mir ins Sandloch. Nähern sich dem Klettergerüst. Mit nacktem Oberkörper unter den Westernwesten, Holstern über den Sporthosen und dreckigen Gesichtern, in das die Sonne erbarmungslos scheint. Der eine:

– Geld oder Leben!

Sie haben ihre Plastikpistolen im Anschlag, die Nagelränder sind schwarz. Der andere der beiden kleinen Cowboys:

– Wird's bald, her mit den Mäusen!

– Mit Läusen könnte ich vielleicht dienen, gebe ich zurück.

– Filzläusen wahrscheinlich.

– Wisst ihr überhaupt, was das ist?

– Sackratten.

Ich recke das Kinn in ihre Richtung.

– Kommt mal her, ihr Kahleier, sage ich.

– …?

– …?

Sie gucken sich fragend an, gehorchen aber, machen ein paar Schritte auf mich zu, noch immer die Knarren auf mich gerichtet.

– Zielt nie wieder mit einer Waffe auf mich, sage ich, da bin ich allergisch.

Greife dem einen zwischen die Beine, bis er schreit. (Das hat man mit mir schon so gemacht auf diesem Spielplatz, wenn es etwas schnell zu lernen gab.)

– Die sind doch nur aus Plastik, winselt der, den ich in der Mangel habe.

– Das stecke ich Kondor, dass du schwul bist, bellt der andere, der schon wieder aus dem Sandloch raus ist.

– Verstanden?, wiederhole ich.

– …

Der vor mir beißt (Tränen in den Augen) die Zähne zusammen, hüpft von einem Fuß auf den anderen. Ich erhöhe den Druck.

– Verstanden?

– *Jaaaha!*

Ich lasse los. Er wankt gebückt davon.

– Dafür macht Kondor dich fertig, droht der Verschonte.

Ich stehe auf, halte ein Nasenloch zu und schnaube den Rotz durch das andere auf den Boden. Die beiden kleinen Cowboys trollen sich. Mauser:

– Soll Kondor nur kommen, er ist einer von uns.

– …?

(So habe ich das noch nie gesehen.)

– Er ist ein zarter Harter. Er kann Kinnhaken austeilen, aber ich bin mir sicher, auch er guckt jeden Tag in den Spiegel und raunt sich zu: Was, dich gibt's noch?

– Ich muss jetzt Wurzeln ausbuddeln, sage ich, Kondor ist mir schnuppe.

Bemerke einen Hund (Promenadenmischung, längeres struppiges Fell), der ohne Leine an einem Busch in der Nähe um die Tischtennisplatte streunt. Mauser:

– Du hast dich ins falsche Mädchen verliebt.

Die Zunge des Tieres flattert seitlich aus dem halboffenen Maul, als es auf mich zugelaufen kommt. Ich streichle ihm zwischen den Ohren über den Kopf. Der Struppige erinnert mich an einen Kojoten.

– Was meinst du, sage ich zu dem Hund, ist Jackie nicht genau die Richtige?

Der Struppige leckt mir die Hand, sein Kopf nickt dabei auf und ab. Und für diese Gefälligkeit bekommt er dann einen festen Klaps, der ihn das Weite suchen lässt. Ich glaube einfach nicht, dass er es ehrlich meint.

■

|vor: Montag, noch 7 Tage Ferien
Und das nach diesen sintflutartigen Regengüssen des
Vortags: Strahlend wie das blitzende Lächeln eines Ka-
valleriegenerals beginnt die neue Woche.

Den milchigen Dunst, der die Türme des Einkaufszentrums umhüllt, wird die Sonne bald weggebrannt haben; genauso die benzinfarbenen Pfützen im Schatten
der Bordsteine. Das ist bereits abzusehen, als ich in das
gleißende Licht vor der Haustür trete und meine Mütze
sofort tiefer in die Stirn ziehe.

In noch immer klammen Turnschuhen stiefle ich los.

Vorbei am Vogelbeerbaum im Vorgarten, dessen Blätter
giftig grün glänzen; ihre Farbe, die zugespitzte Form und
besonders die ungleiche Zähnung der Ränder erinnern
mich (mehr denn je) an schneidend scharfe Glasscherben.

Auch wenn die fünf Tage alten Schnitte unter der
Bandage gut abgeheilt sind, innen drin in mir, da fühlt es
sich (nach wir vor) weidwund an. Nur gut, dass die
Nacht ein Ende gefunden hat.

Wieder und wieder habe ich im Geiste am Strand im
Regen gestanden. Erfüllt vom Gefühl einer schmerzhaf-
ten, rettungslosen, vollständigen Ohnmacht.

Es muss etwas passieren.

Gleich die erste Station an diesem Morgen deshalb:
die Baustelle.

Und gleich der erste Dämpfer: Ich komme zu früh.

Auf der sandigen quadratischen Fläche (dem künfti-
gen Parkplatz für die Filiale eines Lebensmittel-Discoun-
ters) hüpfen bloß ein paar Meisen umher.

Keine Spur von meinem Chef. Und auch die drei anderen Jungs sind nirgends zu sehen (die zwei gebürtigen Afrikaner und der Asiat, mit denen ich am Donnerstag hier geschippt gehackt gesägt habe).

Also kippe ich eine der an den Zaun angeketteten Schubkarren so, dass ich mich hineinsetzen kann (als wäre sie ein Panzer und ich die Schildkröte). Warte.

Ein Schmetterling landet auf meinem Knie. Das wilde Muster seiner Flügel, die unaufhörlich schlagen, zieren vier auffällige Kreisgebilde. (Feinde halten diese für Raubvogelaugen, habe ich mal gehört).

Dann beginnt der Boden unter mir zu vibrieren (mein Chef fährt mit seinem klapprigen kaktusgrünen Pickup vor), und der Falter flattert davon.

– Mann, wo hast du gesteckt am Freitag?

Mein Chef springt aus dem Wagen, sieht aus wie der Tod auf Urlaub. Ein hagerer, fahler Greis von nicht einmal dreißig Jahren: zerschabte Cowboyboots, Röhrenjeans, gebügeltes Kurzarmhemd (seine Arme wachsen daraus hervor, als wären es dürre Birkenästchen).

– Wie geht's?, sage ich.

Wünsche ihm außerdem einen guten Morgen.

– Als du Donnerstag weg bist, raunzt er, war die Rede von einem halben Tag Urlaub, wenn ich das richtig rekonstruiere, nicht von verlängertem Wochenende, wo hast du am Nachmittag gesteckt?

– Freitag?

Ich hebe mein Gesicht zum Himmel.

Eine auseinandergerissene Kumuluswolke gleitet durch das Augustblau, sieht entfernt aus wie eine skelettierte Hand und erinnert mich an die knöchrigen Finger des Piloten, der Jackie und mich Freitagnachmittag mit dem Ballon befördert hat.

(Sie und ich die einzigen Passagiere.)

Der Pilot drückt an Knöpfen in einem Kasten herum. Die Seilwinde unter uns gerät miauend in Bewegung, das Helium in der Hülle sorgt für Auftrieb: Langsam wie ein Rauchzeichen an einem windstillen Tag steigt das Gefährt in die Lüfte.

– Fliegen, sagt Jackie, wenn das nicht die perfekte Idee für heute war.

– Ja, sage ich, Schwimmbad, Fesselballon, in deiner Gegenwart verliere ich, wie's aussieht, regelmäßig den Grund unter den Füßen.

Am Ende schweben wir in schwindelerregender Höhe über der Stadt. Sehen in der Metallgondel, in der man im Kreis herumgehen kann, auf allen Seiten über die Brüstung. Unter uns eine Postkartenwelt.

Die auf Modellformat geschrumpften Gebäude und Straßen.

Die weißen Dreiecke auf einem meerblauen Gewässer inmitten der City.

– Die Kundgebung scheint sich aufgelöst zu haben, sagt Jackie.

Ich blicke sie von der Seite an in ihrem maritimen Kostüm: eine Matrosin der Sphären mit fuchsroten Zöpfen. Sie fröstelt. Ich spendiere ihr meine Trainingsjacke.

– Von wegen dünn, kalt ist die Luft hoch oben, sage ich.

Lasse mich von Jackie zum Dank umarmen, betrachte gelbe und rote Kräne, die über gigantischen Ausschachtungen oder halbfertigen Gebäudekomplexen ganz unaufgeregt Geometrie am Himmel betreiben.

Ich erzähle Jackie, dass ich meinen Baustellenjob gerade schwänze.

– Was ist das nochmal für ein Job?

121

– Pflanzen ausbuddeln.

– Klingt anspruchsvoll, sagt sie.

Ich betaste meine Mütze. Etwas an ihrem Ton macht mich stutzig, und es bohrt in mir, während ich mich aus der Umarmung löse. Scheinbar hochkonzentriert blicke ich auf die Menschenwinzlinge und Spielzeugautos zu unseren Füßen, auf das seltsam laut- und sinnlos wirkende Herumgewimmle.

– Man wird dafür bezahlt, sage ich.

Denke daran, dass mich der Flug das letzte Geld gekostet hat, das nicht für die DVD draufgegangen ist. (Fast den ganzen ersten Tageslohn habe ich in der Videothek lassen müssen für Kondors Streich; und ich bin extra spät hingegangen, erst nach der Frühschicht von Bozorgs Nachfolgerin.)

– Das habe ich vermutet, dass das kein Hobby ist, sagt Jackie.

Mit hörbar schwindendem Interesse und prompt das Thema wechselnd: Sie weist in die Ferne, behauptet, das Viertel, in dem sie wohnt, entdeckt zu haben.

Ich verschränke die Arme vor der Brust, suche jetzt demonstrativ den Horizont auf der anderen Seite nach unserer Siedlung ab. Ohne Erfolg. Ich:

– Darf ich dich was fragen? Bin ich vielleicht so etwas wie ein Experiment, so eine Art putziger Schimpanse aus dem Stadtrand-Dschungel für dich?

Ich weiß nicht, was mich geritten hat. (Ein Höhenkoller?) Jackie:

– Das ist nicht dein Ernst. Du glaubst, ich hätte mich für *Streetknowledge* mit der Unterschicht angefreundet, oder so was?

Ich zucke etwas blöd mit den Achseln.

– …?

Sie kneift die Augen gegen das grelle Sonnenlicht zusammen.

— Mir ist egal, was du für einen Job machst, wer deine Eltern sind, ob du aus dem Ghetto kommst, wenn du das meinst.

Dieses Wort *Ghetto* gefällt mir nicht (ganz und gar nicht). Ich versuche es mit heftigem Kopfschütteln, um es loszuwerden, kehre Jackie den Rücken zu. Sie zieht mit schmalen Fingern die Konturen meiner Schulterblätter nach. Ich drehe mich um zu ihr, merke, dass mein Puls nach oben geklettert ist, will etwas Gemeines sagen:

— Vögelst du eigentlich mit Ponyhof?

Ein stummer Was-geht-dich-das-an-Blick zunächst. Sofort gefolgt von einem entrüsteten Wedeln mit der Hand, was nein bedeuten soll. Und dann prustet sie los.

So laut, dass selbst der Pilot aufgeguckt hat. Ihr Lachen (sie hat sich wirklich gekrümmt) klingt mir jetzt noch, drei Tage später, in den Ohren: dieses kehlige, schnellfeuergewehrartige Gackern.

— Ich bin raus, der Job ist nichts für mich, sage ich zu meinem Chef, ich sollte meine Zeit besser anders nutzen.

Er wirft gerade einen Haufen Plunder von der Ladefläche: Hacken, Schaufeln, Spaten, eine Bogensäge. Anschließend schleudert er den Schlüssel für das Schloss an der Schubkarre in den Staub vor meinen Füßen. Ich bleibe sitzen. Er:

— Mann, komm mir um diese Uhrzeit bloß nicht mit so einem Quatsch. Was ist falsch daran, sich mit ehrlicher Arbeit seine Sporen zu verdienen?

— Natürlich nichts, das habe ich nicht gemeint.

— Sehr gut, denn ich erzähl dir mal was, Grünhorn: Die einen schuften, die anderen duften. Alte Weisheit.

So ist das im Leben. Du kommst doch aus dem Eckblock da drüben, oder? Duftest du?

Mein Chef knöpft sein Hemd auf. Deutlich zeichnen sich unter der Haut, die nicht viel dicker als Wachspapier zu sein scheint, die Rippenbögen ab. Ich zupfe stumm an dem Schirm meiner Mütze.

– …?

Mein Chef schnüffelt in der staubigen Luft wie eine ausgemergelte Hyäne an einem Pferdekadaver.

– Ich kann nichts riechen, sagt er, also, mein ganz und gar kostenloser Rat an dieser Stelle, nimm den Spaten und leg los. Weißt ja: Tief stechen, weit werfen.

Ich lächle. (*Grünhorn*, das klingt gut.) Schäle mich aus meinem Panzer. Die Beine vom langen Sitzen fast so wacklig wie nach der Rückkehr mit dem Ballon zur Erde, als Jackie meine Hand genommen hat.

– Ein klitzekleines Bisschen gefällt es mir sogar, dass du eifersüchtig bist, sagt sie, das bedeutet ja etwas.

Meine Antwort darauf ist die Karikatur eines Lachens.

– Haha.

– Davon ganz abgesehen, sagt sie, ich glaube, du und David könntet euch gut verstehen. Ihr seid beide ziemlich speziell. Er will mal Schriftsteller werden.

– Aha, sage ich.

– Ja, er meint, er hat inzwischen schon mehr Romananfänge als Socken. Ich mag ihn sehr, wirklich, auch die anderen. Ich freu mich schon wie blöd auf den *Powwow*. Warum kommst du nicht mit?

– Kein Geld? Der Ferienjob?

Eine bescheuerte Antwort, aber ich bin ziemlich überrumpelt (noch nicht eine Sekunde habe ich mich mit dieser Möglichkeit auseinandergesetzt). Jackie:

– Pah, du kannst mit uns hinfahren, alles andere findet sich.

Sie ist stehen geblieben, hat mich inzwischen zu einem Treppenschacht eskortiert (dem Eingang einer U-Bahn-Haltestelle). Sie muss zurück nach Hause, nimmt übers Wochenende an einem *Qigong-Kurs* vor den Toren der Stadt teil. Ich:

– Wann sehen wir uns wieder?

– Sonntag am Strand, sagt sie, wir kaspern da die Fahrt zum *Powwow* durch.

– Finde ich euch?

– Und ob. Ich sammle dich um drei auf, sagt Jackie. (Beschreibt mir die Stelle, an der sie sich mit Ponyhof und Co. treffen will.)

– Und wenn etwas dazwischenkommt?

– Wie wär's mit Pulsadern aufschneiden? Der Länge nach natürlich und in die Badewanne legen. Telefonieren können wir ja nicht.

Sie steht mal wieder da, als würde sie sich gerade ablichten lassen. Und das, ohne dabei albern zu wirken.

– Also am Strand, sage ich, Sonntag.

– *Tschautschau,* sagt Jackie. (Entschwebt.)

Und ich habe ihr hinterhergesehen (voller Andacht, voll der Bewunderung), wie sie mit meiner Trainingsjacke über dem Matrosenkostüm verschwunden ist.

Ein Sonnenstrahl, der sie verfolgt hat, hat den metallischen Verschluss eines ihrer Zopfbänder aufblitzen lassen. Ein Funkeln wie von dem silbernen Schlüssel für das Schubkarrenschloss, der noch immer vor mir im Sand liegt.

Ich lese ihn auf, halte ihn zwischen Zeige- und Mittelfinger meinem Chef unter die (von Mitessern gesprenkelte) Nase.

– Es ist mein Ernst, ich bin nur gekommen, um artig Tschüs zu sagen.

Mein Chef spannt jeden verfügbaren Muskel im Gesicht an. Pikst mit zwei seiner Knochenfinger gegen meinen Solarplexus und zeigt die Zähne (eine Schicht gelblicher Plaque darauf). Man riecht, dass er gestern einen gekippt hat.

– Freitag hat schon das Schlitzauge in den Sack gehauen, und Schwarzer Krauser eins und zwei habe ich gleich mit auf Nimmerwiedersehen verabschiedet. Bei den Witzfiguren hast du immer das Gefühl, der eine schüttet den Sand aus seinem Loch in das des anderen und umgekehrt. Ich habe auf dich gebaut, mein Bester. Kannst anständig zupacken, hat man gleich gesehen.

Den Schlüssel ignoriert er. Ich versuche es mit wortlosem Anstarren.

– …

Aber bei dem Wettkampf macht mein Chef nicht mit, legt mir stattdessen lieber die Hand in den Nacken, haucht mir seine Feuerwasserfahne ein weiteres Mal aus nächster Nähe ins Gesicht:

– Also, Sportsfreund, wie sieht's aus? Ich packe noch einmal zehn Prozent die Stunde drauf, weil ich dich mag. Und wenn sämtliche Wurzeln bis Ende der Woche gezogen sind, bekommst du – Achtung, Tusch – ganze 100 Piepen Bonus. Deal?

Die Sonne verschwindet kurz hinter einer Wolke.

Ich tippe meine Mütze mit einem Stoß gegen den Schirm nach hinten, befreie mich mit einem eleganten Ausweichschritt aus dem Klammergriff.

– Tut mir leid, sage ich, die Piepen sind es nicht, nicht mehr.

Mein Ex-Chef schnappt sich den Schlüssel. Man sieht, dass er ärgerlich ist. Vermutlich auch, weil er sich die Blöße gegeben hat, mir entgegenzukommen.

– Nun denn, sagt er.

Greift nach einem Spaten, und ich sehe, dass er den Falter bemerkt hat.

Der Schmetterling flattert über dem Pick-up herum, landet auf der Seitenwand der Ladefläche. (Die Flügel wie schon vorhin unaufhörlich in Bewegung.)

– Trotzdem danke, sage ich noch.

Werde dann Zeuge, wie der dürre Mann blitzartig den Oberkörper aufrichtet. Sich dreht. Mit Wucht zuschlägt: Das Blatt des Spatens knallt gegen das Autoblech.

Mein Ex-Chef wirft das Arbeitsgerät achtlos zurück in den Sand.

– Entschuldigung, was meintest du gerade, sagt er.

Kalte Raubtiervogelaugen schauen mich an.

– Nichts weiter, gebe ich zurück.

– Was ist bloß los mit euch jungen Leuten?, fragt mein Ex-Chef.

Tonlos. Zum Abschied. Es ist natürlich keine wirkliche Frage.

– Das wüsste ich manchmal auch ganz gerne, sage ich trotzdem.

(Habe diesen Nachhall im Kopf: das Sirren des Spatenblatts in der Luft.)

Und stelle fest, als ich kurz darauf an der Bushaltestelle sitze, dass ich mir die Hand, die mir mein Ex-Chef zum Schluss noch geschüttelt hat, immer wieder am Hosenbein abwische.

In den Pausen dazwischen betrachte ich die Pulsadern (die Stellen an den Unterarmen, wo man die Schnitte ansetzen müsste). Vertreibe mir so die Zeit, bis der Zehner mich aufsammelt.

(Ob Jackie wohl damit rechnet, dass ich heute unangemeldet bei ihr aufkreuzen könnte?)

II

Drei Dinge, die ich sicher über Mauser weiß

- Boxer mit sagenhaftem Timing, großartigem Instinkt und außergewöhnlicher Begabung. (Ist auf dem besten Wege, etwas daraus zu machen.)
- Neigung zur Selbstisolation, kein Freundeskreis. (Ist für gewöhnlich so gern unter Menschen wie ein Biber in der Tellereisen-Falle eines Trappers.)
- Seinen Namen hat er von mir bekommen, als er das erste Mal in den Ring gestiegen ist. (Mochte – wie ich – damals das Teekesselchenspiel besonders.)

|zurück: Samstag, noch 9 Tage Ferien
Gegenüber vom Hähnchengrill biege ich in die Straße
zur Baracke ein. In der Stunde vor dem Kampf gegen
Kondor ist es beinah noch hell wie der Tag; ein unwirkliches Licht (als würde man durch lila Sonnenbrillen-
gläser blicken). Hartnäckig behauptet sich ein rosa
Schimmer am Horizont: Der Himmel glüht nach. Meine
Wange links glüht ebenfalls nach (bilde ich mir wenigstens ein).

Ich gehe zügig, ohne jedoch in einen hektischen
Schritt zu verfallen.

Wegen der Backpfeife von Edda und dem ganzen
Pipapo bin ich später dran als geplant, aber immer noch
rechtzeitig; trotzdem drossle ich erst in dem Moment, in
dem der Sportplatz in Sicht kommt, mein Tempo (spüre
ein Gefühl der Geborgenheit in mir aufwallen). Von jetzt
auf gleich bin ich wieder die Ruhe selbst.

— Phantastisch, oder, sage ich, Abend für Abend, sobald die Straßenlaternen aufflackern, das gleiche irre
Schauspiel. Man sollte anfangen, Eintritt zu verlangen.

Meine Freude über das gewohnte Bild ist echt: Auf
der Tartanbahn spazieren zwei Frauen herum, alle beide
in schwarzer Burka. Der Abstand zwischen ihnen: rund
eine Autolänge. Sie schieben Kinderwagen vor sich her.

— …

Mauser schweigt. Ich bleibe kurz stehen.

— Die fühlen sich sicher in dem Käfig, sage ich, das ist
ihr Revier, und ich fühle mich, wenn ich sie sehe, automatisch auch gleich viel besser.

– Obwohl auf dich persönlich natürlich niemand hier aufpasst.

– Spielt keine Rolle, der Glaube zählt, sage ich.

Lasse meinen Blick wandern. Der alte Sportplatz, gelegen in einer Art Kessel zwischen langgestreckten Hochhausblocks, umfasst zwei Fußballfelder (einmal Grant, einmal Rasen) plus Leichtathletikanlagen plus die Baracke für die Boxstaffel plus Vereinsheim. Maschendrahtwände (hoch wie Fahnenmasten) umgrenzen das Areal und sorgen für entsprechenden Tiergehegecharme. Mauser:

– Gegengerade bei den verwanzten Brombeerbüschen?

– Yip, sage ich.

Entdecke tatsächlich den Aufpasser der Burka-Frauen dort, etwa in Höhe der Sprunggrube: ein Kerl mittleren Alters in Sommeranzug Krawatte Hut (Zahnstocher im Mundwinkel). Er verfolgt das seltsame Renngeschehen auf der Tartanbahn mit einer Miene, als handelte es sich um ein ödes Fernsehprogramm, bei dem er nur aus reiner Trägheit nicht weiterschaltet. Mauser:

– Der träumt vermutlich auch von blutrünstigen Frauen in freier Wildbahn, von animalischen Kämpfen und halsbrecherischen Abenteuern.

– Auch?

– …!

Mauser braucht die Sache nicht weiter auszuführen. Ich habe die Anspielung natürlich verstanden. Spüre sogleich wieder die frischen Schrammen, die seit dem Sturz Schulter und Rücken zieren. (Ein leichtes Brennen. Nicht weiter schlimm.)

– Vielleicht hat sie ihre Tage und ist deshalb leicht aufbrausend, sage ich.

Marschiere weiter, lasse parallel den Film noch einmal

abspulen: Wie ich dort unter Edda liege, in der Allee: Auf meiner Brust spüre ich ihren Herzschlag (zwei, drei Schläge lang), bevor sie mich schnell wieder von ihrem Gewicht befreit (gar nicht ungelenk).

– Siehst du meine Brille hier irgendwo?

Edda sitzt auf den Fersen neben mir, tastet mit flachen Händen den Boden ab.

– Nur ein paar Wrackteile, wenn ich ehrlich bin.

– So ist das, sagt sie, Wut, Trotz und vor allem Handstandüberschlag machen blind, speziell uns Kurzsichtige, sollte man ja eigentlich wissen.

Edda (alles andere als hilflos) kommt noch vor mir wieder auf die Beine, reicht mir erst die Hand, dann die Mütze, hat zuvor den Staub davon abgeklopft.

Mauser:

– Fakt ist: Du brauchst eine neue Videothek.

– Fakt ist, sage ich, die Sache ist geklärt, ich habe ihr, was ich sehr anständig fand, noch das Glas zurück in das Brillengestell gedrückt und damit gut.

Ich wische mir mit der Bandage über die Augen. Mauser:

– Nur mal so, was unterscheidet Edda überhaupt genau von Jackie?

– Anatomisch? Soll das vielleicht ein Witz sein …

(Ich klettere durch ein Loch in der Maschendrahtwand, stelle nebenbei im Geiste Vergleiche an, stapfe weiter durch hohes Gras, nehme Kurs auf die Baracke, betrachte wieder die zwei Frauen in den Burkas.)

– … aber die große Quizfrage ist doch vielmehr: Was zeichnet die besten Mädchen wirklich aus? Woran erkennt man die?

– Und?

– Die besten Mädchen sind die, die du nicht auf die

132

leichte Schulter nimmst. Mädchen, die für alle scheinbar unerreichbar bleiben, Kirschen, die außer einem selbst niemand pflücken kann; Mädchen von diesem Schlag dringen in deine Gedanken ein, Tag und Nacht, sind imstande, dir das Herz zu brechen. Klingt bescheuert?

– Ja.

– Klingt nach Märchen Romantik Kitsch. Nach: Der Holden den Schlaf bewachen, sie im Regen küssen, ihr beim Essen eines Apfels im Freien zugucken. Dieser Mist.

– Ja.

– Nicht nach Sex und Wollust.

– Nein. Wobei: Früher oder später landen auch Hardcore-Romantiker mit der Angebeteten in der Kiste.

– Ist das so?

– Ja, das ist ein Naturgesetz. Das ist *das* Naturgesetz.

Das Warmmachprogramm wird gestartet. Ich trabe ganz locker über die Tartanbahn, gegen die Laufrichtung der Burka-Frauen: Arme kreisen, Sidesteps, Hacken an den Hintern. Ich nehme den Faden noch einmal auf.

– Das Seltsame ist, sage ich, Edda erregt mich fast mehr als Jackie. Aber um das klarzustellen: Genau das macht Edda unattraktiver. Ich will mir vorstellen können, dass ein Mädchen und ich zusammengehören. Nicht, wie ich sie flachlege.

– …?!

– Der Punkt ist: Vögeln kann jeder, das verleiht uns keine besondere Größe.

– Klingt aber eher nach O-Ton Edda.

– Quatsch.

– Womöglich interessiert die Jackies dieser Welt das mit der besonderen Größe nicht sonderlich.

– Kann sein.

– Womöglich möchte eine Jackie einfach nur flachgelegt werden.

– Womöglich auch nicht.

Ich habe die Arme angewinkelt und die Fäuste vor das Gesicht geschoben, schlage Jabs in die Luft: links, links, recht, links, links. Mauser:

– Weißt du was, denk nicht zu viel darüber nach.

Und wie aufs Stichwort kreuzt auf der anderen Seite der Maschendrahtwand jetzt Kondor auf. Eine Handvoll Typen im Schlepptau. Ich:

– Dein Date.

– …

Mauser reagiert nicht. Ich schlendere gemächlich zur Baracke zurück. Kondor winkt. Hält ein Paar blauer Boxhandschuhe in die Lüfte über seinem Kopf. Ich (noch nicht in Kondors Hörweite):

– Sind das nicht Emmemms Handschuhe?

Wind ist aufgekommen. Die Bäume hinter der Baracke machen ein Geräusch wie weit entfernter Applaus. Mauser:

– Denk auch darüber nicht zu viel nach.

Am Himmel über den Hochhäusern haben sich Wolken zu einer dichten Decke formiert: Für morgen ist Regen angesagt, es wird abkühlen. In der Umkleide, zu der Kondor uns mit einem Dietrich Zutritt verschafft, ist noch nichts davon zu merken.

– Vier Runden, nickt Kondor, okay, okay.

Er hat sich umgezogen. Gegen seinen freien Oberkörper klatscht schmutziges Röhrenlicht. Staub schneit durch die Luft. Er trinkt etwas aus einer 1,5-Liter-Flasche, rülpst, schiebt sich den Mundschutz über die Zahnreihe mit dem abgebrochenen Schneidezahn.

▶ 134

– *Maximal* vier, sage ich.

Sitze Kondor im süßlichen Turnschuhmuff der Sportstätte direkt gegenüber, knibble an einem Kaugummirest unter der Bank, erkläre ihm und Anhang noch einmal, dass Mauser Kopf und Kragen bei dieser Veranstaltung riskiert, dass er sofort abbricht, falls es zu Unregelmäßigkeiten kommt.

– Okay, okay, nuschelt Kondor wieder hinter seinem Mundschutz.

Zieht sich die blauen Handschuhe über. (Die Initialen an den Klettriemen: Es sind Emmemms Handschuhe.) Sein Gesicht wird Stein. Kein Stadtrand-Raufbold, kein Versager, ein Kämpfer erhebt sich. Mauser:

– Bereit?

Auch er trägt seine Handschuhe jetzt über den Bandagen, pufft sie zweimal vor der Brust gegeneinander. Kondor nickt.

– Dann los, sage ich.

Das Quietschen der Turnschuhe auf dem klebrigen Linoleum, die tropfende Dusche im Nebenraum, der Schimmel und die Kritzeleien an den Wänden: Würde mich nicht wundern, wenn gerade ein Trupp Kakerlaken hinter uns her in die Halle marschiert. Kondor:

– Ah, willkommen daheim!

Er blickt in die lange Reihe aus Spiegeln hinter dem Ring. Sie verleihen der Baracke ein wenig Ballettraumflair und animieren Kondor, die Arme in Siegerpose anzuwinkeln. Er pumpt die Bizepshügel nach oben. Mauser schweigt:

– …

Ich schweige. Blicke ebenfalls in die Spiegel, sehe, dass Mauser jetzt wie eine antike Büste ins Leere starrt, auf jeder Wange die zwei Streifen schwarzer Tarnfarbe, die er sich immer ins Gesicht schmiert, bevor es ernst wird.

– Gib Gas, Kondor.

– Zeig dem Boxer, wie man boxt.

– Für Emmemm.

Rufe aus Kondors Ecke. Mauser ignoriert sie. Klettert durch die knarzenden Taue, die den Ring markieren, hüpft auf der Stelle, atmet tief Luft in die Lungen.

Der Tunnel vor dem Fight.

Ich kenne das. Wenn die Handschuhe die Oberschenkel berühren, man niemanden mehr erkennt, nichts mehr hört, allein ist mit sich; nichts als Spannung um einen herum, die von außen auf den Körper drückt wie das Wasser einer Gegenstromanlage, Spannung, die Auftrieb verleiht.

Dann geht es los.

– Bing, bing, sage ich (die Glocke imitierend).

Und Kondor marschiert aus seiner Ecke, zielt mit dem ersten Schlag auf Mausers Kopf. Zu ungestüm. Mauser duckt sich weg, täuscht seinerseits eine Rechte zum Kinn an und schlägt Kondor mit der Linken auf die Rippen. Der nächste Schlag soll wirklich zum Kopf: Er streift aber nur Kondors Ohr.

Mauser lässt ihn sich kurz berappeln, achtet nicht auf seine Deckung, und Kondor landet um ein Haar einen Treffer auf der Nase. Um ein Haar.

– Sauber, jubelt man in Kondors Ecke.

Doch schon hagelt es trockene Schläge gegen Kondors Körper. Treffer, begleitet von Geräuschen, die klingen, als wenn morsche Laken reißen.

– Ist das alles?, ächzt Kondor.

Mauser blickt stur an ihm vorbei:

– …

Distanzgefühl. Timing. Grundausdauer. Kondor kann in keinem der Punkte mithalten. Aber er übersteht die erste Runde. Und Runde zwei auch.

Runde drei: Mauser kämpft überlegen (kühl und elegant bis an die Grenze zur Arroganz). Kondor rennt mittlerweile nur noch verzweifelt gegen seine Deckung an. Feucht suppt es aus einem Cut über dem rechten Auge. Es ist zugeschwollen.

Das tropfende Blut. Die winzigen Flecken am Boden.

Mir ist, als würde Mauser einen kurzen Moment zögern. Als würde ich zögern.

(Der Kampf ist entschieden.)

Alle Bewegungen scheinen für eine Sekunde wie eingefroren. Ich höre nur meinen Atem. Mein Herz, das zwei-, dreimal von innen gegen die Brust schlägt wie Eddas Herz vorhin von außen.

Dann geht der Kampf weiter: Meine Schläge kommen präzise aus der Schulter geschossen. Ich tänzle im Ring von einem Bein aufs andere: Schaue Kondor über die Handschuhe hinweg direkt ins lädierte Gesicht.

– Ich stehe noch, nuschelt Kondor müde vor Runde vier.

Er kommt mit schwankendem Schritt auf mich zu.

Meine Linke schnellt vor wie eine bis zum Anschlag gespannte Sprungfeder, wieder und wieder. Bis Kondors Deckung fällt. Sofort kracht meine rechte Faust ins Ziel: Kondor wankt. Ich weiß, er will den Kampf mehr als ich, und er wehrt sich erbittert. Aber das Blut sickert inzwischen unaufhörlich über die Wange ans Kinn.

Und Kondor torkelt. Er hält sich an den Seilen fest.

– Lass gut sein, Boxer, ruft jemand aus der Ecke.

– Nein, nein, murmelt Kondor (beinah lächelnd).

Er wird weich in den Knien, und Mauser holt noch einmal aus zu einem letzten Aufwärtshaken. Trifft. Dreht ab, noch ehe Kondor hart auf dem Ringboden aufschlägt.

II

Was zum Fall Zöllner
in der Zeitung steht (III)

Sohn M. kann am Tag nach der Flucht seines Vaters immer noch nicht wirklich begreifen, was geschehen ist. «Es gab in letzter Zeit, so weit ich weiß, keinen großen Krach zwischen meiner Stiefmutter und ihm, keinerlei Anzeichen, dass so etwas passieren könnte», so M. Noch letzten Monat habe das Paar eine Woche gemeinsam Urlaub gemacht, sich gut verstanden. «Das muss eine Reihe von Kurzschlüssen gewesen sein.» Er sucht länger nach Worten. «Ich weiß noch nicht, was ich jetzt denke. Es ist nicht Ratlosigkeit oder Enttäuschung, aber vielleicht etwas in diese Richtung. Und ich hoffe wirklich, er wird bald gefasst und das Ganze hat ein Ende.»

|vor: Montag, noch 7 Tage Ferien

Als ich sie (bei ihrer versuchten Begrüßungsumarmung) zur Seite schieben will, hält sie mich fest. Mit einer Träne im Knopfloch, was mich kurz aus dem Konzept bringt. Ein rascher Kuss auf den Mundwinkel gelingt ihr, dann habe ich meine Fassung wieder und gebe den Kotzbrocken, den man nicht so ohne weiteres im Regen stehen lässt. Sie:

– Es hat nicht bloß genieselt, beleidigte Leberwurst, es hat Nägel geschüttet, die Welt ist gestern untergegangen, mit Donner und Gloria. Warum bist du nicht einfach vorbeigekommen?

– Bin ich. Es war kein Mensch hier.

– Warum besorgst du dir kein Telefon?

Ich sehe Tropfen über ihre Wimpern kullern. Bleibe trotzdem ruppig, fasele etwas von wegen, wo ich herkomme sei ein Wort ein Wort, und so weiter. Was ihr aber nicht wirklich imponiert.

– Na und, sagt sie, ich könnte mich auch aufregen. Du lauerst mir auf. Stehst hier vor der Haustür wie ein Stalker: Möchte gar nicht wissen, wie lange schon. Und wozu? Um mich zu beschimpfen und herumzuschubsen?

Beim Wort *Stalker* malt sie Gänsefüßchen in die Luft. Ich entgegne, dass sie unbesorgt sein könne, ich habe noch nie rothaarige Mädchen tranchiert oder mit Salzsäure beträufelt. Jackie:

– Sei nicht kindisch.

Ich frage mich im Stillen, warum nicht. Pöble:

– Was soll ich denn deiner Meinung nach sein? Auf erwachsene Weise stumpf abgebrüht gleichgültig?

Das *So-wie-du* schenke ich mir. Sie verwischt die feuchten Spuren im Gesicht, und ich sehe, wie vor ihren Augen unsichtbare Visiere runtergeklappt werden. Und als weitere Absicherung auch noch: die Sonnenbrille, direkt aus dem fuchsroten Haar über der Stirn.

– Okay, du bist sauer, kapiert, sagt sie, aber warum kommst du jetzt nicht einfach mit, ich bin zum Kaffee verabredet.

Ein Trick? Ich muss kurz nachdenken. Höre den Motor eines Rasenmähers in der Nähe. Sehe einen Gärtner mit fransigem Strohhut vor mir, der auf dem Sitz eines wackeligen Gefährts durchgerüttelt wird und leise summend über die Hügel einer Parklandschaft zuckelt (wie ein Siedler auf dem Kutschbock vor dem Planwagen).

– Ich will nicht stören. Merke schon: Ghetto-Kind wird langweilig.

Es ist mir so rausgerutscht. Genauso peinlich: Die Gänsefüßchen, die ich beim Wort *Ghetto-Kind* in die Luft gemalt habe.

– Meld dich einfach wieder, wenn du normal bist. Oder geh zum Teufel.

Höllisch gerne. Ich betrachte betreten und getreten meine Turnschuhe: Baustellenstaub haftet noch dran; denke an die Prämie, die ich heute früh für diesen Auftritt in den Wind geschlagen habe, drehe bei und weiß plötzlich nicht so recht, wohin. Überhaupt: Mein Zorn ist bereits nach wenigen Schritten komplett verpufft.

Werde ich meinen Schatten nie wieder auf dieses Pflaster werfen?

War's das?

Jackie womöglich nie wiederzusehen erscheint mir

ein hoher Preis für meinen Stolz. Also drehe ich mich noch einmal um, nur zur Vorsicht, aber Jackie ist schon zurück durch die Toreinfahrt. Wollte sie nicht gerade los?

Ich hüpfe hinter einen Busch und warte wieder. Aber während es beim ersten Mal geschlagene drei Stunden waren am Ende (ich weiß jetzt, für einen Spähtrupp ist das Leben die meiste Zeit ungefähr so spannend, wie einem Baum beim Wachsen zuzusehen), sind es diesmal nur drei Minuten.

Und schon kommt sie vorbei. So schnell, so wunderschön in der Sonne mit ihrem Raubtiergang. Eine leibhaftige Werbeposter-Ikone: Zero Körperfett, Zero Makel, Zero Selbstzweifel. Ihr Auftritt sagt: *Seht her, hier kommt Jackie!*

Sie trägt einen kurzen Rock, dazu einen weit ausgeschnittenen, hauchzarten Pulli, darunter sieht man ein Bikini-Oberteil im Leopardenlook hervorblitzen. An den Füßen: Espadrilles. In der Hand: ein kleines Ledertäschchen. Im Haar jetzt wieder die Sonnenbrille, im exakt gleichen Design wie der Bikini.

(Ist sie deshalb zurück ins Haus, um die Sonnenbrille zu richten?)

Mein Puls, ihre Haare fliegen. Ich kann nicht anders, ich muss ihr nach.

(Langsam wird es mir zur Gewohnheit, Frauen bzw. Mädchen zu verfolgen. Gut möglich, dass ich wirklich nicht ganz bei Trost bin.)

Jackies wilder Spaziergang endet in einem dieser piekfeinen Helle-Holzstühle-Cafés, keine Viertelstunde vom Anwesen ihrer Eltern entfernt.

Die Lokalität liegt am Ende eines geteerten Weges, direkt am Wasser. Man kann dort Boote mieten: Tretboote,

Kanus. Oder an einer Klappe Getränke, Eis und Süßigkeiten kaufen.

Die meisten Plätze sind bereits besetzt. Ein zarter Geruch von Sonnenöl und Mückenschutzmittel hängt über dem Ort in der Luft. Von Zeit zu Zeit bläht eine Windbö die Sonnenschirme auf dem Platz, wo die Tische und Stühle aufgestellt sind.

Küsschen, Küsschen.

Jackie trifft sich mit Ponyhof: Er hat ihr einen Holzstuhl mit einem Sweatshirt reserviert. Ich finde eine ungeschützt in der Sonne stehende Bank außerhalb des Cafés, die sich im toten Winkel der beiden befindet und zudem von einem mühevoll gestutzten Gewächs getarnt wird.

Ich bin nah genug dran, dass ich die Wespe deutlich sehe, die am vorderen Tisch in einem Glas mit sonnengelbem Limonadenrest ertrinkt.

Eine Menge Stadtpläne werden in dem Café studiert, eine Menge teurer Kameras hängen um gealterte, sonnenverbrannte Hälse. Es scheint ein beliebter Ausflugsort zu sein.

— …

— …

Ich bin zu weit weg, um zu verstehen, was an den Tischen gesprochen wird. Aber es reicht mir, alles zu beobachten. Ich sehe, wie Jackie ein Bein übers andere schlägt, wobei ihr der Strandschuh von der Hacke schlappt.

Ich sehe sie zusammen mit Ponyhof lachen, ich sehe, wie beide sich im Schatten des Schirms ständig beim Reden berühren: Die Hände tätscheln Schultern Arme Schenkel des Gegenübers, während mich die Sonne genüsslich röstet.

Die ertrinkende Wespe. Das stumme Gelächter. Die unbarmherzige Hitze. Reinste Ferienidylle. Und kurz darauf das!

Ein weiterer Typ taucht auf: braungebrannt, schlank, ganz elegant in Weiß gekleidet, Siegelring an der feingliedrigen Hand. Tritt zu Jackie und Ponyhof an den hellen Holztisch.

Er küsst Jackie. Auf den Mund.

Unter meiner Mütze brutzelt es. Jemand Unsichtbares legt eine Manschette zum Blutdruckmessen um meinen Hals. Und. Pumpt. Langsam. Auf.

Derweil tritt Siegelring dann hinter Ponyhof. Ponyhof wirft den Kopf in den Nacken. Siegelring küsst auch ihn. Lange. Länger als nur flüchtig. Viel länger als Jackie. Und ebenfalls auf den Mund. Die Luft aus der Manschette entweicht.

– Jetzt ist es passiert!

Ein Dreiergrüppchen (offensichtlich Vater Mutter Kind) steht keine zwei Meter von meiner Bank entfernt. Die Erwachsenen starren mit gekrausten Stirnen auf einen etwa vierjährigen Jungen hinab. In seiner Hand hält er eine leere Waffeltüte. Das dazugehörige Schokoladeneis ist auf seine Sandalen geplatscht.

Das Kind bricht in Tränen aus.

– Habe ich nicht gesagt, halt die Waffel gerade?

Die Frau packt den Jungen am Arm. Die Familie zieht von dannen.

Ich betrachte die Überreste der Schokoladenkugel. Beuge mich vor, stütze meine Ellbogen auf den Knien ab, bette das Kinn auf die Handballen.

(Wie niederschmetternd es doch ist, Speiseeis beim Schmelzen zuzusehen. Dieses Drama vom Vergehen alles Irdischen im Zeitraffer.)

144

Nicht eine Sekunde wende ich den Blick ab. Bis die Kälte endgültig nichts mehr von der Form im Zaum hält, sich auch der letzte Klumpen in der Lache auflöst. Die Flüssigkeit sickert Tröpfchen um Tröpfchen ins Erdreich ein.

Zurück bleiben ein Kindskopf vom Stadtrand auf verlorenem Posten und ein schattenartiger Fleck. Seine Umrisse habe ich zu meiner Überraschung später, als ich längst zurück in unserer Siedlung bin, noch einmal klar vor Augen.

Ich liege im Bett.

Das Rollo ist nicht ganz bis unten heruntergelassen: Ein schmales Lichtband fällt von draußen herein. Ich weiß, dass dort in der Nacht die erleuchteten Fenster zu sehen sind: entzündete Wunden in der Haut der Hochhäuser.

Ich weiß, in jeder Wohnung geschieht etwas. Hier. Überall in der Stadt. Und trotzdem würde es mich nicht wundern, wenn außer diesem Zimmer nichts wirklich existiert. Jackie nicht. Edda nicht. Nur dieser permanente Lärm zwischen den Ohren.

Ich ziehe die Decke fester um meinen Körper.

Vielleicht gibt es diesen schattenartigen Fleck aus Schokoladeneis auf der anderen Seite der Stadt gar nicht wirklich. Vielleicht gibt es ihn nur in meinem Kopf. Vielleicht gibt es die zwei Silberfische nicht, die ich gerade beim Zähneputzen an den Kacheln zerdrückt habe, nicht die beiden schimmernden Streifen, die von ihnen zurückgeblieben sind.

(Habe ich den Silberfischen wirklich die Namen Jackie und Edda gegeben?)

Im Halbschlaf träume ich von Frauen mit rasierten Mösen. Sie haben keine Gesichter. Was mich nicht stört. Ganz im Gegenteil.

Sie sorgen dafür, dass der Lärm im Kopf nachlässt.

(Den Rest erledigt meine Hand, die weiß, was zu tun ist.)

Hinterher kommt mir mein Zimmer plötzlich wieder so wirklich vor wie nie. Ich habe mir bislang keine Gedanken darüber gemacht, wie es eingerichtet ist. Nachts lasse ich einfach das Rollo runter. Und nach dem Aufstehen schnellt es wieder hoch.

Da ist das Bett (eher eine Pritsche). Der Schrank (ein rechteckiger Klotz). Der Schreibtisch (eine schlichte Holzplatte auf zwei Böcken, darauf der Laptop zum DVD-Gucken). Die Hantelbank. Secondhand, der ganze Kram. Selbst die Matratze, auf der ich liege. Nur der Karton mit dem niegelnagelneuen Punchingball, von dem keiner weiß, wovon er bezahlt werden soll, der ist neu (heute gekommen).

Man wird eine Bohrmaschine brauchen, um das Trainingsgerät im Beton zu verankern. Eine gute Bohrmaschine, wie Zöllner sie hat. Die Wände sind dick.

– Weißt du was, denk nicht zu viel darüber nach.

Mausers Stimme. Wie zurückgespult und noch einmal abgespielt.

– Denk nicht zu viel darüber nach.

Ich schließe die Augen. Ich öffne sie wieder.

Da ist noch immer der Papierkorb aus Metall (unter dem Schreibtisch). Darin liegt noch immer die zweite Karte von Edda. Ohne Briefmarke. Das heißt: Edda hat sie persönlich eingeworfen. Ich habe die Karte ungelesen entsorgt.

– Okay, du bist sauer, kapiert.

Jackies Stimme.

– Du hast eine Freundin?

Eddas Stimme.

Ich schließe die Augen erneut. Versuche es mit Schäfchenzählen. Dann mit Schäfchenrückwärtszählen. Ich lasse Wölfe über die Schäfchen herfallen. Ich stehe auf, durchwühle das Altpapier.

Lese.

Lese zweimal.

Nichts mit Schuhezuschnüren diesmal. Keine Aufgaben.

Ich bin hellwach. Höre hinaus in die Weite der Welt. Kein Geräusch.

Außer dem eigenen Atem und dem sanften Wiegenlied der Autobahn. Und fern, ganz fern, wenn mich nicht alles täuscht, in einer der Waben des Eckblocks: das Plärren eines Kindes.

■

⏩

|vor: Dienstag, noch 6 Tage Ferien

Der Nachtwind raschelt in den Zweigen. Das Geräusch von Schritten auf dem Weg. (Sind das wirklich nur meine Schritte, die ich höre?) Ich blicke mich um. Das Geäst der Pappeln und Weiden bildet eine Art löchriges Dach über dem Jogging-Pfad: Ich blicke zurück in einen Tunnel aus Dunkelheit.

Zöllner ist auf der Flucht seit dem Morgen. Die Polizei weiß nicht, wo er sich aufhält. Ich weiß es nicht; und es ist nicht gut, was mein Kopf mit mir macht, während die Sterne oben glühen wie Tieraugen in der finsteren Prärie.

– Hallo ...?

Ein Film aus Schweiß überzieht meinen Körper: Würde man mir eine Machete geben, ich könnte die drückend schwüle Luft in Würfel schneiden.

– Ist da wer?

Keine Antwort. Ich drehe meinen Kopf in die Richtung, wo ich das Baumhaus vermute. Es sind nur ein paar Schemen auszumachen. Tastend (die Hände in Höhe des Kinns gehoben) schlage ich mich ins Unterholz, kämpfe mich durchs Gestrüpp (das reinste Dickicht).

Äste peitschen mir ins Gesicht, Brennnesselblätter streifen meine nackten Waden. (Leicht verzögert beginnt die Haut zu jucken und zu brennen.) Es knirscht und knackt bei jeder Bewegung, Schatten tanzen im Schwachlicht um mich herum.

Ich beschleunige meinen Schritt. Ein Schlag. Etwas prallt gegen mich.

▶ 148

(Adrenalin schießt ins Blut wie ein Pfeilhagel, der aus dem Hinterhalt auf eine aufgescheuchte Büffelherde abgegeben wird.)

Um ein Haar falle ich hin: Jemand hat mich von hinten angesprungen.

Schmerzhaft hängt er mir im Genick.

Ich stolpere die letzten Schritte zur Lichtung unter dem Baumhaus, spüre den Atem im Haar, am Ohr. Höre ein metallisches Klicken. Gehe zu Boden.

Man hat mich fest im Schwitzkasten, reißt mich herum, und ich liege auf dem Rücken, bevor ich überhaupt reagieren kann.

– Bist du auf der Suche nach dem Alten? Den findest du hier nicht.

Die kühle Klinge des Butterflys an meiner Schlagader. Die ramponierte, um die Augen noch immer stark geschwollene Visage. Sein triumphierendes Lächeln.

– ...

Kondor hockt, eingehüllt in die Nacht wie in einen Poncho, auf mir, die Knie fest auf meinen Oberarmen.

– Das muss Schicksal sein, Boxer. Hatte eigentlich gedacht, du wärst mit dieser rothaarigen Kleinen längst an der Grenze beim Festival.

– Was willst du, Kondor!

Der Augenblick hat etwas absurd Schönes: Durch Blätter hindurch, die sacht und dunkel im Wind wippen, kann ich die oberen Stockwerke unseres Eckblocks im Liegen gut erkennen. Das Licht des Erdtrabanten hat ein bläulich-silbernes Band auf die Kammlinien der Hochhäuser gelegt. Kondor:

– Schon klar, dass das heute kein besonders schöner Tag für dich ist, aber guck mich mal an, ich habe auch eine schwere Zeit hinter mir.

– Ja, sage ich (ohne mich zu rühren), du siehst echt übel zugerichtet aus.

Kondor erhöht den Druck mit dem Messer auf meinen Hals. Streicht mir mit den Knöcheln der messerlosen Hand über die Wange.

– Ich sehe übel zugerichtet aus, stimmt, sagt er, aber du solltest den *anderen* mal sehen. Hast du Angst, Bleichgesicht? Wirkt fast so, als hättest du die Hosen voll.

Eine wirre Haarsträhne löst sich aus Kondors öligem Zopf, fällt zwischen seine zusammengezogenen Brauen und wirft einen Schatten auf sein Gesicht, dicht neben das Auge: ein schmaler Strich wie die Schramme in Zöllners Gesicht.

Zöllner.

(Der Mörder, der Sonntag vor meinen Augen Spuren der Tat verwischt hat.)

Meine Gedärme hangeln sich nach oben.

– Du hast Recht, sage ich zu Kondor, ich habe die Hosen voll: gestrichen.

Kondors Züge verfinstern sich. Er scheint sich nicht sicher zu sein, was von meinem Geständnis zu halten ist.

– Mach dich nicht lustig über mich, Idiot, sagt er, ich bin einer von den Guten.

Die Spitze der Waffe bohrt sich mir in die Wange. Kondor kommt näher, sein Kopf senkt sich tiefer zwischen die Schultern: ein Greifvogel, bereit, ohne Gnade auf mich niederzustoßen.

– Hast du sie noch alle? Nimm sofort das Messer weg.

Die Klinge von Kondors Butterfly zieht drucklos und im Zickzack Bahnen durch mein Gesicht, ohne jedoch die Haut dabei zu verletzen. Ich halte die Luft an. Kondor:

– Typen wie dich fang ich mit einer Hand außerhalb

der Ringseile, überall, da habe *ich* die Mittel und die größere Reichweite. Ich kann kämpfen, hörst du.

Er sagt es zu laut, brüllt es fast: Speicheltröpfchen wirbeln im Mondschein durch die Luft. Dann lässt Kondor das Messer sinken, nimmt mein Gesicht in beide Hände: Küsst mich.

— ...

Ich bin sprachlos. Kondor presst seinen Mund fest auf meinen. Bestimmt drei Sekunden lang. Ich mache mich von Kondor frei, stoße ihn weg.

— Komm wieder hoch, sagt er.

Hat sich selbst bereits aufgerappelt, hält mir die Hand hin.

— Zieh einfach Leine, sage ich, ...

(Im Staub verharrend.)

— ... tu mir den Gefallen, Kondor.

— Gleich, sagt er, aber du hast mir noch gar nicht gratuliert. Es fühlt sich an, als sei ich gegen eine Dampflok gelaufen, aber ich bin nach wie vor da. Ich lebe.

— Gratuliere, sage ich.

Mit einer schnellen Handbewegung hat er das Butterfly wieder zusammen. Klopft sich nicht vorhandene Erde vom Hosenboden. Kondor:

— Was ich mich auch gefragt habe, warum bist du nach dem Kampf Hals über Kopf aus der Baracke getürmt?

— Bitte, sage ich, mir ist gerade nicht nach Plaudereien, kapierst du das nicht? Denk an die Sache mit Emmemm.

Kondor nickt. Und stützt nickend die Hände auf den Hüften ab. Spuckt aus.

— Ich habe ihn gesehen, Mann. Ich habe mit ihm gesprochen.

Es braucht einen Moment, bis bei mir der Groschen fällt.

– Wen hast du gesehen? Zöllner? Wann?

– Ich habe ihn zum Festival geschickt.

– Du hast *was* gemacht?

Kondor preist sich für seine Idee.

– Viele Menschen, viele Zelte, erklärt er, ideale Bedingungen, um ein paar Tage unerkannt zu bleiben, abzutauchen. Außerdem die Grenze in der Nähe …

Ich bin baff. Sehe, dass Kondor sich genüsslich die Lippen leckt.

– Hast du ihn zum Festival geschickt oder zum *Powwow*?, frage ich.

Stehe auf. (Ohne Kondors angebotene Hilfe in Anspruch zu nehmen.)

– Ist doch eins, sagt er.

Redet noch ein paar Takte weiter auf mich ein. Erzählt mir, dass er über seine *guten Verbindungen* bei Brand III sogar Geld für Zöllner hat besorgen können; zeigt stolz Zöllners Kreditkarte her, die er dafür im Gegenzug bekommen hat.

– Knickknack, der gute Kondor ist da für Menschen in Not, sagt er.

Und als ich dann kurz darauf endlich allein oben im Baumhaus bin, frage ich mich, ob Kondor wirklich denkt, dass er Mauser damit einen Gefallen getan hat.

Der gute Kondor. Knickknack.

Ich sitze in dem lichtarmen Verschlag auf Höhe der Baumkronen, starre (mit an die Brust gezogenen Knien und fest umschlungenen Beinen) auf einen knittrigen, offensichtlich leeren Tabaksbeutel, der in der Ecke liegt: Auf der gelben Verpackung ist das gezeichnete Konterfei eines Indianerhäuptlings im Profil zu sehen.

– Da bist du ja auch wieder, sage ich.

Lache auf. (Ein Lachen, das klingt wie ein letzter Atemstoß vor dem Ableben.)

Eine Ameise läuft dem Indianer über das stolz wirkende Antlitz.

(Diese Erhabenheit. Spielen Kinder deshalb so gerne diese Rolle?)

Der Häuptling schweigt:

– ...

– Du hättest Kondors Augen sehen sollen, sage ich, bevor er mit wehendem Zopf zurück in die Nacht ist, *besorgst du mir bei nächster Gelegenheit ein Telefon, Kondor*, habe ich ihn gefragt, und allein diese Frage, Häuptling, die hat einen Glanz in seine Augen gezaubert, als wäre sie Politur.

Aber der alte Witz mit der Politur zündet nicht.

– ...

Kein Ton vom Häuptling. Und selbst mir gelingt das versuchte Schmunzeln nicht überzeugend.

– Warum spricht niemand mehr mit mir, hm, sage ich, ...

(Wiederhole den Satz wie einen Zauberspruch.)

– ... warum spricht niemand mehr mit mir? Was ist mit Mauser?

Und ich merke, dass die Frage ernst gemeint ist. Dass ich sie formuliere, weil ich wirklich eine Antwort möchte. Ich lausche jedoch vergeblich in die Stille.

In der Nähe gurrt eine Taube. Das ist alles.

Und dann erzähle ich mein ganzes Elend einem zerknüllten Tabaksbeutel.

Befühle dabei meine Rippen. Befühle die Bretter an der Wand. Mausers Name ist in das Holz reingeritzt, mein Name.

Ich kauere mich in Embryonalhaltung am Boden zusammen. Starre mit weit aufgerissenen Augen in die Ecke.

Denke an Zöllner. Sehe ihn wieder als diesen kleinen Jungen, der mit dem Mopp im Treppenhaus steht. Einen Witz erzählt. (Warum stellt er sich nicht?)

Durch die Öffnung des Baumhauses hat der Mond eine Pfütze Licht auf das abgelatschte, sandige Holz der Bretter geworfen. Dasselbe Licht, das den Rasen hinter den Bäumen silbern färbt (und nach wie vor auch die Dachkanten der Häuser). Dasselbe Licht, in dem Jackie vor knapp einer Woche am Beckenrand im Freibad gesessen hat. (Magisches Licht.) Ich drehe mich mit dem Gesicht zur Wand, knibble mit dem Fingernagel am Holz, an Mausers Namen herum. Drifte in Gedanken ab. Stelle fest, dass ich keine Traurigkeit in mir fühle, nur so eine Art Ich-weiß-nicht-wohin-mit-mir. Im Grunde fühle ich tatsächlich gar nichts.

Und doch komme ich nicht zur Ruhe.

Meine Gedanken wandern von Zöllner und Mauser zurück zu mir. Wandern im Kreis: Ich komme mir vor, als wäre ich unter Wasser, hätte schon halb die Besinnung verloren und die Orientierung: Wo sind Oberfläche und Luft?

Ich ertaste ein Herz im Holz, einen Pfeil, der es durchbohrt.

Sehe mich vor der Toreinfahrt von Jackies Zuhause stehen. Die Tränen, als ich sie zur Seite schiebe. Ihre Worte: *Geh zum Teufel!* (Ihre Abschiedsworte.)

— Häuptling, sollte ich nochmal mit Jackie reden, mich wenigstens bei ihr entschuldigen? Was ist mit dem *Powwow*?

Ich wälze mich zurück auf die andere Seite.

– Und was ist mit Edda?

(War ich das? Wer spricht da?)

– Ist es nicht gut gewesen, sie heute als Trösterin zu haben?

(Das passt nicht: Nein, Mauser ist nicht hier. Und er sagt so was nicht.)

Ich presse die Fäuste ins Gesicht.

(Wünsche mir etwas. Wünsche es mir ganz fest.)

Drücke die Knöchel gegen den Rand des Stirnbeins unter den Augenbrauen.

Mit aller Kraft.

(Mir ist, als würde mein Kopf jeden Moment von innen explodieren.)

– Ich will jetzt auch nicht, dass hier einer heult, sage ich.

(Sage es zu mir. Und nur zu mir.)

Sehe, wo es gerade eben noch zappenduster hinter meinen Lidern gewesen ist, jetzt ein Rot in mein Gesichtsfeld ziehen: Es flackert vor meinem inneren Auge wie in einem dunklen Raum, in dem Neonröhren angeknipst werden. Dann formt sich aus dem Rot das Wort *Mord*, verwandelt sich, das *M* wird zu einem *T*, der vorletzte Buchstabe schiebt sich in den letzten, verschwindet; das neue Wort vervielfacht sich:

Tod.

Tod.

Tod.

Tod.

Tod.

Tod.

Tod.

Tod.

Tod.

Tod.
Tod.
Tod.
Tod.
Tod.
Tod.

Was ich mir wünsche? Dass es einmal ruhig ist, da oben im Hirn.

II

Die zweite Karte

Vorn:
Die Handzeichnung von einer Brille, deren einer Bügel mit Klebeband am restlichen Gestell fixiert ist (blauer Textmarker auf grauem Karton).

Hinten:
Text (große Blockbuchstaben).

AM DIENSTAG BEIM PARKDECK? ZWEITER VERSUCH. KURZ NACH SECHS ABENDS. KURZ HALLO SAGEN. KURZ: KEIN VÖGELN, KEINE MÄTZCHEN. GANZ OHNE VERKLEIDUNGEN. OKAY? UND WENN NICHT, DANN NICHT. WERDE ES KLAGLOS HINNEHMEN UND AUCH NICHT WEITER NERVEN, INDIANEREHRENWORT. EDDA.

PS: DU KÖNNTEST VIELLEICHT SO ODER SO KURZ VORBEIKOMMEN UND MIR EINE SCHEUERN, DAMIT WIR QUITT SIND. WIE WÄR'S?

■

|zurück: Dienstag, noch 6 Tage Ferien
Im Schatten der hüfthohen Brüstung des Parkdecks sitzt
ein Weberknecht. Reglos. Ich zähle seine strohhalmarti-
gen Beinchen, stütze mich mit durchgestreckten Armen
an der handbreiten Kante der Betonwand ab. Sauge mühevoll trockene Luft ein.

Die Sonne, rund und geduldig, knallt humorfrei auf
die Siedlung nieder.

Warum treibt der Asphalt keine Blasen?

(Nichts scheint ausgeschlossen an diesem Tag.)

Ich sehe durchscheinende Punkte vor den Augen.
Geistere seit Stunden mit dem Gefühl umher, als würde
der Sauerstoff von Minute zu Minute knapper.

Meine Lungen: zwei ausgedörrte Lederlappen.

Die Hitze allein würde genügen, einem den Hals zuzu-
schnüren: wie die zu enge Kopföffnung eines Rollkra-
genpullovers. Oder wie zwei zupackende Hände. (Zwei
fest zupackende Hände.)

– Acht Beinchen, also ein Spinnentier, kein Insekt,
murmle ich.

Richte den Blick vom Weberknecht zurück auf das
Geschehen vor unserem Eckblock: Das Haus, in dem
ich lebe, liegt direkt gegenüber von meinem Standort;
lediglich ein Rasenstück und die Straße trennen das
Parkdeck von dem Eingang. Niemand kommt mehr ohne
weiteres hinein oder hinaus.

Unten an der Tür steht ein Polizeiposten. Bei den Ab-
sperrungen (rot-weißes Flatterband) im Vorgarten warten Schaulustige im flirrenden Sonnenlicht.

(Auf was? Darauf, dass mehr Informationen durch-
sickern?)

– Was ist denn hier los? Was hat das alles zu bedeuten?

Eine Stimme hinter mir. Ich drehe mich um.

– …?

Die Hochhäuser in meinem Rücken, ein Gesicht dicht
vor mir: die Narbe. Edda hat sich mit mir hier verabredet, fällt mir ein. Und ich bin da. Und sie ist da. Und
Edda weiß von nichts.

– Mein Gott, du siehst nicht gut aus, sagt sie.

Ihre Brille wird an einer Ecke von einem Knoten
aus silbrig schimmerndem Klebeband zusammengehal-
ten. Ein aufgespannter verschossener Taschenschirm
schützt Edda vor der Sonne.

– Stimmt, sage ich geistesabwesend, das war ja unser
Treffpunkt hier.

– Alles in Ordnung?

– Nein, sage ich, nein …

Sehe, dass sie auf Mütze Pulli Mantel heute verzich-
tet hat: Edda trägt ein Sommerkleid (eine Art Kittel
mit Blümchenmuster), eine mehr oder weniger dazu pas-
sende Spange im Haar (Herzmotive), natürlich die Brosche (ihr Totem); und wieder ist da der feuchte Schleier
auf ihrer Oberlippe.

– Was ist passiert, fragt sie, warum steht die Polizei
bei dir vor dem Haus?

– …

Ich atme geräuschvoll Luft ein, ziehe sie hoch in Richtung Ohren, halte die Luft einen Moment an, lasse sie
langsam, mit geblähten Backen und beinah lautlos wieder entweichen. Edda:

– Kann ich etwas für dich tun?

Ich schüttle den Kopf.

(Ein Teil meines Gehirns fühlt sich an, als wäre es völlig versandet).

– Ein Albtraum, sage ich, ein absoluter Albtraum, du hast echt ein Talent, mich immer auf dem falschen Fuß zu erwischen.

Stockend beginne ich Edda ein paar Dinge zu erzählen, die ich weiß. Dinge, die inzwischen jedem in der Siedlung bekannt sind. Dass zum Beispiel Mauser von Zöllners Wohnung aus die Polizei verständigt hat. Und urplötzlich allein ist mit einer Leiche. (Deshalb auch lieber im Treppenhaus wartet, als ihm das klarwird.)

– Ich glaube, er ist weg, sagt Mauser zu den Beamten.

Mit *er* meint er Zöllner. Sitzt blass um die Nase auf den kühlen Steinstufen im zweiten Stock. Hat die Handknöchel fest zwischen den Oberschenkeln eingeklemmt, vielleicht damit die Arme nicht zittern können.

– Bist du das, der sich bei uns gemeldet hat?, fragt einer der Uniformierten.

Nur Minuten nach dem Anruf sind sie in drei Funkstreifenwagen vorgefahren. Mauser blickt den zwei Frauen und vier Männern entgegen.

– Ja, sagt er.

– Du hast alles richtig gemacht, beruhigt ihn ein Kerl mit Nussknackerkinn.

– Ja, sagt Mauser noch einmal.

Die Handfesseln bleiben in den Holstern an den Gürteln verstaut. Ebenso die Dienstwaffen. Zöllner ist tatsächlich verschwunden. Die Mordkommission rückt nun mit einem Trupp von fünf Beamten in Zivil an. Praktisch zeitgleich erscheinen erste Pressevertreter, zunächst nur eine Handvoll Leute von den Zeitungen. (Später finden sich aber auch vier Fernsehteams ein auf der Suche nach sendefähigem Material).

– Was denkst du über das, was dein Vater getan hat?, fragt ein Reporter.

Er riecht nach Aschenbecher und herbem Rasierwasser.

– Ich weiß noch nicht, was ich denke, sagt Mauser.

– Enttäuschung oder Ratlosigkeit?

– Keine Ahnung, sagt Mauser.

– Willst du, dass man ihn bald fasst?

Einzelne Härchen lugen aus einem Nasenloch des Reporters hervor. Mauser nestelt am Schirm seiner Mütze. Blickt auf seine Turnschuhspitzen.

– Damit ist es ja auch nicht zu Ende, sagt er.

Spurensicherer haben inzwischen Plastikhütchen im Vorgarten aufgestellt und fangen an, in Kapuzenanzügen, Mundschutzmasken, hautengen Handschuhen (alles in dem Weiß von Kinoleinwänden) das Treppenhaus gründlich zu inspizieren.

– Ich habe ihn am Sonntag noch gesprochen, als er die Treppe geputzt hat, sage ich zu Edda, keine Ahnung, vielleicht war es noch, bevor …

Ich beende den Satz nicht. Meine Wangen sind sengend heiß wie Herdplatten, auf denen gerade ein Feuertopf zum Kochen gebracht worden ist, und mein Magen rebelliert. Ich würge.

– Ist gut, sagt Edda, …

Und sie fügt noch etwas hinzu, das ich aber nicht mehr verstehe.

– …

Ich habe den Mund aufgerissen, würge weiter, bis sich meine Bauchmuskeln verkrampfen, stoße aber nur Luft hervor, röchle und huste; und erst dann, mit einem

Zwitter aus Rülpser und Huster, kommt der Mageninhalt, ergießt sich mit Wucht an die Balustrade und klatscht auf den Betonboden vor unseren Füßen.

– Tut mir leid, wimmere ich mit tränenden Augen.

Sehe die Beinchen des Weberknechts zwischen den Brocken des Breis: Sie zappeln, unkoordiniert, beweglich in jedem Gelenk. Die Kreatur strampelt um ihr Leben, kämpft. Und prompt kommt es mir noch einmal hoch. Und noch einmal.

– Wenn du wieder kannst, sagt Edda, gehen wir jetzt besser in den Schatten.

– …

Ich stoße mich von der Brüstung ab, entferne mich auf wackeligen Beinen. Gestatte Edda, mich kurz zu umarmen und mich dann vom Parkdeck zu lotsen. Bin für den Moment willenlos. Es fühlt sich so ähnlich an wie vorhin, als Mauser zum Polizeipräsidium gefahren wird.

– Ganz wichtig, sagt einer der Beamten dort, das ist eine Befragung, du kannst antworten, aber du musst nicht.

Mauser antwortet. Möchte helfen.

– Ich will meinen Vater nicht verlieren, sagt er einmal.

Sitzt in einem schmucklosen Büro, in dem ein Tischventilator die stickige Luft ein wenig umwälzt. Papierecken, die aus Aktenmappen ragen, flattern in der trägen Brise des Geräts auf und ab.

– Was war der Grund für den Besuch bei deinem Vater?, fragt ein Kerl mit Doppelkinn und Bürstenhaarschnitt.

Mauser erzählt vom Punchingball.

– Ich wollte eine Bohrmaschine ausleihen, sagt er, alle im Haus haben sich die Bohrmaschine von ihm geliehen, wirklich jeder ist zu ihm gekommen …

(Mauser richtet die Mütze im Nacken.)

– … aber natürlich bin ich dann heute gar nicht mehr in der Lage gewesen, überhaupt nach dem Gerät zu fragen, klar.

– M-hm, sagt Doppelkinn, tupft sich mit einem Taschentuch die Stirn.

– Du bist Boxer?, fragt sein Kollege.

Er hat die Arme vor der schmalen Brust verschränkt und sitzt mit seinem kaum vorhandenen Hintern auf der Tischkante.

– Mein Vater war mal ein exzellenter Leistungsschwimmer, sagt Mauser.

Diese Information erscheint ihm außerordentlich relevant in dem Moment. (Mehrfach denkt er während des Gesprächs über das Wort *entlastend* nach.)

– Danke für die Unterstützung, sagt Doppelkinn auf der anderen Seite des Schreibtisches am Ende der Befragung.

– Tut mir leid, dass ich nicht mehr tun kann, sagt Mauser.

Kopf gesenkt. Mauser schiebt die Häutchen auf den Fingernägeln zurück. Ich schiebe die Häutchen auf den Fingernägeln zurück. Edda:

– Und dann wird man einfach so nach Hause geschickt?

– Eine Frau vom Kinderjugendnotdienst ist noch eingeschaltet worden, sage ich, aber im Grunde war's das, ja.

Ich verschweige, dass Mauser, weil er noch minderjährig ist, von seiner Tante (der Schwester seiner leiblichen Mutter) hat abgeholt werden müssen.

– Sie finden ihn, sagt Edda.

– Er hat einen Menschen getötet, sage ich.

Sehe den Zinksarg vor mir: Ein krähenschwarzer Samtüberwurf mit silbernen Fransen soll ihm die Nacktheit nehmen. Zwei blasse (in den dunklen Anzügen stark schwitzende) Gestalten haben den Behälter im Flur auf dem blitzsauberen Laminat abgestellt, vor dem Sideboard; neben der Telefonstation liegen dort Zeitungen und Zeitschriften auf einem ordentlichen Stoß. Unter der Garderobe stehen die blankgeputzten Schuhe Paar für Paar parallel ausgerichtet. Das Glas der Bilderrahmen an der Wand blitzt. Absolut nichts in der Wohnung wirkt unaufgeräumt.

– Wie lange war er allein mit der Leiche, fragt Edda, zwei Tage?

– Zwei Tage, sage ich.

– Mannomann, sagt sie.

Nichts weiter. Ich bin ihr sehr dankbar dafür.

– Ich habe Laura am Sonnabend noch gesehen, sage ich, sie hat den Müll runtergebracht, und das Eigenartige ist, ich fühle jetzt nichts. Alles ist taub. Als wenn jemand die Leitungen zu meinen Nerven gekappt hätte.

– …

Edda nickt wieder nur. Sie sitzt mit mir auf einer Bank im Park. Wir haben einen langen Spaziergang hierher gemacht. Es hat geholfen. Ich bekomme wieder Luft. Schaue auf das Wasser des Sees: Es reflektiert die Sonnenstrahlen, die wie morsche Speere aus Licht an der ruhigen Oberfläche zerschellen.

– Noch am Mittag ist hier der Hubschrauber längsgeflogen; hier und entlang der Autobahn. Sie haben auch mit Hunden gesucht, aber ich schätze, spätestens unten am Bach hat sich seine Spur verloren, sage ich.

– Hast du eine Ahnung, wo er sein könnte? Glaubst du, er ist noch irgendwo in der Nähe?

Eddas Taschenschirm liegt zusammengefaltet auf ihren Oberschenkeln. Ich schüttle den Kopf. Blicke sie an.

– Ich habe vielleicht ein paar Ideen, sage ich, aber mehr nicht.

Eine Zeitlang scheint Edda eine Schaufensterpuppe darstellen zu wollen, so unbeweglich schaut sie auf den See: weit weg und zugleich ganz nah in Gedanken, habe ich das Gefühl.

– Soll ich dir helfen, fragt sie schließlich, soll ich dir beim Suchen helfen?

– Nein, sage ich.

– Möchtest du, dass ich bleibe?, fragt sie.

– Ja, sage ich.

Es kommt zögerlich.

– Möchtest du, dass ich gehe?, fragt sie.

– Ja, sage ich.

Sie blickt mir tief in die Augen dabei. Und ich merke, wie sie um Fassung ringt. Ihr Kinn vibriert sanft. Vielleicht entgeht mir deshalb wieder, dass ihre Linke zuckt. Auch ihre Rechte bemerke ich spät. Aber diesmal wischt sie mir keine. Sie nimmt mein Gesicht nur in ihre Hände und sagt:

– Du weißt, wo ich wohne, wenn was ist.

Ich lächle. Es sind warme Hände, keine trockenen. Eine hauchdünne, feuchte Schicht Schweiß kühlt mir die Wangen, als die Berührung endet. Ich:

– Danke, es geht mir besser.

Edda erhebt sich, geht zwei Schritte, bleibt stehen. In der einen Hand hält sie den jetzt wieder aufgespannten Taschenschirm, mit der anderen berührt sie sich selbst, hat sie auf ihr Dekolleté gelegt. Edda:

– Und ich kann wirklich nichts mehr für dich tun?

Der leicht bittere Geschmack im Mund wie von schalem Wasser. Mein Hirn, das schmerzvoll gegen die Schädelknochen zu drängen scheint. Ich fühle mich leer und geprügelt und komme dennoch plötzlich auf einen merkwürdigen Gedanken.

— Das ist jetzt gerade überhaupt nicht wichtig, sage ich, aber du hast nicht zufällig eine Bohrmaschine, oder?

II

Was zum Fall Zöllner
in der Zeitung steht (IV)

*Die Polizei fahndet bislang erfolglos nach dem mutmaß-
lichen Mörder von Laura Z. Zuletzt wurde Eric Z. am
Dienstag gegen 10 Uhr von seinem Sohn gesehen. Zu diesem
Zeitpunkt verließ er die Wohnung, um etwas aus dem
vorm Haus geparkten Pkw zu holen. Der 41-Jährige hatte
dunkelgetönte Haare und trug zuletzt eine graue Jacke
mit schwarzen Ärmeln über einem weißen Oberhemd sowie eine schwarze Cordhose. Besonders eine verschorfte
Schramme, die sich von der Schläfe abwärts über die gesamte rechte Gesichtshälfte erstreckt, könnte aufgefallen
sein. Wer Hinweise zum Verbleib von Z. (Foto) hat, melde
sich bitte umgehend unter der im Kasten angegebenen Ruf-
nummer bei der Polizei.*

■

|zurück: Mittwoch, noch 12 Tage Ferien

Es gibt nur diesen einen Ort auf Erden, wo man das erleben kann. Nur diesen einen Zeitpunkt. Sie sitzt mit dem Rücken zu uns am Beckenrand, völlig weltvergessen, ihre Hand fährt durch das Wasser. Ich stehe nur ein paar Schritte entfernt, jetzt und hier, in diesem Freibad bei Nacht, und es kommt mir vor, als würde sie das Mondlicht hinausschöpfen wollen, das sich auf der Oberfläche silbern spiegelt.

Ein kleiner Bauchschmerz vor Glück. (Mir gefällt's. Was ist das?)

– Halleluja, sagt Kondor, wohl die Nacht des offenen Freibads ...

Wir sind eben über das Drehkreuz rüber. Die Geräusche von sanften Wellen am Beckenrand, die glucksend und gurgelnd in den Abflüssen verschwinden. Die Geräusche allerdings auch von einer ganzen Menge anderer Leute, die sich hier tummeln und vergnügen. Kondor:

– ... wir sind nicht allein, Mann.

– Nein, sind wir nicht, sage ich.

Ich weiß, es kommt immer vor, dass man Schwimmfreaks trifft, die ungestört von Kindergeschrei ihre Bahnen ziehen wollen, oder Liebespärchen oder einsame Romantiker, die es genießen, in aller Ruhe zu baden, wenn die Luft draußen noch schön warm ist. Aber dieser Abend bildet definitiv eine Ausnahme. Kondor:

– Halte Augen und Ohren offen, das endet heute mit einer Razzia.

Kann gut sein, dass er Recht hat.

– Ja, ziemlich kriminell, was hier abgeht, sage ich.

Streife mir mein T-Shirt vom Oberkörper. Kondor, der sich bereits aller Klamotten bis auf die Badehose entledigt hat, bemerkt, dass ich weiter die mit den fuchsroten Haaren am Beckenrand begaffe, klatscht mir die Hand in den Nacken.

– Finger weg, bei der fängst du schnell Feuer und verbrennst dich!

– Brandschutzexperte Kondor, wie?

– Ihr Bikini kostet mehr als zwei Monatsmieten für deine Bude, sagt er, für solche Dinge habe ich einen Blick, glaub mir.

Und schon ist Kondor mit einem wilden Sprung im Becken. Schwimmt zu den Sprungtürmen. Ich halte derweil Augen und Ohren offen. Sehe die Typen, die in zehn Meter Höhe Anlauf nehmen und sich in die Tiefe stürzen.

Das aufspritzende Wasser.

Unter lautem Lachen tauchen die Springer einen kurzen Moment später wieder auf und kraulen an den Beckenrand. Dann steuern sie erneut den Turm an, erklimmen die Stufen. Oder sie laufen zur Wiese. Oder zu den Umkleiden.

– Wir sind die Erziehungsberechtigten!, schreit einer.

Pest an mir vorbei ins flache Nichtschwimmerbecken. Dort planscht bereits eine ganze Gruppe Halberwachsener wie Outlaws im Hinterzimmer-Waschzuber eines Saloons: Es wird geraucht geprostet getrunken, vermutlich etwas gefeiert.

Ziemlich ausgelassen.

Ein Typ sitzt sogar mit Sektbuddel auf dem Kindergerät beim Eingang: ein Reitautomat in Form eines Indianerpferdes. Der Münzeinwurf befindet sich in einem knallbunten Totempfahl. (Das Totemtier ist ein Wolf. Oder gar ein Fuchs?)

– He, Kumpel, nächste Woche auch auf dem *Powwow* dabei?

– …?

Vor mir bremst ein Wicht mit tropfnassen Haaren und biberartigen Zähnen, drückt mir einen Zettel in die Hand. *Wir feiern nicht, wir eskalieren*, steht in einer fetten Steckbriefschrift oben auf dem Papier. Biberzahn:

– Wir machen dem Festival Konkurrenz, das wird die Attraktion des Sommers.

– Aha, sage ich.

Gebe den Zettel zurück. Bin zu sehr von der Attraktion des Abends in Bann gezogen, um mich wirklich für die Sache zu interessieren. Die mit dem fuchsroten Haar hat sich eben einmal umgedreht (und mich fast der Schlag getroffen).

– Kannst den Flyer behalten, ruft Biberzahn mir nach.

Aber ich habe meine Mütze schon abgelegt, bin auf dem Weg zum Becken: Das Plätschern, als sie den Fuß aus dem Wasser hebt. Der Glanz dabei auf ihren Schienbeinen. Und der Lack, der von Zehennägeln splittert.

(Dieser eine kleine Makel, vielleicht ist es das.)

Ich gehe, um sie nicht zu erschrecken und um ihr etwas Zeit zu lassen, an den Startblöcken entlang auf die andere Seite, steige dort über die Leiter ins Nass, pflüge dann hindurch und direkt auf sie zu.

Ich weiß, sie weiß, dass ich sie ununterbrochen im Blick habe. Sie genießt es mit geschlossenen Augen, bis ich höchstens noch eine Körperlänge entfernt bin.

– Hey, heirate mich!, rufe ich ihr zu.

– …

Sie verdreht unheimlich gut die Augen. Ich drehe bei. Schon kurz davor, das Unternehmen wieder aufzugeben. Aber was, wenn es überhaupt kein Scherz von mir gewesen ist?, überlege ich beim Weiterschwimmen.

(Man lebt nur einmal, ist doch so, oder?)

Ich mache kehrt.

– Wie heißt du?

Ärgerlicherweise setzt sich gerade eine Blonde mit Hamsterbäckchen und enormer Lockenmähne zu ihr.

– Jackie! Sie heißt Jackie, krächzt die Blonde.

Ich treibe eine Körperlänge von den zwei entfernt auf dem Rücken, genieße den Ausblick: ihren Anblick. Die sandbraune Haut. Die von der Sonne des Tages leicht geröteten Schultern. Die geschwärzten Lidränder. Die blitzenden Augen. Das alles eingerahmt von diesen Haaren: Jede Strähne ein Flammenschweif, der sich an einem Hügel eine Schneise hinab durch einen Wald frisst.

– Hallo, Jackie, sage ich, …

(Ziehe die erste Silbe ihres Namens genüsslich in die Länge, *Jäää-ckie*.)

– … ich habe gesehen, dass du Mondlicht stehlen wolltest.

Die Blonde kichert. Jackie hält sich zurück. Schweigt stur weiter:

– …

Dabei tropft es silbern von ihren Fingerspitzen, als sie sich den Träger ihres Bikinis richtet oder an ihren Ohrringen zupft (je ein Stern rechts wie links an einer kurzen Kette); jede Geste so lässig wie ein lockeres Schnalzen mit der Zunge.

Auch das kann es sein. Oder die Hüftknochen, die sich wie ein Sichelrücken unter der Haut abzeichnen. Vielleicht ist es einfach die milde Sommerferiennacht.

– Schon lange da?, frage ich.

Purer Dilettantismus. Aber was habe ich zu verlieren? Und diesmal kommt die Antwort. Schlagfertig und treffsicher.

– Gerade 17 Jahre, sagt Jackie.

Leckt sich etwas Unsichtbares aus dem Mundwinkel. Ihre Lippen bilden einen schönen Kontrast zu den geraden, blendend weißen Zähnen.

– Genau wie ich. Passt doch. Ich wette, du bist Schauspielerin. Was drehst du gerade für einen Film?

Ein Augenaufschlag von unten:

– Einen mit Laiendarstellern. Was meinst *du*, *Happy End* oder nicht?

– Tendenziell dafür, sage ich.

Das Stichwort für die Blonde, sich davonzustehlen.

– Ich weiß nicht, sagt Jackie, kennst du denn das Drehbuch?

Ich betrachte ihren Körper: die Schwünge von Kinn Hals Schultern, die Bögen von Brust Taille Hüfte, die Wölbungen von Schenkeln Waden Knöcheln. Vor lauter Kurven kann einem direkt schwindelig werden. Ich:

– Soll ich dir sagen, wie der Abend endet?

– Ein echter Klugscheißer, was?

Sie lässt die Hände zwischen die Schenkel gleiten.

– Schwarzer Gürtel, sage ich, komm rein.

– Ist mir zu nass.

– Hast recht. Und unheimlich ungesund ist es auch. Abends versetzen sie das Wasser mit Tonnen von extra Chlor, damit es am nächsten Tag wieder gründlich gereinigt ist für die Gäste.

– Jetzt komme ich erst recht nicht mehr rein.

– Ich komme raus, schlage ich vor.

Und ich tu's. Trotte hinter ihr her. Sie holt sich bei den Typen auf der Wiese ein Bier aus einer Kühltasche. Zündet sich eine an. Nimmt einen Schluck aus der Flasche, hält sie mir hin.

– Und wie endet der Abend, fragt Jackie, vielleicht mit ein paar Zahlen auf einem Stück welligem Zigarettenschachtelkarton, das später im Papierkorb landet?

Sie schnippt die Asche weg. Die Haut zwischen den Augen und an den Schläfen kräuselt sich. Ich lehne mit einer fahrigen Geste das Bier ab, sage:

– Nein, ich werde dich küssen, mir deine Telefonnummer mit einer Scherbe auf den Handrücken ritzen. Und du wirst mich wiedersehen wollen, gleich morgen.

Ein spöttisches Augenbrauenheben. Sie mustert mich, schnippt die Kippe, ohne sie auszudrücken, ins Gebüsch.

– Autsch, sagt sie, das klingt schmerzhaft.

– Ich kann tapfer sein, sage ich.

– Na, dann, sagt Jackie, finde mal schnell eine Scherbe.

Mit einem Lächeln, das etwas in meinem Kopf macht wie der Duft von warmer Milch am Morgen oder prickelnder Cola nach dem Training.

– Erst noch ein Kuss, sage ich.

Ein innerer Glanz scheint durch jede Pore ihrer Haut zu dringen, als sie einen Schritt auf mich zumacht. Ich spüre meine Beine ganz leicht zittern (kann auch die Nachtluft sein natürlich) und dass der Kiefer sich verkrampft.

– Aber nicht dass du dich in eine Kröte verwandelst, sagt Jackie.

Mein Herz befindet sich im vollen Galopp. Ihr Mund nähert sich meinem.

– Er ist ein guter Boxer, quakt Kondor plötzlich aus dem Off, …

(Seine nasse Hand klatscht wieder auf meinen Nacken.)

– ... ein echter Krieger.

Er verwechselt mich ganz offensichtlich mit Mauser in diesem Augenblick. Dabei bin ich gerade alles andere als ein Krieger, fühle mich eher wie jemand, der gerade frisch angekommen ist im Wilden Westen. Ich:

– Herzlichen Dank, Kondor.

Jackie hat mich stehenlassen. Ungeküsst. Er:

– Oh, das tut mir leid. Was hatte die denn?

Mit gespieltem Entsetzen und hinter der Hand versteckten Mund.

– So ein mieses Timing wie deins, und man bekäme im Boxring echte Schwierigkeiten.

Sage nicht ich. Sagt Mauser.

Kondor bekommt einen auf die kurze Rippe. Im Scherz.

(Klappt theatralisch zusammen.)

– Ich brauche einen Arzt, winselt er.

Ich lasse ihn liegen.

Alles, was *ich* gerade brauche, ist ein Stück Glas mit scharfer Kante.

II

Drei Dinge, die ich sicher über mich weiß

- Mauser ist ein Teil von mir, der Boxer, an dem sein Vater besonders hängt. (Ich bin deshalb nicht *schizo*. Nur erwachsener, wenn es darauf ankommt.)
- Ich wüsste gerne, wer *ich* wirklich bin. (Zugleich kommt mir dieser Wunsch so sinnlos vor, als würde man versuchen, aus Handseife Funken zu schlagen.)
- Auf Anhieb habe ich mich in Jackie verguckt. Nicht in Edda. Wäre es anders romantischer? (Drauf gepfiffen auf Waschlappen-Romantik!)

⏩

|vor: Mittwoch, noch 5 Tage Ferien
Aus Versehen bin ich eben im verwilderten und stock-
dunklen Garten vor Eddas Hütte auf eine Nacktschne-
cke getreten; wäre um ein Haar ausgerutscht, als ich mit
dem Handteller gerade übers Autodach (den Panzer) des
falschen Käfers gestrichen habe. Hocke jetzt in Eddas
Wohnzimmer auf dem durchgesessenen Sofa, sehe den
Matsch an meinem Turnschuh und fühle mich so entspannt, als säße ich auf einem kippligen Stuhl.
    – Zucker für den Tee?
    Edda ist nicht im Raum. Sie hantiert hinter einer Tür
mit Riffelglasscheibe in der Küche. Schaut in diesem Augenblick aber kurz um die Ecke.
    – Hast du diesen Zucker am Stiel, frage ich, du weißt
schon, so zum Stippen.
    Ich vollführe die entsprechende Stippgebärde. Sie
lacht ihr kollerndes Lachen, zieht den Kopf zurück.
Steht bald darauf schwer beladen und in voller Lebens-
größe vor mir. Teedampf und etwas wie Tannennadel-
geruch wogen mir sanft entgegen.
    – Gehen zur Not auch Zuckerzange und Würfelzu-
cker?
    – Das ist eine Grillzange, sage ich.
    Edda stellt das Tablett mit Tassen Kanne Zubehör
auf den Tisch. Schiebt dabei ein Buch mit abgegriffenem
Einband zur Seite, in dem ein Lesezeichen steckt.
Schenkt ein. Wartet eine Weile ab. Fragt dann behutsam
nach dem, was passiert ist, seit sie mich auf der Bank im
Park zurückgelassen hat. Edda:

– Du hast kein Glück gehabt bei deiner Suche, oder?

Die weiche Luft im Raum und das Federn des Polstermöbels erinnern meinen Organismus und mich daran, wie erschöpft ich bin: Ich beiße mir kräftig auf die Haut im Mund, um einen Gähner zu unterdrücken.

– Nein, sage ich, war ohnehin ein blödsinniger Gedanke, ihn finden zu wollen.

Erzähle ihr vorerst nichts von der Begegnung mit Kondor beim Baumhaus in der Nacht. Nichts vom Besuch bei Jackie am Morgen. Betrachte lieber schweigend Gegenstände. Grüne Topfgewächse. Eine Schale mit Steinen. Die kleinen Gläser mit Kerzenstumpen auf der Fensterbank. Nirgends steht ein Fernseher. Edda:

– Ich habe die ganze Zeit an dich denken müssen.

In dem Sessel, in dem sie sitzt, hat Edda die Beine an die Brust gezogen, ein Knie berührt das Kinn. Ihr Haar ist im Nacken zu zwei Stummelzöpfen gebändigt. Sie trägt ein weites, verwaschenes Schlabbershirt, eine Männerturnhose, die in einem fernen Jahrzehnt entworfen worden ist, und hat nichts an den Füßen. Ich:

– Es war kein sonderlich toller Tag, alles wirkt nach wie vor seltsam unwirklich, ich habe versucht, vorhin ganz normal trainieren zu gehen. Hat nicht funktioniert.

Ich betrachte ihre festen, schlank geformten Waden. Länger als flüchtig, stelle ich irritiert fest. Geniere mich ein wenig dafür. Sie:

– Ich habe mir Vorwürfe gemacht, dass ich nicht bei dir geblieben bin.

Edda streicht sich selbst mit der Hand sachte über die Scheinbeine, während sie spricht. Etwas an ihrer Bemerkung erscheint mir seltsam, ja, fast anmaßend.

– Warum?, frage ich.

Ihre Augenbrauen biegen sich mitleidig.

– Ich mag dich, sagt sie, manchmal ist das Leben einfach unfair.

Ein satter Spritzer Adrenalin: Ich nehme die Mütze ab, kratze mich beidhändig an der Kopfhaut. Keine Spur mehr von Müdigkeit: Hinter der Stirn geht es plötzlich zu wie in einer gutgeölten Revolvertrommel, die man mit blitzartiger Handbewegung zum Rotieren gebracht hat.

– Sag das nochmal, sage ich.

– Manchmal ist das Leben einfach unfair.

– Nein, das davor.

– Ich mag dich …

Dieser Satz vervielfältigt sich in meinem Hirn. *Ich mag dich. Ich mag dich. Ich mag dich.* Und ich bemerke, dass Edda die Brille abgenommen hat. Ihr Gesicht zeugt derart entblößt von entwaffnender, verstörender Großzügigkeit Milde Intimität; beinah reflexartig werde ich von der heftigen Lust überrascht, Edda zu fragen, ob sie sich ausziehen würde. Gehe halb verlegen, halb pampig, als könnte sie meine Gedanken erraten, gegen diesen Impuls an:

– Um Himmels Willen, du kennst mich doch gar nicht, sage ich.

Spüre, dass mir in Eddas Gegenwart schon wieder etwas herausgerutscht ist, was ich so nicht habe sagen wollen. Erhebe mich. Edda schaut mich stumm an.

– …

Sie hat die Füße zurück auf den Boden gestellt, faltet die Hände im Schoß. Ihr nackter Blick auf mir. Ich könnte jetzt sagen: *Ich weiß, wo Zöllner sich wahrscheinlich aufhält.* Oder: *Jackie geht mir nicht aus dem Kopf.* Oder: *Allein der Gedanke, wieder in meiner Wabe oder noch einmal im Baumhaus schlafen zu müssen, erscheint mir unerträglich.* Tatsächlich sage ich:

– Falls das Angebot mit der Bohrmaschine noch gilt …
ich glaube, ich breche langsam auf, tut mir leid, ich
stehe ein wenig neben mir.

(Ich kann mit Frauen umgehen. Keine Frage.)

– Natürlich gilt es noch, sagt Edda.

Schält sich mit geschmeidigen Bewegungen aus dem
Sessel. Fast dankbar, habe ich das Gefühl, fordert sie
mich auf, ihr in den Flur zu folgen.

– Es ist albern, sage ich, aber ich bilde mir ein, es
könnte mir ganz guttun, mich mit dem Punchingball
und Handwerksarbeiten zu beschäftigen.

– Ich finde das gar nicht albern, gibt sie zurück.

Ich sage nichts weiter.

– …

Sehe Edda sich vor mir im Gehen einmal kurz eine ihrer Flanken kratzen: Das Schlabbershirt rafft sich dabei.
Aus der Hose blitzt das Schild mit der Waschanleitung
hervor. Der Anfang ihrer Poritze strahlt mich an (plus je
ein Grübchen links und rechts neben dem Rückgrat im
Lendenwirbelbereich). Edda:

– Es müsste alles da sein, ich habe das Ding noch nicht
viel benutzt.

Sie zaubert ein verstaubtes Köfferchen aus einer Ab-
seite beim Eingang. Es ist erstaunlich leicht: ein Akku-
Schrauber mit einer Auswahl an Bohraufsätzen.

(Ob man damit ein Loch in Beton bekommt?)

– Super, sage ich, danke.

Meine Kehle ist wie aus Zement. Meine Zunge ein
Stück Holz. Unsere Finger haben sich bei der Übergabe
berührt, nicht nur zufällig, nicht nur kurz. Die Situation
kann kaum eindeutiger sein: Edda hat den Kopf leicht
geneigt.

– Alles okay, fragt sie, fühlst du dich nicht wohl?

(Es kommt mir vor, als stünde ich beim Büchsenwerfen auf dem Jahrmarkt: Ich habe noch einen letzten Wurf, und mit dem muss ich abräumen.)

– …

Ich schiebe mein Kinn vor, spüre ihre Zähne an meiner Lippe, öffne den Mund, sie küsst mich mit breiter Zunge. Einen Hauch Pfefferminz schmecke ich, den Tee. Schließe die Lider, werde mit einem Mal aber von Edda unsanft zurückgestoßen:

– Nein, sagt sie, ich kann das gerade nicht.

Ihr erhitztes Gesicht. Sie schnieft.

– Was ist los?

Ich berühre sie an der Schulter. (Was hoffnungslos wie bei völlig untalentierten Serienschauspielern abgekupfert wirkt.)

– Ich weiß nicht, ob das richtig ist, sagt sie.

Mehr nicht. Ich kann die Situation nicht wirklich deuten. Merke, ich habe Angst vor dem, was als Nächstes passiert. Besonders vor dem, was ich als Nächstes sagen könnte. Welch Wunder: Ich frage Edda, ob sie mich zum *Powwow* begleitet. Edda:

– Oh, du meinst, wir sollten auf der Stelle los?

– Hör zu, sage ich, ich habe sie vielleicht nicht mehr alle, aber du hast mich doch gestern gefragt, ob du etwas für mich tun kannst …

Ihr ungläubiges Staunen.

– Wie stellst du dir das vor?

– Du hast ein Auto.

Sie kraust die Stirn. Und jetzt, da die Idee ausgesprochen zwischen uns steht, kommt sie mir selbst völlig irre vor. Will ich überhaupt an die Grenze? Edda:

– Du glaubst, *er* ist da. Du willst da seinetwegen hin, stimmt's?

Will ich das? Ich antworte ausweichend. Tische ihr ein paar Eckdaten zum *Powwow* auf, die ich von Ponyhof und Co. gehört habe. Bin sofort von einer jähen Sehnsucht nach Jackie gepackt. Mache schließlich gegenüber Edda den U-Turn.

– Vergiss einfach, dass ich gefragt habe, sage ich, du musst arbeiten, ich muss trainieren, das ist kein Kinofilm hier.

Ich schaue einen Krümel an, der auf dem Teppich liegt. Meine Turnschuhe. Den Schneckenmatsch, den ich mit reingetragen habe. Eddas nackte Zehen.

– Nein, das ist kein Film, sagt Edda, ...

(Kaum vernehmbar. Spricht nicht weiter, obwohl sie offensichtlich nachdenkt.)

Ich höre eine Fliege, die gefangen zwischen Scheibe und Jalousie am Fenster klemmt, umherwirbeln. Blicke auf die Haustür. Die Türklinke.

(Das Geräusch des Insekts schwillt in der Stille an zu Lärm.)

– Einfach nicht meine Woche, sage ich.

Der Koffer mit der Bohrmaschine in meiner Hand wiegt inzwischen mindestens so viel wie ein Wapiti-Kalb. Mein Trommelfell pulsiert: Das Lärmen der Fliege schwillt an und an. Wird unerträglich. Und mit einem Mal bin ich vor der Tür in der Nacht.

Ein Filmriss.

Ich habe keine Ahnung, wie ich heraus bin, aus Eddas Hütte. Biege schon in die Allee vor der Kolonie am See ein. Laufe auf die Autobahnbrücke zu.

Ich sprinte.

Bleibe, oben angekommen, schockstarr stehen: Die beiden kleinen Cowboys lehnen grinsend an der Balustrade, als hätten sie mich erwartet. Haben wieder die

Plastikknarren gezückt. Ich weiß, es sind keine echten Waffen, trotzdem fühle ich beim Anblick der auf mich gerichteten Spielzeug-Mordinstrumente alle Kraft aus den Beinen weichen.

– Boxer, ruft der eine der beiden Cowboys.

– Diesmal bleibst du nicht ungeschoren, quakt der andere.

Ich halte mich am Geländer fest. Unter mir die Autobahn: zwei lange graue Zungen (oder eine gespaltene?) mit je einem gestrichelten Streifen Weiß in der Mitte. Vor mir eine Straßenlaterne. In ihrem kalten Licht zappeln Motten.

– Ist schon Geisterstunde, frage ich matt, was wollt ihr?

Fern höre ich einen Hund anschlagen.

– Wonach sieht es denn aus?, sagt der eine der beiden Cowboys.

– Das ist ein Überfall, Mann, sagt der andere.

Ich lasse mich auf den Hintern sinken.

Das Wort *Überfall* versetzt die Gedankenmaschine in den Schleudergang: Der Film spult 180 Stunden rückwärts. Von jetzt, Mittwoch kurz vor Mitternacht, bis zum Mittwoch vor einer Woche, 11.55 Uhr.

Wie ich zur Videothek gegangen bin. Bei dieser Hitze.

Eddas Lachen. Die Bonuskarte.

Wie ich vor dem rosa Hasen gestanden habe.

Kondor die DVD auf das Dach der Apotheke gepfeffert hat.

Wie ich mit ihm über das Drehkreuz ins Freibad geklettert bin.

Jackie. Das aus dem Wasser geschöpfte Mondlicht. Die Scherbe.

Unwirklich, unwahr kommt mir das Ganze vor. Während der Film scheinbar wahllos zwischen den Kapiteln springt. Bis ich einen Wimpernschlag später wieder in die Nasenlöcher dieser zwei Schießprügel blicke. (Oben auf der Autobahnbrücke, die eine Grenze markiert: hier unsere Siedlung, da der Rest der Welt.)

Der eine der beiden kleinen Cowboys:

– Du bist doch ein echter Krieger, also dachten wir: Du musst es wissen …

– … oder aber, ergänzt der andere, du findest es gleich heraus …

– Was finde ich gleich heraus?, frage ich.

Blicke an den Läufen vorbei in Fratzen ohne jede Regung. Lasse meine Hand einmal zucken, sehe die beiden kleinen Cowboys vor Schreck zusammenfahren. Sie brüllen (schon halb im Rückwärtsgang):

– Muss man Manitu duzen oder siezen, Krieger?

Die beiden kleinen Cowboys feuern mir aus ihren Plastikcolts ein paar Salven Erbsen ins Gesicht. Pesen panisch davon. Schlagen sich in die Büsche.

– Hören Sie mal zu, Manitu, sage ich laut vor mich hin, …

(Und ich bin mir sicher, ich habe dabei das Grinsen eines Irren im Gesicht.)

– … ich brauche ein Auto, ich brauche Geld, ich brauche Schlaf …

Neben mir steht das Köfferchen von Edda. Ich nestle an der Mütze, springe auf. Schreie das Nächste aus mir heraus, dass es im Hals kratzt:

– Was ich habe, schreie ich, sind noch 5 Tage Sommerferien, eine Mütze, die Bohrmaschine von Edda!

Ich trete gegen die Straßenlaterne. Das Licht flackert. Ich trete noch einmal zu und noch einmal. Klage Manitu unterdessen im Schnelldurchlauf mein Leid. Lache. Lache laut über mich selbst und ziehe Rotz hoch am Ende, fasse mir ins Gesicht, dorthin, wo die Tränen kullern und rinnen.

Unter meinen Nasenlöchern bilden sich Blasen.

Mein Knöchel schmerzt. Ich gehe in die Hocke.

– Das ist kein Spiel, sage ich, …

(Atme durch.)

– … wie geht ein Leben weiter, wenn man erlebt hat, was Mauser erlebt hat?

Manitu schweigt:

– …

Ich lehne mich gegen das Geländer der Brücke.

Und dann trifft es mich.

Die Fassaden der Siedlung (das ist von hier oben gut zu sehen) ragen kantig in den Nachthimmel. Darüber der riesige Mond: ein Rund in dem hellen Silber einer Butterflyklinge. Unter mir rasen die Autos über den singenden Asphalt, schlitzen mit ihren Lichtern die Dunkelheit auf.

Ich bin allein.

Allein. Ich.

▶ ‖ ◀◀ ▶▶ ■

II. GRENZEN

|Die Geschichte von Grünhorn — und Edda

Donnerstag bis Samstag
(FAST FORWARD | vorspulen)

▶▶

|Kalender

Donnerstag
Der falsche Käfer.
(Die Nachtfahrt.)
Autokino.
Planänderung. (Das Meer.)
Der Fuchs.
(Noch 4 Tage Ferien.)

Donnerstagnacht
Das erste Unwetter.
(Gewitterregen.)
Motel.
(Die Beichte.)
Die Badewanne.

Freitag
Die dritte Karte.
Der Stau.
Das Festival.
(Noch nicht der *Powwow*.)
Das Camp.
(Im Wald beim Festival-
Gelände.)
Die vierte Karte.

Freitagnacht
Das *Chief*. Der Rausch.
Der *Powwow*. (Abbruch.)
Rückkehr ins Camp.
Die Sombreros.
(Tänzchen zu dritt.)
Ein Parkplatzversteck.
Intermezzo. (Das Zelt.)

Samstag
Der Marterpfahl.
Das zweite Unwetter.
(Hagelsturm).
Die Lichtung. (Sonnen-
aufgang.)
Das Wildschwein.
Ein Kanu. (Der See.)
Die Auflösung.
(Noch 2 Tage Ferien.)

|vor: Freitag, noch 3 Tage Ferien

Ich erreiche das Plateau, als der blaublutorangerosa-rote Himmel sich langsam violett verfärbt, abschminkt, dunkler wird. Ein letztes Mal blicke ich mich um. Niemand hinter mir. Und dann ist das Gefühl, verfolgt zu werden, auf einmal auch wie weggeblasen: Ich bin da. Die ersten Zelte tauchen zwischen den Bäumen auf. Erdlöcher davor, voll mit ausgebrannten Zweigen Asche Zeitungspapierresten. Ich stapfe weiter über das Nadelbett im Wald. Verwehte Musik (gezupfte Gitarre, Gesang) ist zu hören:

– *All you need is love! Düpp-düpp-dü-du-duh!*

Vor einem Iglu wird tonlos ein Film auf einen weißen Hintern projiziert. Ein runder Frauenhintern, überzogen von grobkörnigem Schwarzweiß: Ein Kanu treibt auf einem See, scheinbar verlassen, es sinkt; in der nächsten Einstellung ist zu sehen, dass am Boden des Kanus ein Indianer liegt. Bewusstlos, vielleicht auch tot.

(Ein Musikvideo ohne Musik? Ein *Western von gestern*?)

– Wir feiern nicht, wir eskalieren!

Ich bin stehen geblieben. Ein Mädchen mit nacktem Oberkörper (feste Brüste mit münzgroßen blassen Brustwarzen) löst sich aus der Gruppe, die dem seltsamen cineastischen Spektakel stumm beiwohnt, kommt auf mich zu.

Schlingernder Gang. Im Gesicht eine Sonnenbrille, die an Facettenaugen von Insekten denken lässt. Sie legt den Arm um mich (vielleicht nur, um sich einfach an mir festzuhalten wie an einer Haltestange im Bus, wenn der zu scharf um die Kurve biegt). Sie küsst feucht und nass meine Wange, flüstert mir etwas zu, die Lippen nah an meinem Ohr.

– Komm gern zu uns, sagt sie, wir beißen nicht.

– …

Ich winde mich aus ihrer Umarmung, komme dabei mit glattem Kunsthaar in Berührung: Sie trägt eine Perücke der Sorte Pagenkopf (platinblond). Ich schaue nicht genau hin, klebe immer noch an den Filmbildern, aber mir fällt auf, dass ihr Gesicht und die sommersprossigen Arme bemalt sind. Mit Ruß? Die Muster stellen Schlangen dar, wirken indianisch.

– Magst du einen Schluck?

Sie spricht mit schwerer Zunge, wippt jetzt auf den Fußkanten, hat Mühe, dabei das Gleichgewicht zu halten.

– …

Ich schüttle den Kopf, fasse mir dahin, wo normalerweise meine Mütze sitzt. Sie hat mir eine Flasche entgegengestreckt, und die Geste erinnert mich an die Geste von Jackie, als sie mir im Schwimmbad ihr Bier angeboten hat.

– Wirklich nicht?

– Danke, wirklich nicht, sage ich.

Sie leert das Getränk, als wäre sie wütend auf die Flasche. Ich erzähle dem Perückenmädchen, dass ich jemanden suche. Aber die Halbnackte wirkt plötzlich sehr gelangweilt, verschränkt die Arme vor der Brust. (Wieder eine typische Jackie-Gebärde.) Sie:

– Weißt du, wie viele Menschen hier sind? Vielleicht sind deine Freunde bei den Bühnen am Seeufer, vielleicht beim großen Wigwam oder beim Findling oder vielleicht hier im Camp, Mann, das ist der *Powwow*, du amüsierst dich auf jeden Fall.

Bin ich denn deswegen gekommen? Und worin besteht genau der Spaß? Es sieht aus wie am Rande eines Schlachtfeldes (im Lager der unterlegenen Truppen). Allem, was sich regt, haftet etwas Ungeschäftiges, Träges, Schlaffes an, als wüssten die Campierenden nichts mit sich anzufangen. Es glimmt in Feuerstellen. Achtlos hingeworfener (oder halbherzig in Plastiksäcke gestopfter) Müll liegt überall im Weg herum. Leergut. Benutztes Geschirr und Besteck (verkrustet von Essensresten).

Ich steige über die (von zahllosen Fliegen umschwirrten) Hindernisse hinweg, wechsle das Köfferchen mit der Bohrmaschine von der einen in die andere Hand.

Wohin man blickt: Zelte, in jeder Form und Farbe (aufgestellt ohne erkennbare Ordnung), vor denen junge Menschen (spärlich bekleidet, zuweilen auch halbherzig kostümiert) neben Bierkästen hocken, auf Isomatten, Luftmatratzen; manche liegen auch wie gestrandete Robben am Boden, eingemummelt in Schlafsäcke.

Anders als bei den Zeltplätzen auf den Wiesen und Äckern weiter unten, in der Senke beim Festival, sind die Spuren des nächtlichen Gewitters hier nicht auf den ersten Blick auszumachen. Nirgends steht Wasser. Der Boden wirkt trocken. Erst wenn man genauer hinschaut, sieht man zerrissene Zeltwände, die improvisierten Wäscheleinen, an denen Kleidung zum Trocknen aufgehängt ist, hier und da auch den Trumm einer Unterkunft, aus dem zerbrochene Glasfaserstangen ragen.

– Jackie ...? Jackie!

Ich habe fuchsrotes Haar erspäht: Es flutet weiter vorn über den Rand einer Hängematte, die zwischen zwei mächtige Bäume gespannt ist. Beschleunige meinen Schritt, bremse aber gleich wieder ab.

Ein Irrtum bloß.

Es ist nicht Jackie. Aber mit einer Entschlossenheit, als wäre ich überzeugt, in dieser Gegend Nuggets zu finden, setze ich jetzt meine Suche fort.

Das ist der Powwow, Mann, hallt es im Kopf nach.

Aber was wird wohl passieren, wenn ich Jackie wirklich finden sollte? Kaum frage ich mich das, denke ich auch prompt an Edda. Ist sie schon wieder auf dem Weg nach Hause? Es versetzt mir einen Stich, wenn ich an die Karte denke, die in meiner Hosentasche steckt (schon die dritte in meiner Sammlung). Kein feiner Zug von mir, mich einfach so davonzustehlen, nach dem langen, gemeinsamen Weg hierher, wahrlich keine Glanzleistung.

Ich merke, wie der Koffer in der Hand schwerer wird, wie sich in dem Raum zwischen Handfläche und Griff Schweiß bildet. Und dann bemerke ich etwas, das mich trifft wie ein Gewehrkolbenschlag an den Hinterkopf: Ein T-Shirt. *Das* T-Shirt.

Es liegt schlaff und nass auf einem Zeltdach: Das original Das-Leben-ist-kein-Ponyhof-T-Shirt. Weiße Farbe auf schwarzem Grund. Ich stürze darauf zu, als wäre ich ein Pilger und das Textil nichts weniger als das 2000 Jahre alte Grabtuch des Herrn.

– Mh-hmpf!

Im Halbdunkel bin ich über einen Gegenstand gestolpert, den ich nicht rechtzeitig gesehen habe. Ein Kanister?

Kein Kanister: Ein Mensch im Schlafsack. Er rührt sich. Ich kenne den Schädel, der daraus hervorlugt: Die Kopfhaut ist besetzt mit raspelkurzen Stoppeln, sieht aus wie die obere Hälfte eines überdimensionierten Mohnbrötchens.

– Wir feiern nicht, wir eskalieren, versuche ich es in munterem Tonfall.

Sehe zu, wie sich die im Schlafsack steckende Gestalt eine gefühlte halbe Stunde lang aus der Hülse pellt, als entwickelte sie sich gerade von der Raupe zum Schmetterling. Unter Gestöhne und wiederholtem Fluchen.

– Du?!

Die Verpuppung ist nicht zum Abschluss gekommen, hat nicht einmal richtig begonnen. Den Larvenkopf von Ponyhof ziert nach wie vor das gleiche milchige Gesicht. Sein Oberkörper ist nackt (bleich und schwabbelig). Er wühlt mit den Händen in der Röhre, in der er bis eben gelegen hat, fischt seine klobige Brille heraus, setzt sie auf, schaut mich verschlafen und offensichtlich verkatert an.

– Wo ist deine Mütze?, fragt er.

Die Haut seiner Nase schält sich (kein Sonnenbrand).

– Warum schläfst du neben dem Zelt?, frage ich.

– Habe dich gar nicht erkannt ohne Mütze.

– Das ist meine Art der Verkleidung, Mütze ab, Haare an die Luft.

Ponyhof räkelt sich, verzieht schmerzhaft das Gesicht.

– Alles okay mit dir?, frage ich.

– Nein, kann man nicht behaupten, sagt er, erst hat man mich gestern fast massakriert. Und dann diese Ameisen. Haben mich den halben Tag wach gehalten in dem Zelt. Wobei ich mit dieser Wunde wohl eh nicht hätte schlafen können.

Wieder verzieht er das Gesicht, fasst sich an die Rippen.

– Wo ist Jackie?

– Unterwegs?

Er schaut sich um. Ich schaue mich um. Das Zelt, das offenkundig seins ist, gehört zu einer Ansammlung von insgesamt acht Zelten, die in einem angedeuteten Rund großzügig um eine Lagerfeuerstelle gruppiert sind.

Die Türmäuler stehen offen, dahinter gähnt Leere.

Nur schräg gegenüber sitzen ein paar Kerle auf Campingstühlen, tragen rote Sombreros über rotwangigen Gesichtern und lassen eine Flasche kreisen, zu der ein Verschluss ebenfalls in Form eines Sombreros (auch rot) gehört. Ich:

– Wo unterwegs?

– …

Die Andeutung eines Schulterzuckens.

– Allein?

– Mann, hier ist niemand allein.

– Ihr habt doch Telefone, schlage ich vor.

– Aber keinen Empfang, wir sind an der Grenze, in der hintersten Pampa, mitten in der verfluchten Wildnis.

Und wie auf Kommando rauscht ein Schwarm Wildgänse über die Wipfel der Bäume hinweg, verschwindet in die Dämmerung, seewärts.

– Sie hat mir bestimmt irgendwo was aufgeschrieben, keine Ahnung, macht sie normalerweise immer.

Er robbt in Richtung Zelteingang, wühlt in Gegenständen. Dabei rutscht ihm der Schlafsack von den Hüften. Ich sehe das durchgeblutete Stück Stoff an Ponyhofs Flanke, das mit Gaffer-Tape notdürftig an seinem Leib fixiert ist.

– Das sieht ja wirklich übel aus.

– …?

194

Ponyhof befördert Toilettenpapier, Dosenöffner und Taschenlampe ins Freie, eine zusammengeknüllte Serviette. Ich schenke den Dingen keine große Beachtung.

– Deine Verletzung. Hast du kein Verbandszeug im Auto?

Er setzt sich zurück vor das Zelt, eine Packung Feuchttücher in der Hand. Er öffnet die Lasche, zieht einen der parfümierten Lappen heraus, beginnt, sich damit sorgfältig die fahle, haarlose Brust, die Achseln und die weiße Armhaut auf beiden Seiten abzureiben. Ponyhof:

– Wir sind Barbaren.

– Zeig mal her. Ist das ein Slip?

Es ist ein Slip, umfunktioniert zur Kompresse: zusammengefaltet verschmutzt blutgetränkt. Ich stelle die Bohrmaschine vors Zelt (und meine aus dem Augenwinkel zu bemerken, wie die Blicke der Sombrero-Gang das Köfferchen fokussieren, höchst interessiert). Reiße das Klebeband ab, entferne das Stoffstück mit einem Ruck. Der Aufschrei von Ponyhof:

– Fickpisse, ich will nach Hause, ich hasse *Powwows* und die ganze Welt!

– Wie ist das passiert?

Ein Schnitt von ungefähr doppelter Streichholzlänge, weit klaffend.

– Das war die Spitze eines zerlegten Mikrofonständers.

In der letzten Nacht habe er, erzählt Ponyhof, einen handgreiflichen Streit im Anschluss an eine Diskussionsrunde schlichten wollen. Aus einem Handgemenge, das auf der kleinen Bühne am See ausgebrochen sei, habe sich schließlich eine veritable Massenschlägerei entwickelt. Ponyhof:

– Wenn das Gewitter nicht gekommen wäre, wer weiß,

was noch alles hätte passieren können. Du hättest den Hass in den versoffenen Gesichtern sehen sollen.

– Worum ging's denn?

– Um diese Farbbeutelgeschichte auf der Kundgebung. Erinnerst du dich?

Ich erinnere mich. Und mir fällt etwas ein. Ich:

– Zitat: Diese Generation ist besser als ihr Ruf. Zitat Ende.

– Mann, ja, sehr witzig. Im Ernst: Bis gestern habe ich wirklich gedacht, die Bullen stecken hinter der Sache. Dass das eine abgekartete Sache gewesen ist, eine Strategie, um unsere friedliche Bewegung und das Feiern in Misskredit zu bringen, um uns zu manipulieren, eine kleine Provokation und Verschwörung, wenn du so willst. Aber seit gestern weiß ich, aus Brettern vorm Kopf lässt sich kein Trojanisches Pferd zimmern. Es fehlt ein Wortführer, eine gemeinsame Protesthaltung, einfach alles. Das war wie ein stinknormales Dorffest, ehrlich. Ein paar Typen wollten richtig auf die Kacke hauen. Keine gute Stimmung.

– Eine schmerzhafte Erfahrung, werfe ich ein.

Ponyhof nickt in Richtung der Sombrero-Gang.

– Das kann ich dir sagen. Wir, das sind am Ende des Tages doch nur viele Einzelne, die sich gleichen. Ziemlich erschreckend. Guck sie dir an, die da drüben zum Beispiel, sitzen seit Mittwochabend vorm Zelt, saufen praktisch ununterbrochen.

Als hätte das Stichwort ihn auf einen Gedanken gebracht, greift er selbst zu einer Flasche Wein, schraubt den Deckel ab, trinkt.

– Du auch? Ach, du trinkst ja nicht.

Er bringt das Gespräch zurück auf seinen medizinischen Ausgangspunkt.

– Wie sieht der Schnitt aus?

– Du kommst durch, sage ich, aber wäre schon nicht verkehrt, das einmal ordentlich zu versorgen. Parkst du weit weg?

Er schüttelt den Kopf. Ich:

– Komm, wir gehen den Verbandskasten holen.

Er knickt in den Knien ein, als er sich erheben will.

– Ich muss erst einmal wieder warm werden, Mann. Diese Wunde ist etwas anderes als ein Mückenstich.

– Ich hole den Kasten allein, kein Problem.

Er händigt mir den Schlüssel aus, außerdem die Taschenlampe, beschreibt seinen Wagen, die ungefähre Position. Und gibt mir noch etwas mit auf den Weg.

– Jackie wird schon auftauchen, keine Sorge, sagt er, …

(Nimmt einen tiefen Schluck aus der Flasche.)

– … wir finden sie schon wieder.

Ein paar Minuten später stehe ich am Auto. Und als ich den Verbandskasten gefunden habe und den Kofferraum gerade wieder zuschlagen will, macht das Blut in meinen Adern eine Vollbremsung. Mein Herz setzt einen Schlag aus.

Gedankenverloren stecke ich Ponyhofs Autoschlüssel in die Hose. Stopfe ihn tief hinein. Halte die Taschenlampe in die Dunkelheit.

Kein Zweifel: Drei Autos weiter steht Eddas falscher Käfer. Ich schlage den Kofferraum zu, stapfe rüber zu dem Gefährt, das uns erst ans Meer, dann hierher an die Grenze gebracht hat. Edda ist da. Was jetzt?

Ich prüfe alle Türen. Verschlossen.

Ich fasse mir dahin, wo normalerweise meine Mütze sitzt, bürste das Haar im Nacken gegen den Strich. Dann sehe ich das Papierstück, festgeklemmt unter dem

Scheibenwischer an der Windschutzscheibe: Karte Nummer vier.

Ich höre Grillen. Ich höre Mücken. Nehme die Karte an mich, weiß, dass sie für mich bestimmt ist, leuchte mit der Taschenlampe drauf.

Edda. Jackie. Zöllner.

Wen suche ich hier? Wen suche ich wirklich?

II

Drei Dinge, die ich **nicht** über Jackie weiß

- Ob sie Halbschuhe zum Schnüren besitzt. (Gibt es etwas, was einen an Senkeln auf den Senkel gehen kann?)
- Wie ihre Nase mal ausgesehen hat, früher, vor der Korrektur. (Muss einen nicht beschäftigen. Mich beschäftigt's aber.)
- Kann man mehr für sie empfinden als sehnsüchtige Bewunderung? (Was ist da noch jenseits ihres Jackie-seins?)

■

|zurück: Donnerstag, noch 4 Tage Ferien

Einmal, kurz vor der Dämmerung (der Himmel hat sich bereits zugezogen), bremst sie, bis der Wagen steht.

– Was ist los?

Erst jetzt bemerke ich es: das Tier auf der Fahrbahn; wie es dort verharrt, als wären seine Bewegungen mitten im Gehen eingefroren (eine Vorderpfote schwebt noch in der Luft).

– Das ist eine Fähe, ein weibliches Exemplar, ganz bestimmt, sagt Edda.

Der Fuchs steht seitlich zu uns, keine Wagenlänge entfernt, wir können das Tier in voller Länge bewundern. Das orangerote Haarkleid. Das Weiß an Wangen, Brust, Wamme und buschiger Schwanzspitze.

– Ein weibliches Tier? Sicher?

Der Kopf mit den katzenähnlichen Augen, der zugespitzten Hundeschnauze und den Dreiecksohren ist uns zugewandt, dabei leicht abgeduckt, so dass die Schulterblätter sich deutlich unter dem Rückenfell abzeichnen.

– Jede Wette, sagt Edda.

Ich denke dasselbe und habe trotzdem etwas ganz anderes im Kopf. Edda weiß ja nichts von Jackie. Hat keinen Schimmer, dass sie (Edda) mich zu einem Ort kutschiert, wo ein Mädchen mit fuchsrotem Haar auf mich wartet. (Was bin ich bloß für eine armselige Kreatur.)

– Wie kommst du darauf?

– Ich bitte dich, guck dir ihren Blick an, kalt bis ans Herz, furchtlos. Um ein Haar hätten wir sie totgefahren, und ihre Körpersprache sagt, dass es nicht ihr Fehler ist, dass sie gerade jetzt über die Straße geht, sondern unser, dass wir gerade hier vorbeikommen. Das können Kerle nicht, nie und nimmer. Wetten, sie kehrt nicht um, sondern geht leichtfüßig über die Straße, wie sie es vorgehabt hat?

So kommt es. Und wir fahren weiter. Fahren hinein in den Abend, entlang unter dem bedrohlichen Himmel in der Farbe von Beton. Immer seltener begegnen wir anderen Fahrzeugen, die Abstände zwischen stetig kleiner werden Ortschaften werden stetig größer (keine davon findet sich noch auf unserer Karte).

– Bist du dir sicher, dass wir richtig sind?, frage ich.

Niesel besprüht die Windschutzscheibe, lässt wieder nach. Schotter und Teer fliegen durch die Luft, schlagen gegen den Unterboden von Eddas falschem Käfer. Edda erwacht aus ihrer Konzentration auf die Straße.

– Vor uns liegt die Finsternis, sagt sie.

Deutet mit dem Finger voraus: Wie ein schwerer grauer Vorhang hat sich der Regen in der Ferne zwischen uns und den Horizont geschoben.

– Ja, sage ich, das gibt gleich einen ordentlichen Guss.

Die Anzeige mit den seit unserer Abfahrt gefahrenen Kilometern klappt um auf 400. Wir befinden uns (nach unserem Schlenker zum Meer) im Nirgendwo zwischen Küste und Grenze, auf einer alten Landstraße (ramponiert holprig geflickt), die sich als kurvenreiches Band durch die Dunkelheit schlängelt, bedrängt zu beiden Seiten von scheinbar endlosen Reihen aus Bäumen, die über der Fahrbahn die finsteren Köpfe zusammenstecken.

Das Zischeln und Pfeifen der Zugluft in den Ritzen von Türen und Fenstern.

Die in einem unsichtbaren Strudel wirbelnden Blätter auf der Straße.

Ein verirrter Tropfen, der vorab gegen die Scheibe klatscht, sie mit zitterndem Wasserschwänzchen hinaufklettert (wie ein einsames Spermium). Edda:

– Der klassische Filmanfang, findest du nicht?

Die Wolken scheinen zu brodeln vor dem ersten Blitz. Und als er blendend zur Erde niederfährt, grollt auch gleich der Donner los, noch ehe man bis drei zählen kann. Dann kommt der Regen, prasselt gegen die Windschutzscheibe, dass die Wischer nicht nachkommen, und es gibt keine Grenze mehr zwischen Himmel und Erde. Ich weiß, was sie meint:

– Ein einsamer Landstrich. Autopanne. Ein Pärchen, das sich verfahren hat, keine Menschenseele weit und breit, die Lichter eines heruntergekommenen Schlösschens tauchen in der Dunkelheit auf.

– Wolfsgeheul, sagt Edda, …

(Nickend und mit verschmitztem Lächeln.)

– … und hinter den grauen Wolken schwimmt der Vollmond im Schwarz.

Edda schaltet das Fernlicht ein und gleich wieder aus. (Es dringt nicht hindurch durch die dichten Regenschleier.)

Sturmböen rütteln am Fahrzeug. Ich sehe, dass Edda mit Kraft gegenlenken muss. Die Büsche und Bäume rechts und links sind aufgewühlt und bewegt vom Wind, als wären sie aus Wasser. Der Schauer schwillt kurz ab, nur um gleich mit noch größerer Heftigkeit fortzufahren.

Edda kuppelt, schaltet in den Leerlauf und lässt den Wagen ausrollen. Mich beschleicht ein ungutes Gefühl, das mir bekannt vorkommt. Ich:

– Ein Indianer sitzt nicht auf der Rückbank, oder?

Wir stehen an einer unbeschilderten Kreuzung. Edda schaltet die Innenbeleuchtung an. Guckt in den Rückspiegel. Zieht die Augenbrauen hoch.

– ...?

– Schon gut, sage ich.

Spiele ein bisschen an meiner Mütze herum, klappe die Karte auf. Der Regen auf der Scheibe klingt wie das Knistern eines Feuers. Edda:

– Hast du eine Ahnung, wo wir sind?

– Vielleicht wären wir vorhin besser Richtung Autobahn abgebogen, sage ich (mit Blick auf das Geflecht aus farbigen Linien Namen Zahlen).

– Dann wären wir fünf Kilometer weiter genau in den Stau gekommen, in dem jetzt alle stehen, sagt Edda.

Sie hat recht (und schaltet die Innenbeleuchtung wieder aus).

– Kann sein, sage ich.

Drehe mich zur Heckscheibe um, spähe durch sie hindurch in ein lichtloses, trauerfarbenes Nichts. Es sitzt kein Indianer auf der Rückbank.

Ich schaue wieder nach vorn. Die Scheinwerfer bestrahlen ein Stück Straße und ein Stück kargen Ackers. Ansonsten ist es um uns herum so dunkel wie im Lauf einer ins Korn geworfenen Flinte.

– Heute noch ein Zelt aufzuschlagen dürfte schwer werden, und einfach so im Freien zu kampieren ist wahrscheinlich auch nicht so spaßig, sagt Edda.

– ...

Ich nicke. Über dieses Problem habe ich überhaupt noch nicht nachgedacht. Edda schaut mich an. Schlägt vor, dass wir uns nach einer festen Unterkunft für die nächsten Stunden umsehen, eine Runde schlafen, bevor wir weiterfahren.

– Ich spendiere uns ein Bett. Was hältst du davon?

Ich stelle fest, während ich in mich hineinhorche und an die letzte Nacht in Eddas falschem Käfer zurückdenke, dass ich viel davon halte.

– Wenn wir hier etwas finden, sage ich.

Edda legt den ersten Gang ein.

– Die Erde ist rund, sagt sie, früher oder später müssen wir auf etwas stoßen.

Doch eine ganze Weile stoßen wir auf nichts. Kommen nur einmal an einem Gasthof vorbei, der brennt. Flammen (doppelt so hoch wie das Gebäude) züngeln aus dem Dach.

– Blitzeinschlag, sage ich.

– Blitzmerker, gibt Edda zurück.

Der helle Schein von der Unglücksstelle spiegelt sich auf ihrem Gesicht. Die Feuerwehr müht sich mit zwei Löschzügen vor Ort. Asche und Staub schneien uns (vermischt mit dem Regen) auf die Windschutzscheibe. Edda:

– Glaubst du, *er* findet bei diesem Wetter einen Unterschlupf beim Festival?

Die Rede ist von Zöllner. Und ich frage mich wieder, ob das ihr einziges Motiv ist für die Reise: mir zu helfen, Zöllner zu finden. Ich zucke mit den Schultern.

– Wenn er es denn überhaupt bis zum Festival geschafft hat, sage ich.

Schalte das Radio ein: Nachrichten. Fummle an den Knöpfen. Finde keinen anderen Sender. Schalte das Radio wieder aus.

– Da vorne geht's wieder zur Autobahn, sagt Edda.

Deutet auf ein Schild, das sich aus der Dunkelheit schält. Kurz darauf setzt sie den Blinker.

– Das ist die falsche Richtung, sage ich.

Und sehe (praktisch noch bevor der Satz fertig artikuliert ist), dass ich mich geirrt habe. Keinen Meter wären wir in die andere Richtung (in Richtung Grenze) gekommen. Stoßstange an Stoßstange stehen die Autos dort.

Auf unserer Seite geht es beschaulicher zu: Wir reihen uns ein in einen lockeren Strom aus Fahrzeugen, die Fontänen von auf der Straße stehendem Wasser hinter sich herziehen. Und bald schon tauchen sie auf: die elektrischen Lichter einer Tank- und Rastanlage.

– Da wären wir, sagt Edda, voilá!

Findet in dem Serpentinenlabyrinth eine Parktasche direkt vor dem Eingang eines kastigen Flachbaus. In den bauchigen Regentropfen an der Autoscheibe, die durch ein weitverzweigtes Leitungsnetz mit Haupt- und Nebenarmen rinnen, spiegelt sich die Leuchtreklame des Motels. Ich:

– Das heruntergekommene Schlösschen.

Edda zieht schwungvoll den Schlüssel aus der Zündung: Die Zwillingsstrahlen der Autoscheinwerfer verlöschen.

– Malerisch, nicht, sagt sie, aber wo ist der Mond?

Wir öffnen die Wagentüren. Das Wolfsgeheul der Autobahn, das sich ins Ohr frisst. Unsere Sprünge über Pfützen, bis wir unter dem Vordach sind, uns anschauen.

– Bist du so weit?, frage ich.

Die geräuschvoll flatternden Fahnen über unseren Köpfen. Eddas von Regen gesprenkeltes Gesicht. Die Tropfen auf ihren Brillengläsern. Ihre im matten Schein der Eingangsbeleuchtung hell schimmernde Narbe unter dem linken Nasenflügel.

(Da ist es für einen Moment wieder: das gute Gefühl wie vorhin am Meer.)

— Bereit, wenn du es bist, sagt sie.

Und stößt mit der Hüfte die Tür auf.

II

Was zum Festival im Radio kommt (I)

Ein Hagelsturm mit Windböen bis zur Stärke elf hat am Wochenende zu einem vorzeitigen Ende des Grenz-Festivals geführt. Am Donnerstag ist die Stimmung noch gut: Rund 250 000 Besucher feiern bei zunächst strahlendem Sonnenschein eines des größten Musik-Open-Airs des Landes. Doch bereits am ersten Abend verwandelt ein plötzlich aufkommender Gewitterregen das Areal in eine Schlammwüste. Die Auftritte diverser Bands müssen abgebrochen werden. Nach einer kurzen Erholung der Wetterlage verschärft sich in der Nacht auf Samstag die Situation erneut. Zeitweilig fallen Hagelkörner in der Größe von Tennisbällen.

(O-Ton)
Der Veranstalter des Festivals:

— Es hat in dem Moment natürlich gebrodelt, aber das, was da vom Himmel gekommen ist, hat die Stimmung der Fans wirklich von jetzt auf gleich abgekühlt. Jedem war klar in dem Moment: Das war's endgültig. So drastische Wetterwechsel wie in den letzten Tagen habe ich überhaupt noch nicht erlebt.

■

|vor: Samstag, noch 2 Tage Ferien

Geknebelt und halbnackt transportiert man mich unter Johlen durch das nächtliche Camp, in dem der Wind wütet; weg von der Anhöhe mit dem Lager der Sombreros, weg auch vom Parkplatz, wo Edda auf mich wartet, umgeben von mittlerweile sternenloser Dunkelheit. (Ob Jackie Edda gefunden hat?)

– Und, wie ist die Luft da oben, Boxer?

Ich kann nicht antworten. Eine alte Socke steckt mir im Mund.

– …

Man hat mir außerdem die Hände auf dem Rücken zusammengeschnürt; auch die Fußknöchel sind so fest mit handbreitem silberfarbenem Tape (äußerst stabil, sehr stark klebend) umwickelt, dass ich sie nicht mehr auseinander bekomme.

Viel schlimmer aber: Das T-Shirt von Edda, das ich getragen habe, ist in Jackies Zelt geblieben.

– Das ist eine Ehrenrunde, was!

Gelächter. Die Sombrero-Gang tankt sich mit mir auf den Schultern zwischen den Zelten hindurch. Kaum einer der Kampierenden schert sich um die merkwürdige Prozession, überall wird gepackt abgebaut aufgebrochen; zuweilen begaffen mich ein paar betrunkene Gestalten, ein Kerl mit Trapperkostüm und Biberfellmütze (der mir nicht das erste Mal über den Weg läuft heute) skandiert sogar ein lachendes

– *Wir feiern nicht, wir eskalieren!*

Mit einem Mal zuckt ein blaues Signallicht durch die

Dunkelheit. Aber es ist nicht die nahende Rettung. Eine elektronisch verzerrte Stimme verkündet:

– *Achtung, das ist keine Übung! Das ist eine akute Sturmwarnung!*

Die Durchsage knistert aus dem Lautsprecher eines Polizeifahrzeugs, das auf dem schmalen Asphaltweg durch das Camp defiliert wie ein Paradewagen bei einem Festumzug. Aus meiner Perspektive (ich habe den Kopf weit im Nacken) scheint das kastige Gefährt auf dem Dach zu fahren. Im Abglanz seiner Beleuchtung meine ich ganz in meiner Nähe für den Bruchteil einer Sekunde ein Augenpaar zu sehen, das ich gut kenne, das meinen Blick erwidert.

– *Hhhhm …!*

Ich recke mich, strecke mich, so gut es mir gelingt, versuche einen Laut am Socken vorbei herauszupressen, aber der Versuch verpufft als dumpfes Stöhnen, und meine Entführer marschieren stur weiter; ich verliere die Umrisse der Erscheinung aus meinem Gesichtsfeld.

(Ist das wirklich Zöllner gewesen? Hat er mich erkannt?)

– *Achtung, das ist keine Übung! Ein Hagelsturm mit 120 km/h kommt genau auf das Camp zu! In weniger als fünfzehn Minuten rauscht er über uns hinweg!*

Ungeachtet der Neuigkeiten schlägt sich die Sombrero-Gang in den Wald (die zwei Handfackelträger gehen vornweg). Ich bin zu erschöpft, um noch groß Angst (richtige Angst) zu haben, aber meine Gedanken kreisen pausenlos. Ich weiß, was die Sombrero-Gang von mir will: sich rächen, mich demütigen. Und wieder versuche ich, den Socken mit der Zunge aus der Mundhöhle zu befördern, um vielleicht doch noch einen Hilferuf absetzen zu können. Vergeblich.

– Da wären wir!

Eine Lichtung. Hohes Gras: eine meergleiche, unebene, bewegte Oberfläche. Das Dunkel der Bäume ringsum. Ein grauer Fetzen Mond, der für einen Moment aufscheint zwischen den dichten, schnell (sehr schnell) dahinziehenden Wolken. Kurz schimmert in dem Licht alles, als wäre es mit einer Schicht aus schuppigem Perlmutt überzogen, dann kehrt die Finsternis zurück, aufgehellt nur vom Geflacker der Fackeln vor meiner Nase.

– Den Baum hier?

Sie hieven mich gegen die knorrige Rinde eines mächtigen Stamms. Ich schlucke die Suppe in meinem Mund herunter: Speichel, vermischt mit dem schalen Geschmack von durch Stoff gefiltertem Regenwasser. Meine Mütze (meine gerade erst wiedererlangte Mütze) rutscht mir halb vom Kopf.

– Gib mir das Lasso, sagt einer der Sombreros.

Ein Fackelträger reicht ihm eine Rolle Gaffer-Tape. Ich entdecke im Gesicht meines Gegenübers (es ist Flokati) die Spuren unseres Kampfes (das getrocknete Blut an Wange Nase Kinn), schaue in weit aufgerissene Augen. Sein Blick: eine Mischung aus wilder Entschlossenheit und trunkener Selbstliebe.

Flokati schlägt mir die Mütze vom Scheitel.

– Los, aufheben, raunzt er, los, los!

Ich kassiere einen Haken auf die Rippen. Und als ich (bewegungsunfähig wie ich bin) lang auf dem Bauch aufschlage, wird gelacht. Sie lösen die Fesseln, stellen mich zurück auf die Turnschuhe.

Ich spanne die Muskeln an.

Mir ist trotzdem, als würden meine Arme aus den Gelenken gerissen: Zwei Sombreros ziehen sie nach hinten

um den Stamm und beginnen, mich mit dem silberfarbe-
nen Klebeband zu fixieren.

– Nicht bewegen, Romeo. Nicht bewegen!

Erst aufrecht, dann gebückt läuft Flokati um mich
und den Baum herum, bis die Rolle Tape aufgebraucht
ist. Er wirft die leere Pappe ins Unterholz, bekommt eine
zweite Rolle und verbraucht auch die bis zur Hälfte.
Dann betrachtet er gemeinsam mit den Kumpanen sein
Werk. Der Wind bläst mit Getöse von scheinbar allen
Seiten.

– Wirkt ein wenig unlocker, der Typ, findet ihr nicht?

Er steckt mir eine Feder ins Haar. (Woher hat er die so
schnell?)

– So, Häuptling Nasse Socke …

Sie entfernen das Kleidungsstück aus meinem Mund.
Mit einer abgerungenen Notreserve Überzeugungskraft
versuche ich es auf die Mitleidstour:

– Okay, ihr habt euren Spaß gehabt, aber ihr solltet
mich jetzt besser laufenlassen, ich muss dringend zu jemandem zurück, der auf mich wartet.

Die Sombreros halten die Fackeln näher an mein Gesicht:

– Mit wem redet der denn da?

– Vor allem *was* redet der da?

Gibt es Geheimnisse, die man vor sich selbst verborgen hält? Ich sage:

– Kapiert ihr das nicht? Es irren hier ein paar Menschen herum, die brauchen meine Hilfe. Die suchen
nach mir …

Ein Sombrero zückt ein Benzinfeuerzeug.

– Der hat sie ja nicht alle, sagt er, liegt mit einer halb-
nackten Puppe im Zelt, als wir ihn finden, und macht
jetzt auf verlorenen Sohn und Samariter …

Das Feuerzeug flammt auf, die Flamme zappelt epilep-
tisch im Wind. Ich ändere meine Strategie.

– Ihr habt's doch gehört, sage ich, hier tobt gleich ein
Hagelsturm …

– Halt die Klappe, sagt Flokati.

Einer seiner Kumpel verpasst mir eine Backpfeife.

– Genau, Romeo, du sabbelst zu viel.

Sie versuchen, meine Mütze in Brand zu setzen. Ich
stoße einen Schrei aus.

– Nein!

Sie schmurgeln ein bisschen an meinen Haaren herum, machen sich aber bald wieder an meiner Kopfbede-
ckung zu schaffen: Als der Schirm zu schwelen anfängt,
brülle ich wie am Spieß:

– Nicht die Mütze, verdammt, nicht die Mütze! Und
macht mich endlich los!

Sie kleben mir den Mund zu. Ein Sombrero pinkelt
mir vor die Füße.

– Alte Heulsuse!

Sie schlagen mir in den Magen. Ich stoße Bohneneintopf sauer auf. Sehe, wie sich eine Fackelflamme durch
die Kuppel meiner Mütze frisst und sich der Dicke (der,
den sie Wiltrud nennen) daran eine Zigarette anzündet.
Eine Böe haut ihn dabei fast von den Füßen.

– Mann, was ist denn das, bitte?

Die Sombreros schauen in den Himmel. Ich auch. Ein
Fächer dunkler Zweige bewegt sich über mir im Baum
auf und ab wie die Schwanzflosse eines Wals.

– Schätze, die Polizeikasper haben uns nicht auf den
Arm genommen.

Die Natur ist ruhelos: Der Wind neigt die Bäume rund
um die Lichtung inzwischen so tief, dass die Wipfel sich
biegen (als wären es die Arme hüftsteifer Greise, die bei

einer Turnübung mit den Fingerspitzen den Boden berühren wollen).

– Komm, gib ihm den Hut zurück!

Es ist kaum mehr als ein verkohlter Polyesterkranz, den sie mir schief auf den Schädel setzen. Flokati:

– Lach doch mal!

Er füttert mich mit Ohrfeigen. Tropfen spritzen bei jedem Schlag an meinen Augen vorbei. Harter Regen hat eingesetzt. Trifft auf Blättern über mir auf, auf der Wiese vor mir und dem Waldboden hinter mir. Prasselnd. Schnell heftiger werdend.

– Los, lach!

Wiltrud drückt die durchnässte Zigarette auf einer freien (nicht von Klebeband bedeckten) Stelle an meiner Schulter aus. Flokati hat den Sombrero vom Kopf genommen. Seine blonden Flokati-Haare scheinen (im letzten Licht der schon halb ausgeblasenen Fackeln) zu phosphoreszieren. Er verpasst mir eine Kopfnuss.

Ich höre es knacken. Es ist *seine* Nase.

Ich habe meine Stirn rechtzeitig gesenkt.

(Die langgezogene Vokabel eines vor Schmerzen schreienden Verrückten.)

– Du mieser, mieser Sack!

Er hält sich den blutenden Zinken, tritt mir in den Unterleib. Da regnet es die ersten augapfelgroßen Hagelkörner. Sie retten mich vorübergehend.

– Genug, sagt der Dicke, den Rest erledigen die kleinen roten Waldameisen.

Und in null Komma nichts sind dann alle Sombreros im tieferen Dunkel hinter den Bäumen verschwunden. Es bricht endgültig der angekündigte Höllensturm los.

Der Himmel explodiert.

Der Hagel geht nieder wie ein Strafgericht, das zum

Weltuntergang gehört. Es klopft und puckert im Stakkato gegen das Holz der Bäume. Im Nu ist die Lichtung ein See aus weißen Augäpfeln.

Und ich?

Ich begreife, dass eine richtige Rettung anders aussieht. Schließe die Lider.

II

Die dritte Karte

Vorn:
Die Handzeichnung von einer Füchsin (Kugelschreiber auf gefaltetem Motelpapier).

Hinten:
Text (große Blockbuchstaben).

WIE WAR'S IN DER BADEWANNE? VERSUCHT, DURCH DEN ABFLUSS ZU ENTKOMMEN? <u>EHRLICH:</u> SCHLAFEN HAT BEI MIR NICHT RICHTIG GEKLAPPT. TRÄUMEN GEHT. <u>EHRLICH:</u> WIR KÖNNTEN ZUSAMMEN ZURÜCK. ABER DU KÖNNTEST NATÜRLICH AUCH ALLEIN WEITER. ICH GEHE JETZT FRISCHE LUFT SCHNAPPEN. SEHEN WIR UNS DANACH NOCH? SPRECHEN WIR UNS NOCH? SOLL ICH MIR DIE HAARE ROT FÄRBEN? FRAGT: EDDA

PS: PASS AUF DICH AUF, FÄHEN KÖNNEN NICHT HALB SO SENSIBEL SEIN WIE DU, GLAUB MIR. UND DANKE, DASS DU SO AUFRICHTIG WARST. <u>EHRLICH:</u> ICH MAG DICH (NOCH MEHR).

◀◀

|zurück: Donnerstag, noch 4 Tage Ferien
Weißliches Morgenlicht fällt zu mir ins Auto. Ich blinzle, reibe die ausgekühlte Seite meines Gesichts. Höre Vogelgezwitscher. Mein Kopf hat am Seitenfenster gelehnt, und für einen Moment weiß ich nach dem Aufwachen nicht, wo ich mich befinde.

Die Windschutzscheibe sprenkeln flächendeckend Überreste von Insekten. Auf dem verwaisten Fahrersitz neben mir liegt Eddas Wildschweinbrosche.

Ich schäle mich aus der Decke, die über meinen Beinen liegt, rücke meine Mütze zurecht, steige aus, recke im Freien die steifen Glieder.

Eddas falscher Käfer steht einsam und verlassen auf einer parkplatzartigen Asphaltfläche. Der Boden ist zu Wellen geformt.

Ich erinnere mich: Es ist kein Parkplatz.

An der Stirnseite des fächerförmigen Geländes ragt eine nackte weiße Wellblechwand auf sechs Betonstelzen haushoch ins klare Blau über den Wipfeln der buschigen Laubbäume: eine Art gigantische Werbetafel ohne Botschaft.

Hinter dem Autokino hängt der Frühnebel in den Feldern wie ein Schleier Korditrauch aus der Mündung eines Revolvers nach dem Schuss.

– Großes Kino, sage ich, als ich Edda schließlich entdeckt habe.

Sie sitzt (mit ihrem Rucksack zwischen den Beinen und einer Straßenkarte auf den Knien) an die Wand eines gelb-rot gestrichenen Gebäudes gelehnt. Die Fens-

▶ 216

ter sind mit Brettern vernagelt. In den Ritzen des zerbrö-
ckelten Bordsteins davor haben sich Grasbüschel Platz
verschafft.

– Guten Morgen, sagt Edda, ausgeschlafen?

Sie hat die Augen geschlossen, streckt ihr Gesicht mit
erhobenem Kinn der Sonne entgegen, scheint die Wärme
auf der Haut zu genießen.

– Wenig los hier, sage ich.

– Ein idealer Landeplatz für Außerirdische, sagt sie,
was denkst du?

Noch immer öffnet sie die Augen nicht. Aber ein Lächeln spielt um ihre Lippen; die Narbe verzerrt den
Ausdruck um eine Winzigkeit, gibt ihm etwas Verführe-
risches, stelle ich verwundert fest.

– Du meinst, sage ich, wir sind die Außerirdischen?

Sie legt den Kopf auf die Seite, eine vogelähnliche Bewegung.

– Sind wir nicht, fragt sie, dann sollte es doch noch
mehr intelligentes Leben auf diesem Planeten hier geben. Schwer zu glauben.

Und jetzt schaut sie mich an. Derselbe amüsierte Blick
wie in der Nacht auf der Autobahnbrücke. Es kommt
mir unwirklich lang her vor, obwohl höchstens ein paar
Stunden vergangen sind seitdem. Ich habe ihre Worte
noch im Ohr.

– Ihr Taxi, der Herr, sagt sie.

Hinter Edda die Lichter der Siedlung und ein Meer
aus Sternen. Mit laufendem Motor und strahlenden
Scheinwerferaugen steht der falsche Käfer auf der Brücke in der Nacht. Ich kauere mit angezogenen Beinen
am Boden, spüre die Berührung an der Wange. Eddas
Hand.

Neben mir in der Lichtpfütze steht das Köfferchen mit

der Bohrmaschine. Ich muss ganz offensichtlich an der Laterne eingenickt sein.

– Ich wollte schon per Anhalter weiter, sage ich.

Edda hilft mir auf. Wir verstauen die Bohrmaschine im Kofferraum neben ihrem Rucksack. Dann schlüpft sie mit langem Bein voran hinters Lenkrad, lässt den Rest des Körpers hinterhergleiten.

Ich gehe auf die Beifahrerseite, blicke in den Wagen. Auf dem Rücksitz liegen Wolldecken, eine Isomattenrolle, sogar eine Zelttasche.

Edda öffnet mir von innen die Tür.

Musik schwappt wie Wasser auf mich ein. Ein elektronischer Beat, dazu ein treibender Bass und synkopisch geschlagene Felltrommeln, gurgelnde Stimmen:

– *Heija-heija-heija* …

Leise, ganz leise im Hintergrund. Indianermusik?

– Schnall dich an, sagt Edda.

Wir fahren auf die Autobahn. Im Seitenspiegel sehe ich die beiden Türme des Einkaufszentrums und den K 16, das höchste Haus der Siedlung, hinter uns kleiner werden. Ich habe weder Zahnbürste noch Ersatzklamotten dabei, und ich verfalle plötzlich auf die merkwürdige Idee, Opfer einer Entführung zu sein.

(Was genau hat Edda mit mir vor? Warum hat sie mich aufgelesen?)

Wir durchqueren geisterhafte Betontunnel, passieren Abzweigungen, Kreuze, Dreiecke, fahren nach Norden. Vor uns blitzend weiße Fahrbahnmarkierungen, rechts und links bald nichts mehr als graues Leitplankenmetall und Dunkelheit.

– Was ist mit deinem Job, frage ich, wird man dich morgen nicht vermissen in der Videothek?

– Ich habe langes Wochenende, sagt Edda.

Dreht am Radio. Wir hören Staumeldungen; schon weit vor der Grenze soll der Verkehr völlig zum Erliegen gekommen sein, wir können es kaum glauben. Außer Lastwagen, die vielleicht mal zu zweit oder zu dritt hintereinander über eine Steigung schleichen, begegnen wir kaum Fahrzeugen. Dafür schmücken immer häufiger große Banner die Brücken:

— *Noch 95 Kilometer bis zum Festival!*

Ab und an daneben auch eine Graffiti-Parole:

— *Wir feiern nicht, wir eskalieren!*

Die Tachonadel zittert auf der Anzeige konstant um die Zahl *130* herum. Hin und wieder wischen Ausfahrtschilder vorbei. Ich ziehe die Mütze tiefer ins Gesicht, verschränke die Arme fest vor der Brust, drücke meine Schläfe gegen die Scheibe des Seitenfensters: Ich spüre auf der Wange das Summen der Räder. Gähne.

— Schau mal in die Karte, sagt Edda, hört sich so an, als müssten wir auf Schleichwege ausweichen.

Ihre Worte erreichen mich schon fast nicht mehr.

Das Puckern des Motors. Die Wärme von Eddas Körpers neben mir.

Ihre Sätze scheinen von ganz weit weg zu kommen, und ich fische nur noch die Straßenkarte aus dem Handschuhfach, klappe sie auf und praktisch zeitgleich dann meine Augen zu; erwache bloß kurz, als wir im Autokino halten.

Diese plötzliche Stille, als Edda den Motor ausschaltet: der sofort hörbare Nachklang der Fahrgeräusche im Kopf (als wäre das Ohr nah an einem Glas mit sprudelndem Mineralwasser). Edda reicht mir eine Decke.

Die sagenhafte Edda: Auch jetzt, am nächsten Morgen, zaubert sie wieder zur richtigen Zeit das richtige Requisit herbei.

– Lust auf Frühstück? Wir haben Apfel, Apfel oder Apfel, sagt sie.

Kramt ein eingeschweißtes Sechserpack aus dem Rucksack, pikst mit den Fingern ein Loch in die Folie. Ich greife zu, setze mich neben Edda in die Sonne: Blicke auf die Spitzen meiner Turnschuhe. Auch Edda schnappt sich ein Obst und beißt hinein. Saugt den Saft in den Mund. Dieses lebendige Geräusch. Es ist, als wenn es mir die ganze Seltsamkeit dieser Situation vor Augen führt. Ich:

– Warum begleitest du mich nun doch zum Festival?

– Wie meinst du das? Du bist gestern einfach Hals über Kopf getürmt, hast mir gar keine Zeit für eine Antwort gelassen.

Ich hebe die Augen, starre gegen das Weiß im Zentrum meines Blickfelds: die leere Leinwand. Um ein Haar verschlucke ich mich.

– Ich meine, sage ich, ich bin mir selbst nicht einmal sicher, was ich da will.

Der Gedanke an Jackie hallt plötzlich durch mich hindurch und saugt mir die Kraft aus den Beinen. Gut, dass ich sitze. Edda:

– Vielleicht kannst du *ihm* helfen, die richtige Entscheidung zu treffen.

Sie denkt an Zöllner. Mir will das in dieser Umgebung nicht mehr gelingen. Die letzten Tage kommen mir wie Schatten vor, zu denen es keine Körper gibt.

– Vielleicht habe ich dich ja belogen, sage ich, vielleicht weiß ich gar nicht, ob *er* beim Festival ist, und will aus einem ganz anderen Grund dahin.

– Und der wäre?, fragt sie.

Ich zögere. Die Lust am Geständnis und die Angst vor den Folgen wallen gleichzeitig in mir auf. Aber am Ende kneife ich. Rede mit einer Stimme, die nicht ganz meine ist:

– Ein Tapetenwechsel? Raus aus der Siedlung? Ich hätte in diesem Haus ganz sicher kein Auge zubekommen. Ich will da hin, wo Menschen sind, weit weg.

Um meine Rippen schließt sich eine unsichtbare, aber beengende Klammer. Ich hocke auf glühenden Kohlen und hantiere mit Dynamit.

– Schwer zu glauben, sagt Edda.

Pustet eine Biene weg, die sich auf ihren Apfel gesetzt hat.

– …

Ich zucke mit den Achseln. Edda:

– Ich hätte gedacht, sagt sie, viele Menschen sind nicht so deine Tasse Tee.

Die Biene kommt wieder. Edda schnipst sie fort. Das Insekt taumelt zu Boden. Ich habe das Gefühl, Edda streckt den Körper. Und für einen Moment fühle ich mich wie die angezählte Biene. Ich kämpfe mit mir.

– Keine Ahnung, sage ich, ich frage mich ja selbst, ob es normal ist, wie ich mich verhalte. Aber was wäre denn ein normales Verhalten? Weißt du das?

– Nein, sagt Edda.

– Ich funktioniere, sage ich, das ist die Überraschung. Und auch keine, oder? Zöllner hat *mir* keine Hand abgeschlagen, keinen Fuß. Er hat *sein* Leben aus den Angeln gehoben. Aber was genau hat das mit mir zu tun?

Es entsteht eine Pause. Edda legt den Rest ihres Apfels auf den Boden, überlässt ihn der (offenbar wieder erholten) Biene.

– Okay, sagt Edda, fahren wir jetzt also zu diesem Festival?

– Ich weiß es nicht. Ich muss nicht zu diesem Festival.

Meine Kopfhaut juckt. Ich schlucke trocken.

– Du willst nur nicht zurück, richtig?

– Ja.

Sie faltet die Straßenkarte zusammen, bindet sich die Schuhe neu, steht auf und schultert den Rucksack. Dabei streift mich ihr Schlagschatten. Edda:

– Wir könnten zum Beispiel also auch einfach ans Meer fahren?

Ich zupfe an meiner Mütze, stöhne auf. Ich muss eine Entscheidung fällen: Ich kann Edda jetzt die Wahrheit erzählen oder lügen. Die Lüge gewinnt.

– Klar, wir können auch ans Meer, Hauptsache weg.

Ich weiß, dass Eddas Blick auf mich gerichtet ist, und hätte ihr gerne in die Augen geschaut bei diesen Worten, aber ich schaffe es nicht einmal hinterher.

(Jackies Schuld? Zöllners?)

– Komm, unser Raumschiff wartet, sagt Edda.

Ich erhebe mich nicht sofort. Ich nage ein letztes Mal am Apfel, bevor ich das Kerngehäuse Richtung Böschung schleudere. Lehne mich noch einmal zurück.

– Die Außerirdischen in Filmen sind immer nur ein alberner Abklatsch von uns Menschen, und wir sind schon albern!, rufe ich Edda hinterher.

Ich bin mir nicht sicher, ob sie mich hört.

Sie dreht sich nicht um, und mein Blick wandert hoch, verliert sich in dem Weiß der Leinwand. Nach einer Weile meine ich in dem Nichts etwas zu erkennen.

Bewegte Bilder, Großaufnahmen: Jackie (ihr fuchsrotes Haar). Zöllner (die Schramme in seinem Gesicht). Edda (die Narbe unter der Nase). Ich (mit der Mütze auf dem Kopf). Schließlich die pockennarbige Visage des Indianerhäuptlings.

Mein roter Bruder berührt mit dem Zeigefinger erst

die wettergegerbte Haut unter einem seiner dunklen Augen, deutet anschließend mit demselben Finger sowie steinerner Miene nach vorn: eine Sei-wachsam-Geste.

(Meint er mich?)

Und während das Gesicht des Indianers noch ausblendet, rauscht auch schon Eddas falscher Käfer im Hintergrund ins Bild, mit ihr und mir an Bord, fährt durch eine flache, menschenleere Landschaft, und ich weiß, wir sind unterwegs ans Meer.

⏩

|vor: Freitagnacht, noch 3 Tage Ferien
Er zieht eine türkisfarbene, zerzauste Federboa aus dem
Zelt, wickelt sie sich um den Hals. Ponyhof ist wie ver-
wandelt, seit ich vom Parkplatz zurück bin und seine
Wunde frisch versorgt habe.

– Dich hat der Himmel geschickt, feixt er.

– Ich bin schon vergeben, sage ich, und ich komme
aus der Hölle.

– Ich lade dich trotzdem zum Essen ein, gibt er zurück.

Das ganze Camp scheint wie verwandelt, seit das
letzte Tageslicht verloschen ist. Überall Lagerfeuer Lam-
penschein Leben auf einmal; Musik und Essensgeruch
erfüllen die Luft. Ich protestiere nicht gegen die Einla-
dung.

– Kann ich helfen?, frage ich.

(Mein Magen knurrt wie ein Kettenhund in Lauerstel-
lung.)

– Nein, das ist *Chief*sache, sagt Ponyhof.

– Chefsache, korrigiere ich.

Ernte dafür einen Lacher, den ich nicht deuten kann.

– Das auch, sagt Ponyhof vergnügt.

Öffnet mit dem Taschenmesser eine Dose, löffelt eine
sämige Masse in einen Topf von beeindruckenden Ausmaßen, verfeinert das Fertiggericht mit Kartoffeln Pa-
prika Tomate. Träufelt am Ende noch ein paar Tropfen
aus einer Kapsel in die Masse. Ich schenke diesem Detail
keine weitere Beachtung.

– Kohldampf, du Grünhorn?

▶ 224

Ponyhof aktiviert einen bunsenbrennerartigen Gaskocher, rührt und strahlt wie ein Fernsehkoch auf Sendung. Ich blicke über den Rand des Kessels, leuchte mit der Taschenlampe hinein. (*Grünhorn*, das gefällt mir.)

– Sieht aus wie eine vergrößert dargestellte Bakterienkolonie.

– Feinster Westerneintopf, sagt er (gespielt beleidigt), ich lade dich gleich wieder von dem Schmaus aus.

Wir lassen die Sache köcheln, schichten unterdessen Laub und Äste zu einem pyramidalen Gebilde auf. Ponyhof entzündet das Werk mit Grillanzündern. Dann wird serviert. Mein Gastgeber reicht mir ein vollgefülltes Blechschälchen.

– Meine erste warme Mahlzeit seit ich-weiß-nicht-mehr-wie-lang, sage ich, …

(Eine feurig-würzige Wolke steigt um mich herum auf.)

– … phantastisch!

Wir sitzen im Lichtschein, der unser Lagerfeuer umzirkelt. Das Blau der Nacht, das sich langsam in ein dunkles Grau verwandelt, verwischt die Grenzen zwischen Essensdampf Atemluft Feuerrauch.

Ich sehe gegenüber die Sombrero-Gang ebenfalls um ein Lagerfeuer sitzen, eingehüllt in silbrig-weiße Qualmschwaden von Zigaretten.

Flaschen gehen reihum.

Einer der Gang hält mit konzentriertem Gesichtsausdruck ein Zippo an den Plastikdeckel einer Chipsrolle, wartet und sieht zu, wie das Plastik schmilzt.

Unwillkürlich prüfe ich, ob Eddas Akku-Bohrer noch an Ort und Stelle steht. Steht er. Kurz denke ich daran, dass ich Ponyhofs Autoschlüssel noch in der Hosentasche habe, aber in diesem Augenblick befördert Ponyhof auch gerade mit der Kelle die aus dem Topf gekratzten Reste in meinen Napf.

– Sitzt der neue Verband noch gut?, frage ich, als wir mit dem Essen fertig sind.

Reibe mir den prallen Bauch. Fühle mich gestärkt und bereit zum Aufbruch.

– Ja, ich kann dich nur loben, sagt Ponyhof, bist eine gute Krankenschwester.

Er hebt den Daumen der einen Hand, befühlt mit der anderen die Stelle, an der ich seine Verletzung mit Jod gereinigt und fest verbunden habe. Ich:

– Für das Wochenende sollte das reichen.

– Wie sieht es mit Medizin aus, fragt Ponyhof, ein bisschen Schmerzmittel kann doch nicht schaden, oder?

Er trinkt einen großen Schluck aus einer bauchigen Buddel, die in einem Korbgeflecht steckt, hält sie anschließend mir hin. Ich stehe auf.

– Danke. Zu viele bedenkliche Nebenwirkungen. Und ich muss weiter.

Ponyhof richtet seine Federboa.

– Moment, Moment, nicht so hastig, ich möchte unter keinen Umständen, dass dich unterwegs das *Chief* aus den Latschen haut.

– …?!

Ich verstehe nicht. Ponyhof lächelt. Er stopft in aller Seelenruhe das untere Ende einer Kerze in den Hals einer leeren Flasche (aufgeweichte Kippen schwimmen am Boden). Ponyhof zündet den Docht an.

Ein warmes Licht scheint auf sein Gesicht.

Zwischen seinen Fingern hält er jetzt wieder diese Kapsel. Auf dem kleinen Etikett ist der gezeichnete Kopf eines Indianers mit Federkrone zu sehen.

– *Chief*, sagt er.

Die Art, wie er mit geheimnisvoller Miene die Glas-
ampulle zwischen den Fingern kreisen lässt und dabei
eine Augenbraue hochzieht, erinnert mich an Kondor,
wenn er mit seinem Butterfly spielt.

– Was ist das?

– Ein Kurztrip ins Ich.

Er erzählt mir etwas von Euphorie, verringertem
Schlafbedürfnis, steigendem Mitteilungsdrang, Selbst-
vertrauen.

– Das ist eine Droge, sage ich.

– Das ist Medizin, sagt er, glaube mir, und wichtiger
als Nahrung, das war schon immer so, aus den Pflanzen
entstanden *erst* die Rauschmittel, *dann* das Brot.

Ich betrachte die Ansammlung von leeren, hochkant
aufgestellten Bierkästen neben den Zelten der Sombrero-
Gang. Im Dunkeln sieht ihre Rasendekoration wie eine
Ansammlung von Grabsteinen aus.

– Wann beginnt es zu wirken?

– Sei nicht sauer. Setz dich, das dauert einen Moment.
Genieß, was passiert. Du hast viel durchgemacht, es
wird dir guttun.

Ponyhof stochert mit einem Ast im Feuer. Mir ist die
Lächerlichkeit meiner Bemerkungen und meines Verhal-
tens bewusst. Aber ich setze mich nicht.

– Ich bin Sportler.

Er bildet mit den Fingern den Buchstaben V.

– Boxer, ich weiß, Leistungssport ist brutal und abstoßend, da geht es um Kontrolle, und ich sage dir was:
Sich selbst zu kontrollieren bedeutet, sich selbst etwas
vorzuheucheln und anderen gleich mit.

– Beim Sport bekämpft man die eigenen Grenzen.

Ponyhof amüsiert sich.

– Dann ist Sport also auch eine Droge?

– Nein, Medizin.

Ponyhof stochert weiter in der Glut, wechselt das Thema.

– Du gefällst ihr, weißt du das? Gefällst ihr sehr, sie freut sich schon auf dich.

– Hat sie das gesagt?

Er hat mich. Ich will von ihm mehr über Jackie wissen. Setze mich nun doch. Das Blauschwarz der Nacht scheint mir näher auf die Pelle zu rücken, gemeinsam mit der Wärme des Feuers. Mir ist, als würden sich meine Eingeweide dehnen.

– Wie lange kennst du Jackie schon?, frage ich.

(Meine Stimme scheint zu eiern. Die Zunge ist ein pelziges Tier.)

– Vier, fünf Wochen? Ich habe sie am Strand kennengelernt, weißt du, mir war sofort klar, sie ist perfekt als Botschafterin der guten Sache, sie verkörpert das, was Jugend ausmacht, oder nicht? Schönheit Langeweile Arroganz.

– …?

(Ich komme nicht ganz mit. Freue mich aber, dass Ponyhof fortfährt.)

– Ich habe jemanden gesucht, sagt er, der mit mir Flyer für Kundgebung und *Powwow* verteilt, deshalb habe ich sie angequatscht. Das fand sie gut. Die meisten glotzen sie immer nur gerne an, aber außer uns Schwuchteln und Boxern traut sich wohl selten jemand, sie anzusprechen.

Ponyhof lacht. Lacht beinah hysterisch.

– Was ist so komisch?, frage ich (und lache auch).

– Nichts. *Schwuchteln und Boxer*, sagt er, klingt wie ein mieser Romantitel.

Ponyhof lacht weiter. Ich bilde mir ein, der Boden neigt sich, bis er das Gefälle einer Kinderrutsche hat.

– Es geht los, sage ich.

– Und, wie ist es?

– Ja, sage ich (ziehe Luft durch die Zähne).

– Ja?

– Ich sause abwärts, stoße ich hervor.

Stütze mich im Sitzen mit den Händen ab. Bemerke, dass jetzt Bewegung in die Sombrero-Gang kommt. Einer nach dem anderen steht auf: Sie deponieren leere Flaschen am Boden, stopfen sich volle in die Jackentaschen, vermutlich Proviant.

Ein Sombrero versucht, seine Kippe mit einem weiten Wurf in unsere Richtung zu schleudern. Verfehlt uns. Der Versuch erntet trotzdem Applaus.

– Oh, den Herren wird langweilig, sagt Ponyhof.

Ich drehe den Kopf in Richtung seiner Stimme (wie eine Pflanze, die sich nach dem Licht ausrichtet), meine Kopfdrehung scheint unendlich lange zu dauern. Ich:

– Diese Typen würden sich doch viel besser beim Festival machen, oder? Was treiben die überhaupt hier, beim *Powwow*?

– Du warst zuerst beim Festival?

– Ja, ich bin den ganzen langen Stau abmarschiert, bis ich da war.

Die Sombrero-Gang verschwindet wie ein Schwarm Fledermäuse. Ponyhof nickt, wirft denen mit den roten Hüten eine Kusshand nach.

– Ja, das Festival, sagt Ponyhof, du hast es selbst erlebt: eine Mischung aus Matsch, Musik und Massen von geistig Minderbemittelten. Aber der *Powwow* ist auch nicht viel besser, nur ein paar Meter weiter im Wald drin und gratis.

Es rauscht in den winddurchwehten Wipfeln in unserer Nähe. (Vielleicht auch bloß in meinem Kopf?) Ich:

– Was machst du dann noch hier?

– Sport. Ich teste meine Grenzen aus. *Ha, ha, ha!*

Ponyhof bekommt beim Lachen die Luft in den falschen Hals. Beugt sich zu mir vor. Seine Augen sind von einem Netz roter Adern überzogen.

– Alles klar?, frage ich.

Klopfe ihm auf den Rücken. Er bläst die Backen auf, als litte er unter akuter Verstopfung. Dann krümmt er sich mit dunkelroter Stirn zusammen, hustend.

– Geht so, röchelt er.

Wiegt zwei Handflächen voller Luft ab. Unpassenderweise fallen mir dabei Eddas Brüste ein. Das Gewicht, das ihnen anzusehen gewesen ist gestern, als Edda nackt vor mir gestanden hat. Versuche den Gedanken zu verscheuchen. Ich:

– Weißt du, warum *ich* hier bin?

Ponyhof hustet und lacht wieder. Unsere Lachmuskeln sind inzwischen so gereizt, dass jeder nichtige Anlass sie in Bewegung setzt. Ponyhof:

– Wegen Jackie. Wegen anatomischer Studien.

– Nein, ich bin auf der Flucht und suche ganz nebenbei auch einen Mörder.

– Du bist auf *Chief*, Mann, …

(Ponyhof malt sich mit einem angekohlten Stock Rußspuren ins Gesicht, dicke Striche links und rechts der Nase: Kriegsbemalung.)

– … Hugh, sagt er.

– Hugh, sage ich, ich bin auf *Chief*, ganz recht, und ich bin auf der Flucht.

Lasse mich zurückfallen. Habe die Hände schalenförmig unter den Hinterkopf gelegt. Suche nach dem (von Wolkenbänken verdeckten) Mond und den Sternen.

– Vor wem oder was flüchtest du genau?, fragt Pony-hof.

Meine Gedanken fliegen in tausend Richtungen: Ist nicht alles unklarer denn je? Und wünsche ich mir nicht sogar, dass es so bleiben könnte? Ich:

– Vor meinem Leben? Und einem Indianer! *Hahaha!*

– *Hahaha*, lacht Ponyhof, komm, lass uns ums Feuer tanzen!

II

Was zum Festival im Radio kommt (II)

Die Front mit Hagel und Sturmböen zieht über die gesamte Grenzregion hinweg. In einem Zoo sterben neun Flamingos. Zwei werden von Hagelkörnern erschlagen, die sieben anderen erleiden Knochenbrüche und müssen eingeschläfert werden. Wie schon am Tag zuvor ist auch das Festival wieder besonders von dem Unwetter betroffen. Für viele Besucher gerät der Aufenthalt am Ende zu einem Kampf mit den Elementen. Verschärft wird die Situation durch eine nicht genehmigte Veranstaltung, die zeitgleich im Schatten des Großevents stattfindet und schätzungsweise über 100 000 zusätzliche Besucher ohne Eintrittskarte anlockt. Organisiert als Flashmob und benannt nach Zusammenkünften nordamerikanischer Indianer, entwickelt sich der so genannte Powwow zu einem Happening unüberschaubaren Ausmaßes. Durch die große Gästezahl ist die Kapazitätsgrenze des Festivalgeländes und der umliegenden Zeltplätze bald überschritten. Auf der Autobahn staut sich der Verkehr bis zum Schlusstag in beide Richtungen auf mehreren Kilometern Länge.

■

│zurück: Freitag, noch 3 Tage Ferien

Ein rosa Flugzeug (eine Propellermaschine) kreist mit einem Werbebanner am Heck über dem Gelände: *Wer seine Grenze kennt, kennt eine zu viel!* Der Slogan eines Telefontarifanbieters; der Himmel über den Kiefernwipfeln bietet ein leuchtendes, von bauschigen Wolken betupftes Nachmittagsblau dazu auf: die reinste Unschuld.

Ein Augenzwinkern der Natur?

Das von hohen Gitterzäunen umsäumte Areal (halb knöcheltiefer Acker, halb morastige Wiese) zeigt jedenfalls noch deutlich die Spuren des Gewitters von letzter Nacht: Ich umkurve Regenlachen von beinah teichgleichen Ausmaßen; steige hinweg über Schnapsleichen, die mit Kunststoffponchos notdürftig zugedeckt sind.

Ich versuche, mir einen Überblick zu verschaffen.

Laufe vorbei an einer langen (sehr langen) Reihe (einem ganzen Block) von Plastikklohäuschen: Ausgedehnte Warteschlangen vor den Türen. Umherfliegendes Toilettenpapier. Ranziger Uringeruch. Schwarze Mückenwölkchen.

Ein Stück weiter dann eine Kleinstadt aus unterhemdweißen Verkaufszelten (der totale Kontrast): Fressstände Getränkestationen Devotionalienauslagen.

In Trauben drängen sich Festivalbesucher vor den Tresen.

Jackie werde ich hier ganz sicher nicht in die Arme laufen. Das ist nicht der *Powwow*. Aber wo findet der statt? Findet er überhaupt statt?

Nirgends ein Hinweis. Prompt betrachte ich die verblassenden Striemen (mit den hasenrosa Höfen) in Zahlenform auf dem Handrücken. Fast so, als wollte ich mich vergewissern, dass ich von Jackie nicht nur geträumt habe.

Ob Zöllners Schramme wohl auch so schnell abheilt?

Ob Zöllner sich womöglich jetzt gerade auf dem Gelände hier befindet?

Ich blicke auf zwei hohe Boxentürme, die hinter der Zeltstadt aufragen (wie die Türme des Einkaufszentrums hinter dem Parkdeck in unserer Siedlung).

Ich bleibe stehen, direkt vor einer Großleinwand, versuche, die aufkommenden und durch das Hirn wehenden Erinnerungsfetzen abzuschütteln.

Wie mein Finger über dem Klingelknopf von Zöllners Wohnung schwebt.

Das Klingelgeräusch (ein grelles Schellen).

Das Warten.

Wie sich das milchige Licht ganz leicht ändert, hinter dem kleinen Guckloch des Spions. Die Geräusche dazu jenseits der Tür, ihr Anschwellen, als geöffnet wird.

Zöllners Gesicht. Wie das eines Tiers (von den herannahenden Scheinwerfern eines Wagens erfasst). Er ist bleich um die Nase.

Zieht mich an der Schulter hinein in die Wohnung. Ein fester Griff. Zöllners Augen sind wässrig, an den Rändern gerötet. Er setzt zum Sprechen an.

– Laura, sagt er, sie ist tot. Ich war's.

Wie durch einen Schnitt bin ich getrennt von all meinen Empfindungen und Gedanken, starre auf die tapezierte Wand im Flur, die geschmückt ist mit gerahmten Fotos. Bleibe an dem Porträt eines Jungen mit Boxhandschuhen vor dem Kinn und wild entschlossenem Gesichtsausdruck hängen. Zöllner:

▶ 234

– Ich weiß nicht weiter.

Zwei Tage lang hält er schon Totenwache. Erzählt von den Druckspuren am Hals der Leiche, die erst Stunden nach der Tat auftauchen, zunächst noch blass, die später ganz genau die Rillen seiner Fingerabdrücke zeigen.

– Ruf die Polizei, sage ich.

(Komme kaum gegen die Geräuschkulisse an.)

– Ich habe Angst vor dem Gefängnis, sagt Zöllner.

Sein Brustkorb hebt und senkt sich. Ich kann diesen Augenblick sehen, als wäre er eines der Bilder an der Wand: wie wir uns in dem schlauchförmigen Flur gegenüberstehen, beide die Hände hinter dem Rücken. Zöllner im zerknitterten Oberhemd, ich im T-Shirt.

Dazu das Lärmen des Fernsehers.

Wie das Lärmen der Menge jetzt gerade: ohrenbetäubend.

Ich schaue auf die Großleinwand. Stelle fest, dass die bewegten Bilder und der Live-Ton nicht ganz synchron sind: Großaufnahmen zeigen eine Band, deren Mitglieder während ihres Auftritts Cowboyhüte und Fransenwesten getragen haben. Sie verabschieden sich von der Bühne, winken ins Publikum.

Der Lärm ebbt ab. Neben mir quatscht ein blondes Mädel mit heiserem Turbo in der Stimme Wortsalven in ihr Telefon.

Ich schiebe meine Hände hinten in die Hosentaschen, berühre die Karte von Edda, die ich aus dem Motel mitgenommen habe, denke an das Erwachen dort heute Morgen (in der kalten, leeren Badewanne), denke an das Erwachen gestern (in Eddas falschem Käfer), an den Frühnebel im verlassenen Autokino. An den langen Fußmarsch hierher. Höre mit halbem Ohr dem telefonierenden Mädel zu.

– Nein, nein, eigentlich könnte das Leben ruhig jeden Tag ein Festival sein, zwitschert sie, trotz Gewitter und wegschwimmender Zelte und so. Nicht wahr? Man könnte Wodka auf Eis zum Frühstück zu sich nehmen, müsste immer nur drei oder vier Stunden schlafen. Aber das Leben ist halt das Leben. Und kein Festival, oder …

– …

Sie kichert, während die Person auf der anderen Seite spricht. Und etwas an dem Kichern lässt mich hellhörig werden. Ich kenne dieses Kichern.

– Wo genau stehst du gerade …, fragt sie.

Ich wende mich der Blonden zu. Sie merkt offensichtlich, dass sie beobachtet wird, wendet sich ihrerseits mir zu. Ein fruchtiges Duftfeld umhüllt sie. Kirsch?

– Alles klar, bis gleich, *bussibussi*, sagt sie ins Telefon, …

(Widmet sich, kaum, dass sie damit fertig ist, ganz mir.)

– … ich glaube, ich spinne! Du?!

Sie zieht die Silben schwungvoll in die Länge wie einen stark ausgeleierten Expander, kreischt das letzte Wort fast, fällt mir dabei um den Hals. Umarmt mich, als hätten wir jahrelang Seite an Seite zusammen die Schulbank gedrückt.

– Ja, *ich*, sage ich.

– Du hast keine Mütze auf, das ist es, sagt sie.

Wuschelt mir durchs Haar, was mir nicht sonderlich gefällt. Wir haben uns einmal im Freibad gesehen, als sie neben Jackie am Beckenrand gesessen hat, einmal bei der Kundgebung. Tinatin heißt sie, erinnere ich mich.

– Ist Jackie auch hier?, frage ich (obwohl ich die Antwort bereits ahne).

– Die ist doch mit David & Co. drüben, bei diesem *Powwow*.

Sie bläst die Hamsterbäckchen auf, pustet sich eine Locke aus der Stirn. Ihre Mähne ist zu einem Pferdeschwanz gebändigt (Kondors Frisur, nur ohne Öl).

– Seid ihr nicht alle zusammen deshalb hierhergefahren?

Ihre Lippen glänzen lila. Sie blinzelt mit falschen Wimpern, die ihre Augen beschatten. Sie trägt Sandaletten mit hohen Sohlen, einen an der Seite geschlitzten Rock (die Beine sind mit Matsch gesprenkelt).

– Ich hab's mir angeguckt, nur so Klampfenheinis und das ganze Gesabble von wegen Grenzen überwinden, feiern und bla, ich weiß nicht, ist doch nur Pose.

– Aha, sage ich.

Sie holt Luft, lässt tief blicken: Aus ihrem Ausschnitt drängt ein Paar Brüste, die den Eindruck machen, als würden sie sich mit Macht aus der Umklammerung des Push-ups befreien wollen. Sie:

– Ja, gestern gab es wohl Zoff und richtig Remmidemmi. Brauche ich alles nicht, hier ist es lustiger. Ich habe ein paar nette Leute aufgetan, und beim Gewitter letzte Nacht haben wir in einem Bulli weitergefeiert, mordsmäßige Stimmung …

– …

Ihre Augenbrauen kräuseln sich kurz. Das Wort *mordsmäßig* hängt unsichtbar in der Luft zwischen uns. Sie schenkt mir ein gutmütiges Lächeln.

– Aber cool, dass du gekommen bist, sagt sie, diese Sache mit … na, du weißt schon, tut mir echt leid. Bist du so weit okay?

Jackie hat mit ihr darüber geredet? Über die Sache mit Zöllner?

Der Gedanke versetzt mir einen Piks. Ich kann nicht erklären, wieso, aber ich fühle mich verraten (oder zumindest ertappt), blicke kurz auf die Turnschuhspitzen; zwei dicke Fliegen treiben in der Pfütze vor meinen Füßen.

— Wo ist denn der *Powwow*?, will ich wissen.

Tinatin schnupft in ein Taschentuch.

— Schuldigung, sagt sie, ich habe mir einen aufgesackt. Der *Powwow*? Die vom Festival tun alles, um die Sache zu verschleiern. Es laufen Trupps rum, die alle Plakate, Hinweisschilder und so weiter entfernen. Aber das Camp findest du leicht.

Sie beschreibt mir grob den Weg, versucht nebenbei mit dem Telefon, Jackie zu erreichen. Mit buntlackierten Nägeln (rot lila grün blau orange) tippt sie am Gerät herum, horcht hinein. Bedauernd verkündet sie:

— *Der Teilnehmer ist derzeit leider nicht erreichbar, versuchen sie es zu einem späteren Zeitpunkt noch einmal.* Das mit dem Empfang ist hier eine Katastrophe.

— …

Sie saugt an ihrer lila Unterlippe, dann scheint ihr eine Lösung einzufallen.

— Komm mit, wir müssen zur *Mainstage*, ich bin verabredet. Gleich tritt da eine absolut grandiose Band auf. Ich versuche es nachher wieder bei Jackie.

Sie lotst mich hinein in dichtes Treiben, in Richtung der Boxentürme.

— Da ist er!, schreit Tinatin plötzlich.

Fliegt einem Zahnpastalächeln-Typ der Gattung Windsurfer (Stoppelbart inklusive) in die Arme. Er hat eine schiefe Nase, was ihn mir gleich sympathisch macht. (Eine echte Nase!). Lässig drückt er Tinatin einen Kuss auf den lila Mund.

– Wir müssen im 30-Grad-Winkel ins Getümmel vordringen, erklärt er.

Eine Idee, die ich nicht verlockend finde, aber ich wehre mich nur halbherzig. Bald stehen wir inmitten der Menge. Ein Meer von Köpfen um uns herum. Ganz in unserer Nähe befindet sich (auf einem Podest) eine Monitorwand, die das Spektakel aus wechselnden Perspektiven zeigt. Der Windsurfer:

– Das wird dir den Kopf wegblasen, jeder Song eine weite Prärie, durch die man irren kann, die Jungs sind live der Hammer.

Und dann geht es los: Grummelnd und scheppernd. Die Band stürmt auf die Bühne, und die Stimmung bewegt sich ab sofort nur noch in eine Richtung: nach oben. Das Publikum reagiert mit Rufen und Pfeifen auf jede Zeile, die der Sänger ins Mikrofon haucht singt kreischt stöhnt.

Tinatin und der Windsurfer wippen (Arm in Arm) mit den Köpfen im Takt des Hi-Hats. Die Band erhöht das Tempo. Die Sonne bricht durch eine Wolke, von den Mikrofonständern spritzt Licht auf, und die Menge kocht mit jedem Akkord mehr.

Ich wische mir einen Schweißbach vom Gesicht, sehe die fiebrige Röte auf den Wangen der anderen. Blicke zur Monitorwand.

Bilder (von hoch oben aufgenommen) flimmern über die gewölbten Schirme: Die Menge sieht aus wie ein bizarrer Organismus, wie ein riesiges Ungeheuer.

– Der Hammer, was, urteilt Tinatins Surfer, habe ich zu viel versprochen?

Ich spüre, dass mich ein Schwindel anfällt und vor den Augen die Konturen verschwimmen, und nachdem ich die Lider einmal fest zusammengepresst habe und wieder öffne, meine ich plötzlich eine Ansammlung von menschengroßen rosa Stoffhasen um mich herum zu sehen.

Sie grüßen einarmig, wie es die Figur (die auf die Entfernung winzig kleine Figur) dort auf der Bühne vormacht. Kurz darauf klatschen 100 000 rosa Hasen im Takt, nur ich klatsche nicht, nicht mehr, habe etwas gesehen auf den Monitoren.

– Ich muss hier weg, sage ich, ganz schnell. (Bin aber wie gelähmt.)

Langsam, nur ganz langsam kehrt das Blut aus dem Kopf zurück in seine normale Umlaufbahn; ich irre durch eine Prärie, der Windsurfer hat recht behalten, ein Sandsturm tobt, und ich fühle mich seltsam fremd und einsam in der Menge, die wieder aus Menschen, normalen Menschen, besteht, die johlen klatschen jubeln.

– Ja, ich bin auch hin und weg, kreischt Tinatin neben mir, Wahnsinn!

Auf den Monitoren sieht man längst wieder die Band, die spielt, aber eben habe ich Zöllners Gesicht dort gesehen, keinen Zweifel, ich habe die Schramme erkannt, auch wenn das Gesicht nur für den Augenblick eines Gitarrenriffs groß (bei einem Schwenk ins Publikum) im Bild gewesen ist.

Du kannst dich ebenso gut getäuscht haben, sagt eine Stimme in mir. Und sie klingt fast wie die von Mauser. Fast. Und nur zu gerne möchte ich ihr glauben, würde am liebsten sofort das Weite suchen. Hier und jetzt will ich Zöllner nicht treffen.

– Ich hau ab, sage ich zu Tinatin, ich vertrag diese Enge einfach nicht.

Eine ganze Soundwand aus Gitarrenkrach stürzt über meinen Worten ein, begleitet von wummernden Bassklängen und den Schlägen der Drumsticks, die im Kopf ein Hämmern erzeugen, als würden Nägel mit aller Wucht in das Holz eines Sargs getrieben. Ein neuer Song: Die Menge stampft und wogt, und im Ohr schwillt das Rauschen weiter an, das bleibt, auch als der Auftritt lange vorbei ist.

– War das phantastisch, oder war das phantastisch?

Wir hocken auf einem umgekippten, wurmzerfressenen Baumstamm mit Blick auf den Eingang zum Gelände; schauen auf Absperrgitter, rot-weiße Flatterbänder, auf das Orange der Security-Westen.

Der Windsurfer lutscht an einem Glimmstängel, der nicht angezündet ist. Mit verklärtem Blick schaut Tinatins Begleiter ins Nichts; und seine Frage bleibt (wie ein abschließendes Halleluja des Pastors im Gottesdienst) unkommentiert.

Tinatin tippt an ihrem Telefon herum, hält es sich ans Ohr.

– Nichts zu machen, ich erreiche Jackie einfach nicht.

Ich sehe den langen Schwanz einer Ratte unter einem Zaun verschwinden.

– Ich finde sie bestimmt auch so, sage ich.

– Wie gesagt, hinter dem Plateau liegt das Camp, zwanzig Minuten zu Fuß, maximal. Grüß Jackie, und sie soll dich ja anständig behandeln!

Ein Hubschrauber kreist am Himmel. Wir umarmen uns zum Abschied, Tinatin und ich. Noch ein Kuss auf die Wange, dann hoppelt sie beschwingt am Arm des Windsurfers davon, zurück ins Getümmel. Stumm wünsche ich den zwei viel Glück.

Ob sie es haben werden?

Ich weiß es nicht. Aber ich weiß: Ich hab's. Das Bohrmaschinenköfferchen liegt wohlbehalten in seinem Versteck vor dem Festivalgelände. Ich klemme es mir unter den Arm, mache mich auf den beschriebenen Weg zum *Powwow*.

Die Sonne steht tief. Der Wind frischt auf. Ich vermisse meine Mütze. Und habe das unbestimmte Gefühl, verfolgt zu werden. Ja, ich könnte schwören, jemand ist mir auf den Fersen. Denke an Zöllner. Denke vor allem aber an den Häuptling.

■

|vor: Freitagnacht, noch 3 Tage Ferien

Ponyhof tanzt mit brennendem Zweig in der Hand ums Feuer. Singt. Ein Schamane mit türkisfarbener Federboa. Überall ist Musik, Gesang, das gesamte Camp scheint ein äußerst komplexes, vielstimmiges Lied angestimmt zu haben, und ich summe es mit, bis ich nicht mehr weiß, ob um uns herum wirklich gesungen wird oder nicht, weil vielleicht einfach nur die Luft singt.

– Los, komm, Grünhorn, tanzen, kein Stillstand, fordert Ponyhof mich auf.

Aber meine Puddingbeine geben nach bei dem Versuch, mich aufzurappeln. Ich plumpse zurück auf den Hintern. Bemerke eine Krähe, die von den verwaisten Zelten der Sombrero-Gang herübergeflogen kommt. Sie stelzt über den flackernden Lichtläufer, der rund um das Feuer am Boden ausgebreitet liegt.

– Guck mal da, die fliegt gar nicht weg, sage ich.

Dann setzt wieder dieses Sturzgefühl ein. Das *Chief* macht die Beherrschung der Gliedmaßen mehr denn je zur Herausforderung; wohingegen mir meine Gedanken unnatürlich wach und klar vorkommen.

– Wer fliegt nicht weg?, fragt Ponyhof.

Er macht Flatterbewegungen mit den Armen und pustet dabei die Backen auf.

Ich deute es als Zeichen, dass mit meinem Gesicht etwas nicht stimmt. (Hat es sich aufgebläht?) Ich fahre mir prüfend mit der Hand über meine Wangen, die aber normal groß zu sein scheinen. Mit hämmernder Brust kippe ich nach hinten.

– Kuckuck!

Ponyhof schiebt den Kopf in mein Sichtfeld und kontrolliert, dass ich auch ja nicht wegdöse. Er müsse etwas loswerden über den Zusammenhang von Rausch und Identität. In dieser Sekunde sei ihm das klargeworden, verkündet er. Hält dann, wie es mir vorkommt, ein ewig langes Referat.

Ich klinke mich aus und eine unbestimmte Zeit später, als er offenbar zu einem Resümee ansetzt, wieder ein. Ponyhof:

– Im Widerspruch zwischen Macht und Ohnmacht liegt das Geheimnis.

– Macht und Ohnmacht, das kenne ich, sage ich.

Ponyhof richtet die Federboa, schichtet das Holz unseres Lagerfeuers mit einem Stock um. Die Flammen flackern grell auf und beleuchten sein Gesicht. Ich sehe sein Augenweiß schimmern. Ponyhof:

– Wer sich berauscht, verlangt nach einem Seelenzustand, bei dem es möglich wird, auf die Herrschaft über sich selbst zu verzichten, sagt er, korrekt?

– Korrekt, sage ich (ohne wirklich zu wissen, was er meint).

– Das bedeutet, sagt Ponyhof (mit großer Geste), einerseits bin ich es leid, mein Ich zu kontrollieren, provoziere durch den Rausch quasi den Selbstverlust. Und andererseits möchte ich noch viel mehr Herrschaft über mich.

– Ich dachte immer, es geht einfach nur darum, sich zu betäuben.

– Natürlich geht es auf anderer Ebene auch um Schmerz und Betäubung. Um Spaß und Enthemmung. Gerade in komplexen Gemeinschaften wie unserer braucht man die Euphorisierung des Gehirns dringend.

Ich sage dir, der Rausch ist für den Zusammenhalt wichtiger als Nahrung. Im Rausch kommen wir einander leichter als sonst näher. Ich zum Beispiel kann mich an keinen einzigen ersten Kuss erinnern, den ich nüchtern gegeben oder bekommen hätte.

– Ich schon, sage ich.

– Du bist Boxer, Typen wie du halluzinieren vermutlich sowieso 24 Stunden am Tag, oder warum schlagt ihr euch freiwillig auf die Rübe? Nein, ihr braucht wahrscheinlich keine Drogen, schon gar keine psychoaktiven.

– Absolut richtig, sage ich.

Kichere. Ponyhof kichert mit, stochert in der Glut. Funken fliegen hoch, wirbeln über Zeltdächer in den Wald.

– So, sagt er, und jetzt munitioniere ich meinen Rausch mit einer Kapsel neu auf. Und dann gehen wir demnächst los, Jackie suchen. Was ist mir dir?

Bäume knarren im Wind. Die Krähe stolziert weiter in der Nähe auf und ab. Mir kommt es so vor, als wäre sie gewachsen.

– Ich muss zum Findling, am besten gleich, sage ich zu Ponyhof.

Denke an Eddas Karte. Denke an Jackie. An unseren ersten Kuss. Erinnere mich an Jackies Umarmung, ihren süßlichen Bieratem, an Eddas weiche Lippen, den Pfefferminzteegeschmack, an Kondor, der seinen Mund so fest auf meinen gepresst hat, dass ich es noch lange danach an den Schneidezähnen gespürt habe.

– Du kannst unmöglich sofort los, du bist berauscht, sagt Ponyhof.

– Ja, ich bin berauscht und will dich trotzdem nicht küssen.

– Ich will dich auch nicht küssen, Grünhorn, sagt er.

– Willst du nicht?

– Bist du schwul?, fragt er.

– Nein, aber weißt du, mir fliegen die Herzen in letzter Zeit nur so zu.

Ich lalle. Merke selbst, dass an Aufbruch nicht zu denken ist, und bin nun völlig von der Krähe eingenommen, die größer und größer wird, je länger ich hingucke.

Als gingen wir sie nichts an, wendet sie mit dem Schnabel ein paar Ästchen und Blätter, hat mindestens schon das Körpermaß eines Greifvogels.

– Wie auch immer, sagt Ponyhof, ich genehmige mir noch einen Tropfen.

Kraxelt ins Zelt. Und ich strecke ungelenk meine Hand nach der Krähe aus, und gerade als es den Anschein hat, als wolle sie mir auf den Arm hüpfen, kehrt Ponyhof aus dem Zelt zurück, und das Tier flattert auf, huscht dicht über die Flammen hinweg auf die andere Seite des Feuers. Ich stutze und reibe mir die Augen.

– Siehst du das auch?, frage ich in Richtung Ponyhof.

Kein Zweifel: Der Häuptling ist zurück. Im Schneidersitz thront er auf der Erde, und der schwarze Vogel hockt auf seiner Schulter. Der Indianer bewegt die Lippen.

– Warum flüsterst du?, sagt er mit Ponyhofs Stimme, spürst du den Atem des Alls oder sieht das nur so aus?

Der Häuptling führt eine Kapsel *Chief* an den Mund, hat in diesem Augenblick auch Ponyhofs Gesicht. Er wirft den Kopf in den Nacken.

Der Indianer auf dem Etikett. Der Indianer jenseits des Feuers.

Die Bilder überlappen im Kopf, leicht vibrierend wie Seifenblasen, die ins Licht aufsteigen. Die Häuptlingskrone. Die Krähe mit dem Adlerschnabel. Die Tropfen, die auf die Zunge fallen. Die orangeroten Flammen. Ein

Flackern vor den Augen: als wäre ich einem Reizgewitter wie von intensivsten Bildschocks ausgesetzt.

Dann bemerke ich, dass sich einfach nur meine Lider in enormem Tempo öffnen und schließen (öffnen, schließen, öffnen, schließen): ein Auf und Ab wie bei vibrierenden Flügeln eines Insekts.

– Einfach abgefahren, murmle ich.

Wische mir über die Augen, bekomme das Geblinzle unter Kontrolle, und sofort ist mir, als würde die Dunkelheit, die sich um das Feuer gesammelt hat, noch intensiver werden. Zugleich verlangsamt sich jede Bewegung.

Die Flammen züngeln nicht mehr zappelig in die Luft, sondern wirken auf einmal wie Unterwasserpflanzen, die sachte (in einem sanften Hin und Her) nach oben ausgreifen. Ich brauche eine halbe Ewigkeit, um mir mit der Zunge über die Lippen zu lecken, während mein roter Bruder mich mustert.

– …?

Ich sehe ihm durch die Flammen, die uns trennen, direkt ins ledrige Gesicht. Trotz der Entfernung zwischen uns erkenne ich jede seiner Poren, bemerke auf seiner Wange die Kriegsbemalung.

– Ich soll mir einen Reim auf die Sache machen, stimmt's, Häuptling?

– …

Er schweigt, was zu erwarten war.

– Aber was ist die Sache? Wieso genau bin ich hier?

– …

Wieder kein Laut. Ja, warum ist es überhaupt so ruhig um mich herum?

Und wo steckt Ponyhof?

Ich versuche, den Kopf zu drehen, es gelingt mir aber nur, ihn leicht schräg zu legen. Habe dabei eine Art

Landschaft vor Augen, ein Gelände, das sich als Körper entpuppt und mit einem Gewebe aus dunkler Wolle überspannt ist. Denke an Edda. An die Hügel unter ihrer Strickjacke. Wärme breitet sich in mir aus.

– Ich habe Edda geküsst und nackt gesehen, murmle ich.

Lege den Kopf auf die andere Seite, sehe Wasser glitzern, ein Schwimmbad, Kacheln und Jackies Hüften vor mir, ihre straff gespannte Haut, unter der sich die Beckenknochen in dieser geschwungenen Bassschlüsselform abzeichnen. Die Wärme drängt nach außen, jedes Härchen scheint elektrisiert.

– Mann, ist das bizarr, sage ich.

Wiege den Kopf. Blicke in die Glut. Kienäpfel fangen dort Feuer. Verbrennen. Wer hat sie hineingeworfen? Und: Müsste es nicht knacken und knistern?

Tut es aber nicht. Nicht ein einziges Geräusch ist zu hören, absolute Stille hat sich auf mich herabgesenkt. Wie in einem Traum.

Das ganze Camp ist verschwunden. Wo eben noch die vielen Lichter waren, sehe ich jetzt Tieraugen in der Nacht. Wildschweine? Füchse?

Sie starren mich an. Ein beunruhigendes Gefühl liegt plötzlich wie ein kalter Nebelschleier über meinen Gedanken. Woher stammt es? Eine Hand greift mir ins Haar. Es ist meine, stelle ich fest.

– Ich will meine Mütze zurückhaben, ist das die Wahrheit, Häuptling?

Die intensive Versunkenheit, die dem Indianer ins Gesicht geschrieben steht.

Es rumort hinter meiner Stirn. Kalte Schweißfäden laufen mir an den Rippen hinab, mein Mund ist trocken, dann wird mir schwarz vor Augen.

Der Film spult zurück, an eine Stelle, die es so vielleicht nie gegeben hat, in der sich der Indianer erhebt,
nachdem die Kapsel *Chief* von ihm geleert worden ist. Er
packt die Krähe, die auf seiner Schulter sitzt, plötzlich
nur noch Spatzenformat hat: Schleudert sie mir mit einer
jähen Bewegung über das Feuer entgegen.

Sie schnellt auf mich zu. Mein Mund ist wie
zum Schrei weit aufgerissen; und ich verschlucke das
Tier. Spüre jetzt den Flügelschlag im Bauch. Wildes
Flattern.

– Komm, los, Grünhorn, sagt eine Stimme, aufwachen,
es schifft!

Jetzt ist alles hell. Starkes Licht blendet mich. Eine
Taschenlampe?

– …?

Ja. Eine Taschenlampe. Und da sind auch wieder
Geräusche: Jemand keucht in mein Gesicht. Ruckelt mit
der Hand auf Höhe des Bauchnabels an mir herum. Schemenhaft erkenne ich den kahlen Schädel mit den Stoppeln über mir. Ponyhof:

– Du bist total weggespult gewesen, Mann, möchtest
du was trinken?

– Einen Kamillentee.

Ponyhof prustet los. Aber auch er wirkt angeschla-
gen. Ständig wischt er sich übers Gesicht, als verscheu-
che er böse Träume. Tatsächlich nieselt es.

– Wir müssen ins Zelt, sagt er.

Ponyhof nimmt mich bei der Hand und zieht mich
vom wackeligen Boden hoch. (Stehen funktioniert schon
wieder erstaunlich gut.)

– Wie lange war ich weggetreten, frage ich.

– Halbe Stunde vielleicht? Keine Ahnung.

Ponyhof hebt die Schultern, und ich sehe, wie ihm

dabei die Boa entgleitet und ein Zipfel bedenklich nah an der Glut des heruntergebrannten Feuers landet.

Erst qualmt es bloß. Dann geht der Halsschmuck in Flammen auf.

Ein Gestank von verbranntem Polyester hängt augenblicklich in der Luft. Ponyhof und ich, wir trampeln beide auf der puscheligen Federschlange herum wie zwei Rumpelstilzchen. Danach fühle ich mich mit einem Schlag wieder nüchtern.

– Ich muss weiter, sage ich.

– So plötzlich …

(Er wischt sich mit der Boa über das feuchte Gesicht. Glotzt mich an.)

– … okay, okay, sagt er, warte, ich komme mit, helfe dir, Jackie zu finden.

Mein Blick fällt auf die verlassene Feuerstelle der Sombreros. Ein Kronkorken funkelt dort im Schein der niedrigen Flammen, als wäre er eine silberne Brosche. Eine Wildschweinbrosche.

– Nein, nicht nötig, ich muss zum Findling, meine Mütze abholen, sage ich.

II

Drei Dinge, die ich nicht über Edda weiß

- Wie groß ist sie wirklich? (Ihre T-Shirts passen mir wie angegossen, aber überragt sie mich nicht um Minimum einen Kopf? Ist das Einbildung?)
- Warum fällt es so leicht, sich mit ihr zu unterhalten? (Es ist, als unterhielte ich mich mit einem alten Kindergartenfreund, der sich in Edda verwandelt hat.)
- Sieht sie in mir, wer ich wirklich bin? Etwas, das ich nicht sehe? (Dermaßen gefühlsklug ist sie: Ich werde hin und wieder neidisch, wenn ich ihr zuhöre.)

◀◀

| zurück: Donnerstagnacht, noch 4 Tage Ferien
Sie hat den Schlüssel in der Hand, geht vor mir her durch
einen fensterlosen, langen Flur voll staubigen Lichts.
Schmale Türen zu beiden Seiten. Eine niedrige Decke,
in der einer der funzeligen Strahler flackert wie das
Mündungsfeuer eines weit entfernten Repetiergewehrs.
Brandlöcher zieren die wild gemusterte Auslegeware.

– Einladend wie Hochhausfahrstühle, dieser Flügel
des Schlosses, sage ich.

Atme nicht mehr Luft ein als unbedingt nötig (ein
bisschen riecht es nach Katzenpisse, übertüncht von
Desinfektionsmittel).

– Zimmer 153, sagt Edda, da wären wir.

Es ist dunkel im Raum. Nur der Schimmer von der
Neonreklame des Motels hängt (als postergroße Kachel
aus Licht) an der Wand über dem Bett. Die Scheibe
knackt im Fensterrahmen. Das Tosen und Rauschen von
der Autobahn klingt durch sie hindurch beinah wie das
Meer.

– Das war eine ziemlich gute Idee von dir, wie es aussieht, sage ich.

Bin ans Fenster getreten. Der falsche Käfer ist, selbst
wenn in der Ferne Blitze zucken, kaum auszumachen.
Der heftige Regen verkürzt die Sicht auf wenige Meter.
Dort, wo die Tropfen auf der Außenfensterbank auftref-
fen, sieht das Metall aus wie von zappelnden Insekten
überschwemmt. Edda:

– Was war das da vorhin im Auto eigentlich mit dem
Indianer, ein Spaß?

▶ 252

Sie hat ihre Reisetasche abgestellt und schaltet die Deckenbeleuchtung ein. Kalt elektrisch gelb fällt das Licht auf uns herab. Ich setze mich auf die Bettkante. Fühle mich, als befände sich hinter meiner Stirn nichts als breiiger Matsch.

– Er verfolgt mich, sage ich, und manchmal kommt mir das sehr echt vor.

– Wie meinst du das?

– Ich kann das nicht besser erklären. Das Ganze hat etwas Schräges und Unheimliches, jedenfalls wenn man darüber redet …

(Es ist nicht einfach so dahingesagt. Es ist die Wahrheit.)

– … Kennst du das nicht, frage ich, die Angst, dass niemand so denkt wie du, der Gedanke, dass mit dir etwas nicht stimmt?

Ich horche auf das Schluchzen des Windes, auf den Regen, auf die entfernten Geräusche aus den anderen Zimmern (laufende Fernsehgeräte). Edda:

– Was für ein fieses Licht, probier mal, ob die Nachttischleuchte funktioniert.

Sie funktioniert. Edda löscht das Deckenlicht.

– Besser, oder?

– …

Ich nicke stumm. Edda putzt ihre beschlagene Brille, setzt sie wieder auf.

– Was du gerade durchmachst, das ist kein Pappenstil, sagt sie, und du bist 17, es ist dein Recht, dich von der Welt nicht verstanden zu fühlen.

– Im Ernst, sage ich, ich könnte schwören, von einem Indianer verfolgt zu werden, hörst du: von einem Indianer! Du hast ja keine Ahnung, was hier oben los ist. Da ist etwas, das in mir drin ist, eingeschlossen, beinah so wie meine Organe Knochen Blut, und das macht mir Angst …

(Ich lache auf, tippe mir an die Stirn.)

– … Ich weiß nicht immer, was wirklich ist und was nicht. Sind wir zwei echt? Sind wir zusammen in diesem Motelzimmer, irgendwo in der Nähe der Grenze? Gibt es dich und mich überhaupt?

– Pssst, macht Edda.

Sie lehnt an der Wand am Fenster, hat die Arme auf dem Rücken verschränkt. Der Schein der Nachttischlampe spiegelt sich in ihrer Brille.

Ihre rosaweiße Haut. Die weiße Narbe auf der Oberlippe. Die silberne Wildschweinbrosche an der Strickjacke, die sie heute trägt.

– Du glaubst, du spinnst? Warum? Wir alle hören Stimmen im Kopf. Und als ich 17 war, habe ich mit niemandem auch nur ein Wort gewechselt. Ich bin in den Zoo gegangen und habe gedacht, die Schimpansen seien die besseren Menschen. Ich fand sie schön, weil sie immer zu tun schienen, wonach ihnen war, und mich selbst fand ich hinterher unter den Menschen so hässlich wie ein Affe.

– Beleidige die Affen nicht.

– Ich darf das, sie haben mich immer Brillenschlange genannt.

– Die Schimpansen?

– Ja, sie waren frech wie du.

Sie lacht. Und ich erzähle ihr von meinen Begegnungen mit dem Indianer. In der Videothek, am Hafen, in der Kolonie am See, im Baumhaus. Und so weiter. Merke, wie sich mein Gesicht aufheizt. Fühle der fiebrigen Wärme auf der Haut nach. Ich betatsche meine heiße Stirn. Jackie erwähne ich mit keiner Silbe. Ich:

▸ 254

– Ergibt das für dich irgendeinen Sinn?

– Was ist mit dir?, gibt Edda die Frage zurück.

– …

Ich zucke mit den Schultern. Draußen entschließt sich das Unwetter derweil zu einem neuen Höhepunkt. Edda hat einen Schritt zur Seite gemacht, die Brille auf einen kleinen Tisch gelegt. Sie steht jetzt direkt unter einem Kruzifix, das an einem schiefen Nagel an der Wand hängt. Edda:

– Der Sinn ist etwas für kleine und große Philosophen, oder?

– …

Windböen fegen die Wellen eines gewaltigen Schauers gegen das Fenster; die Tropfen platzen am Glas mit einem Geräusch, als würde jemand den Strahl eines Gartenschlauchs in eine Pyramide aus Pappbechern halten.

– Aber wir sind echt, sagt Edda leise, da bin ich mir sicher, wir sind echt.

Ich sitze noch immer auf der Bettkante. Edda steht jetzt mitten im Raum.

Ist es ihr nacktes Gesicht? Liegt es am Licht?

Von der Seite streift sie der Neonschimmer der Leuchtreklame, von vorn fällt der warme Schein der Nachttischleuchte auf sie, und in der Kombination entsteht so der Eindruck, als würde sie von innen strahlen.

Und ich spüre den gleichen Impuls wie beim Abholen der Bohrmaschine und wie vor ein paar Stunden (im Auto am Fähranleger) auch wieder, als ich das rote Mal auf ihrem Arm gesehen habe. Diesmal gebe ich ihm nach.

– Würdest du dich ausziehen?, frage ich.

Wir wechseln stumm Blicke. Ich halte ihren, sie meinen.

Noch immer klopft, pladdert und hämmert der Regen draußen gegen alles, was sich ihm in den Weg stellt. Und für einen Moment bin ich mir nicht sicher, ob Edda überhaupt verstanden hat, was ich gefragt habe.

Dann knöpft sie die graue Wollstrickjacke auf, zieht das Top über den Kopf, löst den BH, streift die Träger von den Schultern, schiebt die Körbchen von den Brüsten, hakt den BH auf Taillenhöhe auf.

Langsam, ohne eine Wort zu sagen.

— ...

Ich fühle mich angenehm betäubt, betrachte die Brüste, die ovalen rotbraunen Höfe, die großen faltigen Warzen. Mein Blick folgt ihren Fingern. Sie hantiert an der Hose. Das Klimpern des Gürtels. Das metallische Surren des Reißverschlusses. Das leise Poltern der abgestreiften Schnürhalbschuhe.

Edda strampelt sich aus der Jeans. Auf dem Oberschenkel leuchtet ein blauer Fleck, er erinnert mich in seiner Form und Größe an das Motiv ihrer Brosche. Und mir fällt der Moment während unserer Rast ein, als sie sich an der Ecke des Tisches gestoßen hat. Ein Phantomschmerz durchzuckt die gleiche Stelle an meinem Bein. Die Härchen auf meiner Haut haben sich aufgerichtet.

Edda beugt sich vor, als sie den Slip auszieht. Dabei verdeckt ihr Kopf die Scham. Sie pult die Socken von den Füßen. Dann steht Edda entkleidet vor mir.

Kalt rasselt der Regen ans Fenster.

Heiß pocht es an meinem Bauch.

Ich gucke. Lausche. Ich höre meinen eigenen Atem. Höre auch ihren Atem. Eine Woge der Hilflosigkeit schwappt über mich.

Edda nimmt mir die Mütze aus der Hand, legt ihre warmen Finger mit den rosa Mädchennägeln auf meine

Knie. Die Mütze trudelt unters Bett. Ich schäle mich mit Eddas Hilfe aus Hose und T-Shirt.

Ihre Augen suchen meinen Blick. Ich versuche herauszulesen, was sie jetzt wohl gerade denkt. (Aber wer bin ich, zu wissen, was in anderen vorgeht?)

Warum küssen wir uns nicht?, könnte ich fragen. Bringe es aber nicht über die Lippen. Edda macht sich an meiner Unterhose zu schaffen.

Mein Genital schnellt hervor, erigiert und rot.

Ich wuchte mich hoch, damit sie mir die Boxershorts über die Knie ziehen kann. Wir haben uns noch immer nicht geküsst, fällt mir auf. Sehe die weißen Huckel ihres Rückgrats. Ich spüre ihren Mund auf meiner Haut. Ich ziehe die Notbremse.

– Warte, sage ich, du musst etwas wissen.

Der Satz klingt falsch betont oder wie in einer fremden Sprache vorgebracht, die ich seltsamerweise verstehe. Ich habe sofort das Gefühl, zu weit gegangen zu sein, alles zerstört zu haben. Alles. Und weiß sofort: Es ist besser so.

– …?

Edda setzt sich auf einmal ganz gerade hin, ein Anflug von Schmerz auf ihrem Gesicht. Unsere auf dem Boden verteilten Kleidungsstücke: Socken Hosen T-Shirts, der BH. Mein Magen hat sich zusammengekrampft.

Wir sitzen uns nackt gegenüber (ich auf dem Bett, sie kniet auf dem Boden). Edda reibt sich immerzu mit der rechten Hand das Mal an ihrem Oberarm: Sie fröstelt, auch wenn es nicht kalt ist im Raum.

Ich erzähle von Jackie. Rede zu viel. Komme mir vor wie ein Kind, das sich einmal zu viel entschuldigt, weil es hofft, doch noch seinen Willen zu bekommen. Ich:

– Soll ich bleiben?

– Ja.

(Ihre Antwort kommt zögerlich.)

– Soll ich besser gehen?

– Ja.

Ich spüre die Spannung in ihrer Stimme, ihr Lächeln sieht aus wie geliehen. Ich blicke an ihr vorbei gegen das regennasse Glas. Ich möchte gehen. Ich möchte bleiben. Meine Augen finden die Tür zum Badezimmer.

– Ich schlafe nebenan, okay, sage ich.

Berühmte letzte Worte. Sie vervielfältigen sich im Kopf. Auch dann noch, als ich schon eine ganze Weile vor dem Spiegelschrank, der über dem Waschbecken hängt, gestanden habe, ein Ohr an der Wand.

Nichts.

Ich betrachte das dünne Stückchen Gästeseife, das Linoleum am Boden, die Risse im Weiß des Waschbeckens (wie die Lebenslinie und andere Furchen im Handteller), klappe die beiden Seitenteile des Spiegelschranks nach vorn.

Ein Labyrinth tut sich auf: Zu beiden Seiten spiegelt sich ein Spiegel, der sich in einem Spiegel spiegelt und so fort. Und ich blicke hinein.

Ich sehe ein unendlich oft gespiegeltes Gesicht.

Sehe mich. Nur mich. Ohne Mütze.

Ist es die Kälte der Kacheln, die mich zittern lässt?

Ich lösche das Deckenlicht, steige in die leere Badewanne, lege mich hin. Rolle mich bis zu den Achseln in die Bettdecke ein, fasse nach den Falten, die sie wirft: eine weiße Dünenlandschaft, die sich durch Handstriche nicht beruhigen lässt.

Der tropfende Hahn. Der schimmlige Geruch. Die wasserfleckigen Wände.

Was macht Edda nebenan?

Einen absurden Gedanken lang habe ich Angst, dass sie sich etwas antun könnte. Ich wische ihn weg. So gut es geht. Das Gefühl, ich hätte jemanden umgebracht, bleibt trotzdem zurück wie die Umrisse einer Kugel Eis, die jemandem heruntergefallen ist, die schmilzt und (flüssig geworden) ins Erdreich einsickert.

■

❯❯

|vor: `Samstag, noch 2 Tage Ferien`
Die Lichtung ist keine Lichtung mehr. Sie ist ein Meer aus toten Augen. Und über die toten Augen fliegen die Überreste eines Zeltes hinweg; flatternd überschlägt sich die Plane mehrmals in der Luft, verschwindet mit ausgefransten Schwingen im Schlund des Waldes.

Ich spüre den Hagel nicht mehr. Mein Körper fühlt sich taub an, gar nicht wie meiner. Ich spüre lediglich einen Juckreiz auf der Haut; oder eher unter der Haut: ein Jucken, als trippelte ein Armee Sechsfüßler auf der Stelle.

Der von schmutzigem Weiß umflorte Mond.

Das gedämpfte Prasseln im Geäst.

Das Gehüpfe der Regenperlen auf dem Eispflaster der Lichtung.

Der Sturm ist vorbei. Ich bin noch am Leben.

Nass und warm rinnt etwas über meine Stirn. Blut? Oder nur Wasser?

Es tropft von den Brauen auf die Wimpern, läuft ins Auge. Ich möchte mir mit der Hand durchs Gesicht wischen, versuche einen Arm zu befreien: Ich leere die Lungen, mache mich schlank, schmiege mich an den Baum, winde mich hin und her (so gut mir das in dem Korsett aus Klebeband möglich ist). Schmerzhaft bohren sich die Verwachsungen der Rinde in mein Fleisch.

Ich komme nicht los. Die Fesseln halten.

Aber das Körpergefühl kehrt zurück. Meine Gedärme brennen.

Ich reibe mein Gesicht notdürftig an der nackten

▸ 260

Schulter. Starre in die tiefe Dunkelheit jenseits der Lichtung wie in ein großes Grab.

Die Gerippe der Bäume werden nach und nach sichtbar. Die grundsätzliche Gleichheit ihrer Form wird von den winzigen Unterschieden nur unterstrichen: Am Ende ist es immer ein vielarmiges Skelett, das ich erkenne.

Ich frage mich einmal mehr, ob Jackie den Parkplatz und dort Eddas falschen Käfer gefunden hat, ob Edda und sie mich suchen, frage mich, wo Ponyhof steckt und ob Zöllner mir wirklich vom Festival zum *Powwow* gefolgt ist.

(Was will er hier? Was will er noch von mir?)

So kriecht die Nacht voran. In ihrem spärlichen Licht sehe ich die Eisbällchen auf der Lichtung tauen und einmal auch eine geisterhafte Gestalt vorbeihuschen. Ich kann mich nicht bemerkbar machen mit meinem zugeklebten Mund.

Ganz ähnlich hat es sich in Zöllners Wohnung angefühlt.

Als ich dagestanden habe im Flur und Zöllner nach nebenan gegangen ist, um den Fernseher leiser zu machen. Er hat die Polizei nicht sofort rufen wollen.

– Gib mir noch fünf Minuten, bitte, hat er gefleht.

Ich schaue auf die Abstellkammer, während Zöllner nebenan die Lautstärke des Geräts drosselt, es schließlich ganz ausschaltet, zurückkommt.

Die plötzliche Stille, die durch meine Knochen dröhnt.

Ich weiß, in der Abstellkammer steht die Bohrmaschine, und ich verwünsche mich innerlich dafür, dass ich in einer solchen Situation überhaupt noch mit dieser Sache befasst bin.

Zöllner lotst mich in die Küche.

Ich suche nach einer Frage, die der Situation angemessen sein könnte. Mir fällt keine ein. Nichts. Unter Zöllners verstörtem Blick räuspere ich mich.

– ...

Zöllner wendet den Kopf zum Fenster.

– Wir haben ganz harmonisch zu Mittag gegessen, sagt er.

Es ist, als erhebe sich sein Blick über sämtliche Straßen der Siedlung und ginge ganz weit in die Ferne, hinter das Einkaufszentrum, an einen namenlosen Ort.

– ...

– Sonntag war's, dieser Regentag, nach dem Essen hat auf einmal ein Wort das andere gegeben. Plötzlich ging es um Intimpiercings und um ihre schmerzenden Brustimplantate. Angeblich sind die Implantate meine Idee gewesen, aber das stimmt nicht, nicht so ganz jedenfalls.

– ...

Ich höre zu in einer Art Trance. Habe das Gefühl, die Worte sind nicht an mich gerichtet. Zöllner lacht fassungslos auf:

– Du denkst, du hast ein Leben, in dem das Schlimmste bereits hinter dir liegt, aber Pustekuchen. Ich wolle sie verstümmeln, hat sie gesagt, damit niemand sie mehr attraktiv findet, ich wolle, dass sie leidet.

– ...

Zöllners Blick kehrt aus der Ferne zurück in die Küche.

– Hier haben wir gestanden.

Ich sehe die Fernbedienung: Locker liegt sie in Zöllners Hand, und mit dem Rücken dieser Hand wischt er über die Arbeitsplatte neben der Spüle. Ich sehe meine Mütze: Ich halte sie vor dem Schoß, streiche an der Schirmkante entlang.

– Soll *ich* die Polizei rufen?, frage ich.

– Gleich, sagt er, …

(Zöllner knispelt mit dem Finger am Power-Knopf der Fernbedienung.)

– … sie hat mich aus der Reserve locken wollen. Wie aus dem Nichts ist sie mit dem Messer auf mich los. Ich habe es ihr abgenommen. Sie hat auf mich eingeschlagen, ich habe sie gepackt, sie hat sich befreit, ist ins Treppenhaus. Ich hinterher. Vielleicht habe ich sie gestoßen. Vielleicht ist sie abgerutscht. Sie ist die acht Stufen gefallen, hat sich die Rippen gehalten, eine blutende Wunde am Kopf gehabt. Sie ist ganz ruhig gewesen auf einmal. Ich habe sie zurück in die Wohnung getragen. *Ruf den Arzt, wir sagen, es war ein Unfall*, ist ihr Vorschlag gewesen. Ich habe es in den Augen gesehen: Sie lügt. Und trotzdem habe ich, vielleicht auch weil ich es selbst gerne glauben wollte, zu ihr gesagt: *Wir kriegen das hin, ich liebe dich!*

– …

Zöllner hat die Fernbedienung weggelegt, das Gesicht in den Händen vergraben. Der gekrümmte Rücken zuckt.

– Sie hat gelacht, sagt er, ich schwör's. Diese blöde Kuh hat einfach nicht verstehen wollen, wie sehr ich sie geliebt habe.

Ich stehe da. Stumm. Wie in einer durchsichtigen Membran steckend. Und ich möchte schreien: *Ruf endlich die Polizei, es geht nicht darum, wer wen liebt oder wie sehr oder wer wen nicht liebt!* Komme mir vor wie Zöllners Komplize, weil ich es nicht herausbringe.

– …

– Ich bin doch kein Mörder … Ich meine, ich war's und war's auch nicht …

(Zöllner betrachtet seine Hände.)

– … *die* hier, die waren es, sagt er.

Meine Lungen saugen sich voll mit Luft. Aber der in mir festsitzende Schrei findet einfach keinen Weg. Nicht in der Gegenwart von Zöllner (als wäre ich per Fernbedienung von ihm auf Lautlos gestellt worden). Und auch jetzt nicht.

Nur dass es diesmal ein Tapeband ist, das mich am Schreien hindert, als die Gestalt über die Lichtung huscht. Mein Schrei verendet als dumpfer Kopflaut.

Ich bin wieder allein. Und bleibe es. Döse mehrmals weg.

Einmal huscht ein Eichhörnchen an mir vorbei, kraxelt behände und mit hoher Geschwindigkeit den nassen, schmierigen Stamm hoch, nur wenige Zentimeter an meinem Ohr vorbei. Weckt mich auf diese Weise.

Es wird heller über der Wiese. An den Halmen glitzern im ersten Licht kleine wässrige Partikel. In den Bäumen hängen überall vom Sturm abgeknickte Äste herab, schlapp (wie gebrochene Arme).

Die frischgefallenen Zweige und nassen Blätter am Boden, die einen leichten Duft nach neu gekauften Turnschuhen verströmen. Das Gekrächze von Krähen. Das Tirili von ein paar Singvögeln, leiser. Ein Käfer mit glänzendem Panzer krabbelt über meine Fesseln bis hoch zum Brandmal, das die Zigarette auf der Haut hinterlassen hat. Ein kurzer Schmerz, als er die Wunde erreicht.

Ich zucke, er fliegt davon.

– Gott Jesus, was ist passiert?

Wer spricht da? Ponyhof? Ponyhof!

Sein Blick: Er schaut, als hätte er in eine Zitrone gebissen. Aber er ist es: Es ist Ponyhof. Kommt über die Lichtung. Ein überlebender der Apokalypse. Ich spüre ein Glücksempfinden in mir aufwallen. Allerdings nur kurz.

Schaurige Gefühlsakkorde klingen tief in mir an, als ich sehe, wie er sich keine zehn Schritte von mir entfernt ins Gras hockt. Im Lotussitz. Blass. Die Federboa um den Hals. Er winkt.

Winkt jemanden herbei.

Meine trockenen, brennenden Lippen kämpfen vergebens gegen das Tape.

Was soll das?

Zöllner steht vor mir. Breitbeinig.

Der wegen der noch tiefstehenden Sonne lange Schatten am Boden.

Die flatternden Hemdstöße.

Die graue Jacke mit den schwarzen Ärmeln in der Hand.

Das seit Tagen unrasierte Gesicht.

Er taxiert mich mit wachen Augen, wirkt kein bisschen wie auf der Flucht. Er befühlt die Stelle im Gesicht, wo der verschorfte Kratzer beginnt, und fährt von dort mit den Fingern abwärts. Dann gibt er mir die Sprache zurück: Reißt mir mit einem Ruck den Streifen Klebeband vom Mund.

Der zweite Tag in Folge, der mit einem Schmerz beginnt.

Ich blicke zu Ponyhof.

Er schaut genauso belämmert drein wie vor ein paar Stunden auch, als ich ihn nach dem *Chief*-Intermezzo allein habe stehenlassen, um mich auf den Weg zum Findling zu machen. Zu Edda.

■

|zurück: Freitagnacht, noch 3 Tage Ferien

Unten das Glitzern des nächtlichen Sees. Applaus ist bereits zu hören, das Klatschen vieler Hände (ein Klang wie von einer Wagenladung Reißnägel, die auf die Straße gekippt wird). Mit wackeligen Beinen reihe ich mich in den Treck ein, der talwärts zieht, Richtung Bühnen.

Überall irrlichtern die Kegel der Taschenlampen durch den Wald, erfassen Gesichter Bäume Regen. In feinen Fäden fällt er zwischen den Wipfeln hindurch. Ich trage den Müllsack, den Ponyhof mir zum Abschied spendiert und präpariert hat, als eine Art Poncho über den Schultern. Schmecke den bitteren Sud auf der Zunge.

Einen Moment lang fürchte ich, mir kommt Ponyhofs Bohneneintopf wieder hoch, aber ich schlucke gegen den Würgeimpuls an, behalte den Mageninhalt bei mir. Ein gutes Gefühl: Ebenso überfallartig wie die Übelkeit gekommen ist, vergeht sie auch wieder. Als hätte jemand einen Schalter umgelegt.

Wohlbehalten und mit einem Mal wieder verblüffend fit, gelange ich über den glitschigen Walduntergrund in das betriebsame Chaos des *Powwow*. Lasse mich im Strom der Nachzügler aus dem Camp vor eine Art hallenartiges Partyzelt spülen. Stolpere dort fast über ein kleines Kerlchen mit Trapperkostüm.

– Ist das hier das *Wigwam*?, frage ich ihn.

Musik beschallt den nächtlichen Wald ringsum. Der Zwerg grinst und zeigt dabei zwei biberartige Schneidezähne her.

– Und ob, sagt er, Gegenfrage: Wie wär's denn mit einer Runde *Chief*?

Biberzahn hat Mühe, geradeaus zu schauen. Ein Problem, das er mit den meisten Besuchern des *Powwow* teilt. Besonders mit denen, die aus dem *Wigwam* gestolpert kommen. Ich ignoriere seine Frage einfach.

– Ich muss zum Findling, sage ich, wie komme ich da am schnellsten hin?

Als warmer Strom fließt das Blut unter der Haut durch Arme und Beine bei dem Gedanken, Edda gleich wiederzusehen.

– Der Findling? Hinterm *Wigwam* an den Bühnen längs, und wenn du am Ufer des Sees angekommen bist, siehst du ihn schon, sagt der Trapper.

Linst an mir vorbei. Grinst noch bescheuerter, und mir werden dann die Augen von hinten zugehalten. Eine Stimme:

– Wo die tausend Lagerfeuer brennen, da findest du den Findling.

Ich spüre den sanften Druck der Hände in meinem Gesicht, die sich warm auf die tropfnasse Haut gelegt haben. Ein Geruch von warmem Obst hängt in der Luft, vermischt mit einer hauchzarten Spur von Mädchenschweiß.

– Jackie?!

Das Flimmern im Herzen. Ich drehe mich um, und sie umarmt mich, als wäre es das Natürlichste von der Welt, dass wir uns hier treffen. Sie lacht.

– Wo ist deine Mütze? Ohne habe ich dich beinah nicht erkannt.

Dafür erkenne ich sie sofort wieder; wenn auch im ersten Moment nicht als Jackie. Kein fuchsrotes Haar. Sie trägt eine Perücke. *Diese* Perücke: platinblondes, seidig glänzendes Kunsthaar, Pagenschnitt.

Ich erinnere mich sofort an meine Ankunft beim *Pow-wow*, an das Mädchen mit der Facettenaugensonnenbrille bei dieser merkwürdigen Filmvorführung. (Was hat das alles zu bedeuten?)

– …

Mein Hirn entscheidet sich für eine Generalpause.

– Was guckst du mich so entgeistert an, gefalle ich dir nicht? Vielleicht hätte ich mich besser in Schale werfen sollen, so wie du.

Ich stecke in einem Müllsack. Und Jackie trägt einen knallroten Regenmantel. Der Kragen meiner Trainingsjacke blitzt darunter hervor, die Ärmel laufen in grauen Pelzmanschetten aus.

– Ich habe Ponyhof gefunden, sage ich, oben im Camp.

Mühsam zusammengestotterte Worte. Mir fällt auf, dass ihre Gummistiefel ebenfalls knallrot sind, genau zum Regenmantel passend. Jackie:

– Und jetzt hast du mich gefunden.

Dann ein Kuss, zärtlich, auf den Mund, aber ich habe mich im Griff, meine Lippen bleiben geschlossen. Jackie stolpert zurück, wirkt ziemlich betütert.

– Huch, sagt sie.

Hält sich am kleinen Trapper fest, der ihr sofort einen Arm um die Hüften legt, aber selbst Schwierigkeiten hat, die Balance zu halten. Biberzahn:

– Verzeihung, aber so ein Wiedersehen sollte man wirklich feiern …

(Er kramt eine Kapsel *Chief* aus dem Kostüm hervor.)

– … einmal Mond und zurück. Wie wär's?

Regen betupft Jackies Gesicht, verfängt sich in den Strähnen der Perücke. Auffordernd guckt sie mich unter den plantinblonden Fransen hervor an, mit Pupillen, groß wie Räder von Spielzeugautos. Ich:

– Danke, ich hatte schon eine Selbstenthauptung erster Klasse heute.

Schmollen kann sie wie keine Zweite. Sie straft mich mit Blicken ab und greift zu. Zwei Dinge passieren gleichzeitig: Der Trapper stößt ein Indianergeheul aus, Jackie köpft die Kapsel.

Das Glas knackt, als es bricht.

Sie wirft den Kopf in den Nacken, der Trapper auch. Die Biberzähne blitzen in seinem Gebiss, ein Tropfen perlt aus dem gebrochenen Hals. Jackie öffnet den Mund, ihren hungrigen Mund. Der Tropfen fällt, stürzt hinab auf Jackies Zunge. Und noch einer. Und ein dritter. Und vierter. Der Trapper:

– Nicht so gierig, Werteste.

Er bekommt die Kapsel, setzt sie an die Lippen und lutscht sie aus.

– *Wir feiern nicht, wir eskalieren*, sagen der Trapper und Jackie im Chor.

– Gehen wir tanzen, legt Jackie nach.

– Ab ins *Wigwam*, flötet der Trapper, …

(Ergänzt noch etwas, halb flüsternd, mit einem Kopfnicken Richtung Jackie.)

– … Mann, du bist ein Glückspilz. Sie küsst phantastisch, sagt er.

Vielleicht sagt er auch (und ich habe mich bloß verhört): Sie *ist* phantastisch. Ich weiß es nicht. Merke nur, wie es mich kaltlässt.

– Ich bin ein Glückspilz, genau, sage ich.

Der Trapper nickt blöd, ich mache mit, und exakt das ist der Moment, in dem mir ein Licht aufgeht: Ja, ich habe recht. Löse mich von Jackie.

– Hey, ruft sie, wo willst du hin, du Spielverderber?

– Zum Findling!

Diese lächerliche Perücke. Ob Jackies Leben überhaupt etwas anderes ist als ein ständiger Kostümwechsel? Was weiß ich überhaupt von ihr?

– Was ist denn los? Bleib doch mal stehen, bitte.

– ...

Sie hängt mir am kurzen Ärmel des T-Shirts. Mein Müllsack-Poncho raschelt, während sie neben mir herstolpert. Jackie:

– Du siehst zu komisch in dem Ding aus, wirklich.

– Ich bin mit einer Freundin hier, sage ich.

– Ist sie unsichtbar?

Jackie kichert. Ich halte meine Klappe.

– ...

Aber Jackie hört gar nicht mehr auf mit dem Kichern, muss gebeugt gehen: einen Arm vorm Bauch, eine Hand vorm Mund. Das *Chief*.

– Ich glaube, das war zu viel, sagt sie.

Wir haben den *Wigwam* hinter uns gelassen und nähern uns dem übervollen Platz vor der Bühne. Ich verlangsame den Schritt.

– Die vier Tropfen aus der Kapsel, frage ich, oder was meinst du genau?

Der Klang einer verstärkten Gitarre und Mikrofongesang schallen durch die Nacht, das Publikum sorgt für die vielschichtige Geräuschkulisse im Hintergrund. Jackie fängt sich für einen Moment wieder, sie schaut mich an.

– Ich habe so sehr gehofft, dass du kommen würdest.

Dieser Augenaufschlag funktioniert einfach. Ich habe Lust, das Mädchen vor mir zu küssen, seine Zunge in meinem Mund zu haben. Aber außer dem Verlangen regt sich nichts in mir, und das ist gerade nicht genug. Ich:

▸ 270

– Ich fahre gleich nach Hause, tut mir leid, ich muss die Mütze wiederhaben.

Wie gut es tut, sich hin und wieder selbst zu überwinden. Ich mache mich los, stürze mich in die Menge. Jackie lässt aber nicht locker, bleibt mir im Schlepptau.

– Was habe ich falsch gemacht? Was ist los mit dir?

– Nichts, sage ich, manchmal ändern sich die Dinge einfach.

Kämpfe mich zwischen den Menschen hindurch, versuche, mir einen Weg auf die andere Seite des Platzes zu bahnen. Jackie klammert sich fester an meinen Arm.

– Geht es nicht auch anders zum Findling?, frage ich.

Wir stecken in dem dichten Treiben fest, kommen weder vor noch zurück. Die Luft riecht nach verschwitztem Rausch und aufgeweichtem Waldboden, nach Bier und Seeufer. Ein schweißwarmer Dampf hängt über den Köpfen.

– …

Jackie sagt etwas, aber ich verstehe kein Wort. Dem Lärm nach zu urteilen, erreicht die Veranstaltung gerade ihren Höhepunkt. Die Gitarre heult auf wie ein Rasenmäher, der angeworfen wird, dann ziehen die anderen Instrumente nach.

– Wir müssen zurück, sage ich.

Drehe um. Tanke mich ein paar Meter vor. Mein Müllsack-Poncho reißt. Um uns herum sind nur noch Derwische und Verlorene.

– Lass mich nicht allein, bitte!, kreischt Jackie hinter mir.

Und es klingt nach echter Not. Ich blicke zurück. Sehe Jackies ausgestreckten Arm hinter ein paar Köpfen, er wirkt auf mich wie das verzweifelte Signal eines Ertrinkenden auf hoher See, und ich verschaffe mir mit

Mühe etwas Raum, boxe mich zu ihr durch. Sie ist bleich wie eine Hostie. Ihre Augen wirken seltsam leer.

– Meine Kontaktlinsen, schluchzt Jackie.

Ich gebe ihr die Hand. Und im selben Augenblick wird es still.

– Was passiert denn jetzt?

Stromausfall. Das Publikum stöhnt auf, als wäre es ein einziger, riesiger Körper mit durchdringender Stimme. Aber dann zerfällt diese Stimme wieder in viele Einzelstimmen. Unruhe breitet sich aus.

Hinter uns drängen die Menschen nach vorn.

Jackie drückt ihre Arme in meinen Rücken, kann sich nicht mehr halten. Ich versuche, sie aufzuheben, falle selbst fast um. Die Leute schreien. Ich rede mir ein, dass es mir nur so vorkommt, als wäre Panik um uns herum ausgebrochen.

Aber etwas stimmt nicht.

Ich werde geschubst, und mein Kopf knallt gegen den meines Vordermannes. Mehrere Körper drücken sich auf mich. Meine Finger verlieren die von Jackie. Es ist gespenstisch still. Nur hinter meiner Stirn rauscht es.

Der Druck der Leiber, die gegen den eigenen Leib drängen.

Dann ein plötzlicher Wechsel in der Stoßrichtung des Publikums: Ich komme für einen Moment frei, sehe Jackie am Boden kauern. Hebe sie auf. Sie krallt sich an mir fest, und wir stolpern (an verängstigt dreinblickenden Gesichtern vorbei) zurück an den Rand der tobenden Masse, sind völlig erledigt.

Jackie stehen die Tränen in den Augen. Immer wieder schüttelt sie sich, als würde sie stark frösteln, und ihr Blick geht nach innen.

– Warum hast du nur dieses Zeug genommen? Ich hätte längst am Findling sein müssen, schimpfe ich.

(Der Schock über das Erlebte, der sich Bahn bricht.)

– Hätte, hätte, Damentoilette, lallt Jackie, …

(Lässt sich auf ihren Hintern fallen und stützt den Kopf in die Hände.)

– … ist doch eh alles egal, und jetzt kannst du ja zum Findling.

– Ja, sage ich.

Blicke auf Jackie, die in ihrem knallroten Regenmantel zu meinen Füßen sitzt (die Finger über die Wangen gesponnen), betrachte von oben ihre Perücke. Als mit einem Mal ihr Oberkörper zur Seite wegknickt, Jackie einfach umfällt.

Ihr Kopf knallt auf den aufgeweichten Boden.

– Verdammt, sage ich, Jackie?!

Knie mich neben sie, bette ihr Gesicht auf meine Oberschenkel.

– …

Jackie brabbelt leise vor sich hin. Das *Chief* hat sie umgehauen.

– Na, prima.

Ich blicke mich um. Beobachte etwa einen Steinwurf von uns entfernt eine Horde von Leuten, die an einem mobilen Klohäuschen ruckelt: Langsam kippt es nach vorne, fällt mit einem *Wumms* auf die Eingangstür und in den Matsch.

Lachend stürzen die Übeltäter davon in die Nacht.

(Ich kenne sie: Sie tragen rote Sombreros.)

– Yippie-Yah-Yeah, grölt einer von Ihnen.

Um das mit Toiletteninhalt übergossene Mädchen aus der Plastikkabine zu befreien, bedarf es der Hilfe vieler tatkräftiger Menschen.

Einer davon, sehe ich, ist Edda. Ein anderer, bilde ich mir ein, Zöllner. Aber die Gestalt steht im Halbdunkel. Das Licht einer Taschenlampe streift sie zwar kurz, lässt jedoch nur einen Teil des Gesichts sichtbar werden, bevor die Nacht es dann sofort wieder verschattet.

(Was jetzt?)

In meinen Gedärmen rotiert es wieder. Ich stoße auf.

Die Bohrmaschine fällt mir ein: Ich habe Eddas Bohrmaschine an Ponyhofs Zelt stehenlassen. Und halblaut sage ich zu mir:

– Du Glückspilz …

(Schnappe mir Jackie, hieve mir ihren Oberkörper über die Schulter.)

Warum habe ich das Köfferchen auch nicht einfach in Eddas falschem Käfer gelassen? Warum bin ich überhaupt ohne Edda vom Motel aus weiter?

■

|zurück: Freitag, noch 3 Tage Ferien
Die Lüftung rauscht wie ein Haartrockner. Das Duschen nach dem Schlaf in der Wanne hat Wunder bewirkt. Ich habe noch Eddas Geruch in der Nase, aber das Blut sickert wieder deutlich langsamer durch die Adern. Mir ist fast nach Pfeifen zumute, als ich zurück in meine Hosen Strümpfe Turnschuhe schlüpfe.

Alles wird gut, rede ich mir ein, alles wird gut.

Kann sein, dass diese Zuversicht etwas mit Eddas Nähe zu tun hat: Ich höre durch die Badezimmerwand hindurch, dass im Raum nebenan Bewegung ist.

Schrittgeräusche, die der tiefe Teppich abdämpft.

Ein Reißverschluss, der zugezogen wird.

Schließlich noch einmal Schritte, bevor eine Tür ins Schloss fällt.

Die Temperatur der mich einhüllenden Wasserdampf-schwaden sackt auf der Stelle um gefühlte 10° ab. Einen Moment lang wage ich nicht, mich zu rühren, als könnte ich so den Lauf der Dinge anhalten, Zeit gewinnen.

– Edda?!

Ich stürze aus dem Bad und finde ein verlassenes Zimmer vor.

Mein Blick schweift unruhig umher.

Die Jalousie vor dem Fenster ist heruntergelassen. Die Lamellen fangen das Tageslicht auf und werfen es steil nach unten: Staubpartikel tanzen darin herum.

Dann stelle ich erleichtert fest: Edda ist nicht abgereist. Ihre Tasche steht noch da. Ich schnappe sie mir, stelle sie aufs Bett, suche darin nach einem T-Shirt.

(Seit wie vielen Tagen trage ich meins schon? Seit Dienstag?)

Ich finde ein schlicht schwarzes. Es passt. Gerade als ich meinen Kopf durch den Kragen gezwängt habe, bemerke ich die Karte, die auf dem Tisch liegt.

Lese. Lese noch einmal.

– Und jetzt?, murmle ich leise vor mich hin.

Meine Hände greifen wie von selbst nach dem Schreibblock neben dem Telefon. Ich verfasse ebenfalls eine Notiz. Zehn Worte nur: *Bin ein Vollidiot, tut mir leid. Danke für die Fahrt.* Dann stecke ich Eddas Karte ein, bin aus dem Zimmer.

In der Lobby hängt ein Geruch, der mich an Vitamintabletten erinnert (scharf wie Putzmittel, süßlich wie Fruchtgummi). Es kribbelt in der Nase.

Ein Wasserspender blubbert.

Ich trete an den Empfangstresen. Der Portier sitzt dahinter auf einem Drehstuhl, blickt in einen kleinen Fernseher, trommelt Synkopen auf den Tresen.

– Sie wünschen?, sagt er (ohne den Blick vom Bildschirm zu wenden).

Es läuft ein Sonderbericht über die Auswirkungen des Unwetters letzte Nacht: entwurzelte Bäume, überschwemmte Straßen, Häuserdächer, die aussehen, als hätte ein Fabelwesen ein Stück aus ihnen herausgebissen.

Ich frage nach Edda.

Der Portier, ein sehniger Schlacks, erinnert mich an meinen Ex-Chef von der Baustelle (die hagere Erscheinung, Hohlwangen, spitze Kinnpartie). Er mustert mich, macht eine apathische Handbewegung:

– Da lang, schätze ich.

Ich trete aus der Tür. Ohne mein Mützenschild, wie

mir jetzt auffällt. Kneife die Augen zusammen, halte Ausschau nach Edda. Nichts zu sehen.

Mehr ratlos als zielstrebig laufe ich um den falschen Käfer herum, der noch an seinem Platz steht, umgeben von anderen Autos, fingere an den Türgriffen.

Abgeschlossen.

Ich gehe an den Kofferraum. Er ist offen (wie ich völlig perplex feststelle). Es liegt nur ein einziger Gegenstand darin: das Köfferchen mit der Bohrmaschine.

Ich weiß nicht genau, warum ich es mitnehme. Aber ich nehme es mit. Vielleicht als eine Art Pfand für die Mütze, die im Moment unerreichbar für mich unter dem Bett oben im Zimmer liegt.

Tief atme ich im Gehen die Luft ein. Habe innerlich bereits die Entscheidung gefällt, ohne Edda zum Festival zu gehen, als ich wie angewurzelt stehen bleibe.

Direkt neben dem Motel befindet sich ein Tiergehege (ein Mini-Zoo): ein umzäunter dreieckiger Grünstreifen am Fuße einer leicht abschüssigen Böschung.

Ich sehe Kinder dort unten zwischen Kaninchen Enten Meerschweinchen umhereiern (beobachtet von entspannt wirkenden Eltern).

Und ich sehe Edda.

Im Blümchenkleid, das ihr um die Beine weht. Sie hat Löwenzahnblätter in der Hand, bückt sich zu einem Kaninchen hinab, hält dem mümmelnden Tier das Grünzeug hin. Kleinmädchenglanz in den Augen.

So etwas wie Rührung ergreift mich. Und erneut diese Scham.

Wie habe ich das nur fertiggebracht?

Edda zu fragen, ob sie mich an die Grenze fährt, als würde ich sie fragen, ob sie ein Eis am Stiel mit mir essen möchte? Und wie bringt Edda es fertig, allem, was sie

tut, diese Selbstverständlichkeit und Würde einzu-
hauchen?

Ich schaue Edda an, wie sie das Kaninchen streichelt,
wie sie sich wieder aufrichtet in ihren Schnürhalbschu-
hen, wie sie zwischen den Kindern steht (eine Riesin unter lauter Zwergen), sehe auch ein Kind mit fuchsroten
Haaren neben Edda stehen (kann es kaum glauben) und
spüre diese kleine Sehnsucht nach Jackie.

Von der Autobahn steigt ein dumpfes, eintöniges Dröh-
nen auf, als Einziges sticht gelegentlich das Röhren eines
Motorrads aus der Geräuschkulisse hervor.

Wie eine der vielen Was-wäre-wenn-Fragen, die mir
durch den Kopf spuken.

Aber ich bleibe bei meiner getroffenen Entscheidung.
Gehe.

– Komm gut zurück, Edda, flüstere ich ihr unhörbar
zu.

(Als wäre es ein Satz aus einem Traum, mehr gedacht
als gesprochen.)

Bis weit nach Mittag bin ich unterwegs. Eine Weg-
beschreibung brauche ich nicht. Das Festival ist nicht
zu verfehlen. Ich orientiere mich an dem Stau, folge
Kilometer über Kilometer einer Landstraße, auf der sich
unzählige Autos Stoßstange an Stoßstange maximal im
Schritttempo voranbewegen.

Der Asphalt dampft.

Grelles Licht (ein Leichenschauhauslicht) spiegelt
sich in den Chromteilen der Fahrzeuge. Aus der Luft,
stelle ich mir vor, sieht die Kolonne sicherlich aus wie
ein vielgliedriges buntes Kriechtier mit blechgepanzer-
tem Rücken, das schwerfällig voranrobbt. Aus nächster
Nähe aber ergibt sich ein anderes Bild.

Eine seltsame Parade ist es, die man dort abschreitet.

Je näher ich der Grenze komme, umso grotesker wird das Verhalten der im Stau Gefangenen. Sie feiern. Sie grölen, grillen und genießen ganz offensichtlich die Vorfreude auf die kommenden Tage.

Es wird Ball gespielt. Mit Kegeln jongliert. Frisbees malen unsichtbare Parabeln in die Luft über den Autos. Aufgekratzte Hobbyfotografen steppen auf den Dächern herum, dokumentieren von oben das Geschehen.

Den dröhnenden Soundtrack liefern leiernde Tapedecks, stotternde CD-Player, Boomboxen und Ghettoblaster. Aufgedreht bis zum Anschlag.

– Wir feiern nicht, wir eskalieren, johlt es aus heiseren Kehlen.

– Von der Krise auf die Wiese!

– Stau, Radau, *Powwow*!

Es ist, als wenn die ganze Welt Fieber hätte. Die Temperaturen steigen.

Bikini-Mädchen sonnen sich auf Kühlerhauben (ein Geruch in ihrer nächsten Umgebung, als hätte sich die Atmosphäre selbst mit Sonnencreme eingecremt).

Jemand zaubert Eiswürfel für Longdrinks aus einer Kühlbox. Dosenbier wird palettenweise auf Autodächer gehievt, Fünf-Liter-Fässchen werden angestochen, mit Wein gefüllte Tetrapacks herumgereicht. Man isst saure Gurken, Ravioli in Tomatensoße, Doppelkekse mit Schokofüllung.

Ein Typ mit zum Zopf geflochtenem Kinnbart und Nickelbrille freut sich über ein Päckchen Gummibärchen, das auf der Hutablage gelegen und das die sengende Sonne in eine gleichförmige Masse verwandelt hat. Einmal beobachte ich eine Gruppe, die ein Pärchen anfeuert und filmt, das auf einem Rücksitz vögelt. Ich sehe die Handballen des Mädchens, die von innen gegen die

279 ▸

Scheibe pressen, den von ihren Füßen gerahmten und gesenkten Kopf des Jungen, der rhythmisch im Takt seiner Hüften vor und zurück stößt, vor und zurück.

Der Kameramann steigt ins Auto ein, damit er dichter dran ist am Akt.

Ich gehe weiter.

Hinter der nächsten Straßenbiegung versperrt eine Kuhherde die Fahrbahn, taub für alle Hupen. Selbst jetzt, beim Betrachten der samtigen Lider und der hinter dichten Wimpern halb verborgenen Blicke der Tiere, denke ich wieder an Edda, habe bildgenaue Erinnerungen an letzte Nacht im Kopf. Wie sie vor mir kniet, nackt, die Hände mit den grazilen Fingern auf meinen Knien.

(Was hat sie mit mir angestellt? Sollte ich umkehren?)

Eine Prügelei reißt mich aus den Gedanken. Offenbar ist die Sache Folge eines Unfalls, bei dem sich eine ganze Reihe von Autos ineinandergeschoben hat.

Erst wird geschubst. Dann ein Fußtritt gegen eine Tür. Eine tobende Blondine bespuckt einen Kotflügel. Eine Glasflasche saust an der Frontscheibe eines rostigen Bullis vorbei. Drohgebärden.

Schließlich fliegen zwischen einem Typen in Jeansweste und der Blondine Fäuste. Unbeholfene, unkoordinierte Schläge, die in einer Rangelei münden. Jemand geht dazwischen. Die Lage bleibt gespannt. Man muss die Kontrahenten festhalten, damit sie nicht gleich noch einmal aufeinander losgehen.

– Ich bring dich um, du Sau!, schreit die Blondine.

Ein paar Schafsweiden weiter dann die ersten Parkplätze. Ordner weisen die Autos ein. Verkehrshubschrauber kreisen über den Köpfen. Fernsehteams sammeln O-Töne. Alkoholdunst und Benzin beizen in der Nase.

Ich passiere ein Ortsschild, das letzte vor dem Festival.

Leere Flaschen und Dosen rollen umher, die Mülleimer quellen über. Auf dem Gehsteig: eingetrocknete Lachen von Erbrochenem. In den Eingangsbereichen der Läden Urinpfützen. An den Schaufensterscheiben wieder die mit Sahne oder Lippenstift geschriebenen Parolen des *Powwow*.

– Willst du zum Festival?

Will ich das? Ein bulliger Typ mit zerschlissener Hose, diversen Ketten aus Muscheln um den Hals und Siegelring am Finger hat mich angehalten.

– Weißt du auch, wie es zum *Powwow* geht?, frage ich.

– *Powwow*? Keine Ahnung.

Die Muscheln klimpern, wenn er sich bewegt. Er schüttelt den Kopf.

– …

– Ich habe ein Bändsel, sagt er, kannst es günstig haben.

Er nennt einen Preis, zeigt mir den Plastikstreifen, mit dem man Zugang zum Festival hat. Ich zucke mit den Schultern.

– Kein Geld. Ich suche bloß jemanden.

– Mann, das ist ein Hexenkessel. Null Chance. Was ist in dem Köfferchen?

– Ein Akku-Bohrer. Definitiv unverkäuflich.

– Bist du eine Art Psychopath oder so was? Was schleppst du hier einen Akku-Bohrer mit dir rum?

– Lange Geschichte.

– Gibt's eine Kurzversion?

– Ich bin der Sohn eines Mörders.

Seine Augenbrauen treffen sich an der Nasenwurzel. Er überlegt einen Moment, stiefelt schließlich wortlos davon. Nach ein paar Metern dreht er aber um, kommt zurück (wie ein Hund, an dessen Leine das Herrchen gezogen hat) und drückt mir das Bändsel in die Hand.

— Pass auf, ist sowieso der letzte Mist, dieses Festival, nimm es einfach so.

Dann ist er weg. Ich bemerke den kühlen Wind, der aufgekommen ist. Er pfeift zwischen den Häusern hindurch, dreht an einer zugigen Stelle aus Blattlaub und Müllschnipseln flüchtige Wirbel, weht eine Zeitungsseite über den Plattenweg.

Sie landet direkt vor meinen Füßen, wickelt sich mit dem nächsten Stoß um meine Knöchel. Es ist ein Titelblatt. Ich kenne die Ausgabe, es ist die von Mittwoch. Die Seite klappt um, bleibt aufgeschlagen liegen, ich kenne das Foto.

■

|vor: Samstag, noch 2 Tage Ferien

Leuchtend liegt der Morgen über der Wiese. Der Himmel ist noch, wo er immer war, und strahlt wieder blau (wie hochdruckgereinigt). Die Sonne taucht alles in ein helles grapefruitfarbenes Licht, und es ist fast windstill. Ich hocke im Gras, rupfe Halme. Betrachte die Reste von Klebeband an meiner Hose.

– Du hast so viel von mir, Junge, es tut mir leid, sagt Zöllner.

Eine flache, kaum modulierte Stimme. Ich höre, was er sagt, ich verstehe die Worte, kann sogar antworten, aber ich tue es wie automatisch.

– Ist doch Stuss, sage ich.

Zöllner krempelt die Hemdsärmel auf, kratzt sich die Unterarme. Er sitzt mit dem Rücken an den Baum gelehnt, von dem er mich befreit hat. Beine angewinkelt, Kopf zur Seite geneigt, sein Gesicht liegt im Schatten.

– Bei jedem deiner Kämpfe habe ich das gedacht, auch gestern, als du gegen diese beiden Sombrero-Typen geboxt hast, du gehst bis an die Grenze, immer …

(Dieses Ein-Mundwinkel-Lächeln.)

– … vielleicht verstehst du mich irgendwann, sagt er.

Ich fühle intuitiv, dass das der richtige Moment sein muss, um ihn an die Angel zu nehmen. Würde gerne sagen: *Findest du das fair? Du fährst dein Leben gegen die Wand und willst, dass ich dich verstehe?* Aber ich bringe keins der Worte heraus.

– Du hast mich allein in der Wohnung gelassen, sage ich.

(Froh über jede Silbe, die mir über die Lippen kommt.)

– Du hast recht, sagt er, ich habe alles falsch gemacht.

Sein gelassenes Gesicht, das plötzlich in sich zusammenfällt.

– Und warum?

Jetzt suche ich Blickkontakt. Doch Zöllner schaut an mir vorbei, als halte er Ausschau nach jemandem, der ihm das richtige Stichwort geben könnte.

Aber es ist niemand da außer uns.

Ponyhof hat sich schon vor einer ganzen Weile aufgemacht. Zum Parkplatz. Nach Edda und Jackie schauen.

– Ich muss darüber erst noch nachdenken, sagt Zöllner.

Das kaufe ich ihm ab. Man kann das Ganze sicher nicht im Hauruckverfahren bewältigen. Trotzdem bleibt Zöllner mir etwas schuldig.

– Ja, sage ich, vielleicht wirst du mir die Sache eines Tages erklären können.

Er reibt sich die Augen, die ganz offensichtlich brennen müssen. Sie sind traurig und leicht blutunterlaufen von Übernächtigung. Zöllner:

– Ich schätze, manche Menschen haben einfach mehr Pech als andere.

Er verscheucht mit der Hand einen umherschwirrenden Käfer, entdeckt dabei neben sich am Boden das, was von meiner Mütze übrig ist. Er betrachtet es lange, berührt es mit den Fingern, als wäre meine Mütze etwas Lebendiges gewesen, was bei einer Berührung womöglich noch zucken könnte.

– Kann sein, sage ich, …

(Strubble mir unwillkürlich durchs Haar.)

– … aber manche Begründungen haben einfach auch mehr Inhalt als andere.

– Du hasst mich, sagt er.

– Nein, sage ich.

– Du hättest allen Grund dazu.

Ich zucke mit den Schultern. Mehr nicht.

– Was willst du mir sagen?

– Ich habe die letzten drei Tage viel nachgedacht, Junge. Über uns. Du kannst dir nicht vorstellen, dass es mich *nicht* gibt, oder? Das ist das Dilemma. Ich bin und bleibe dein Vater. Es tut mir leid.

Schon wieder diese Phrase.

– Warum tut es dir leid? Was genau?

Zöllner ist aufgestanden, er hat meine verkohlte Mütze in der Hand. Er kommt auf mich zu. Ich sehe mit einem Auge hin und mit dem anderen weg. Fühle mich auf einmal sehr schutzlos.

Aufgeweichte Turnschuhe. Schmutzverkrustete Hosenbeine. Mein bloßer Oberkörper, den einige Blutergüsse zieren. Zöllner legt die Hand auf meine Schulter. Reicht mir die Überreste der Mütze. Eine unwirkliche Szene. Mir kommt sie vor wie eine Theaterprobe. Aber es ist, als wüsste Zöllner genau, was zu tun ist, als hätte er auf diese Gelegenheit nur gewartet.

– Der Tag, an dem du mich das erste Mal beim Basketball eins gegen eins geschlagen hast, auf dem Sportplatz hinter dem Einkaufszentrum, erinnerst du dich?

Es ist die Geschichte von dem Tag, als er mir die Mütze geschenkt hat, und er bringt mich damit fast aus dem Konzept, aber ich bleibe beim Thema.

– Warum tut es dir leid?

Zöllner hockt sich neben mich ins Gras. Seine spürbare Nähe: Sie macht mir zu schaffen, auch wenn von seinem so typischen Mundwassergeruch kaum etwas zu riechen ist. Immerhin tätschelt er mir nicht den Kopf.

– Du hattest gerade mit dem Boxen angefangen, sagt er, und es hat sich so viel wiederholt von dem, was ich von mir selbst erinnere. Mich hat es vor Glück und Schmerz beinah aus den Socken gehauen. Kinder, das ist die Lust, sich selbst zu erkennen, das habe ich damals kapiert.

Da ist es wieder: das Gefühl, dass einen ein Geständnis wider Willen zum Komplizen macht. Von seiner Zuneigung zu hören erscheint mir nicht direkt obszön, aber es geht in diese Richtung. Und ich merke, dass ich in die Starre zurückfalle, die ich aus Zöllners Wohnung kenne.

– …

Zöllner flüstert fast:

– Du weißt, ich war kein schlechter Schwimmer, aber nicht gut genug, und ich habe mich oft gefragt, was ist Talent? Last, Fluch, Unsinn, völliger Unsinn? Aber du hast mich wieder darauf gebracht: Es existiert, es ist ein Geschenk, eine Chance.

Noch einmal drückt Zöllner fest meine Schulter. Dann lässt er mich los, kramt ungelenk etwas aus der Hosentasche. Befördert ein schlankes Bündel Geldscheine ans Tageslicht.

– Nimm, sagt er.

Zöllners Unterarme: übersät mit Insektenstichen.

– …

Mit einer Handgeste lehne ich das vor meinem Gesicht wippende Bündel ab. Ohne Worte. Ich habe einen Kloß im Hals. Zöllner:

– Ich bin wahrlich nicht stolz auf das, was passiert ist, und auch wenn es eine Floskel ist: Ich wünschte, ich könnte es rückgängig machen. Vor allem den Morgen, als ich dich allein zurückgelassen habe.

Ich warte darauf, dass die Welt um mich herum verschwimmt. Aber es passiert nicht. Ich bleibe gefasst.

– …

– Entschuldige bitte, sagt er.

Ein allerletzter Schulterdrücker. Auch ihn ertrage ich, reglos, mein Kinn auf dem Knie abgestützt. Ein Geldscheinbündel neben mir im Gras.

Und genauso sitze ich auch noch gefühlte Ewigkeiten später da. Unter der Haut ein Wüten wie von winzigen Elektrostößen. Dazu leises Rauschen im Ohr.

Zöllner hat sich längst auf und davon gemacht.

Es ist ganz und gar windstill: eine kurze Atempause der Natur. Nur ein paar Tiergeräusche sind zu vernehmen. Vögel Grillen Mücken, sonst nichts. Der reinste Garten Eden. Einen Moment lang bin ich der einzige Mensch auf diesem Planeten.

Bis Ponyhof zurückkommt. Mit Jackie.

– Alles in Ordnung? Wo ist er hin?

Ich hebe die Schultern. Ich habe Zöllner nicht gefragt, was er vorhat. Es hat mich komischerweise nicht die Bohne interessiert, stelle ich fest.

– Weg, sage ich, wo ist Edda?

Aber da sehe ich sie schon. Sie ist auf der anderen Seite der Lichtung stehen geblieben. Ich greife das Bündel Geldscheine, erhebe mich. Jackie:

– Edda ist wirklich sehr nett ….

(Ein Lächeln, gletscherweiß. Und genauso kalt.)

– … sie weiß, dass wir wieder zusammen sind, dass du bei mir im Zelt warst.

Ich bin schon schlechter für dumm verkauft worden. Es verschlägt mir dennoch für den Augenblick die Sprache. Ich schaue zu Ponyhof.

– …?

Er hebt die Hände, als wäre ein Colt auf ihn gerichtet, und man sieht, er wäre jetzt gerne an einer anderen Stelle im Universum. Jackie:

– Was hast du? Du warst doch bei mir im Zelt.

Sie wirft die fuchsroten Haare über die Schulter. Ich:

– Meine Jacke, bitte.

Die gekränkte Eitelkeit, die ihr ins Gesicht geschrieben steht. Ihre Augen taxieren mich wie etwas, das aus einem Nasenloch stammt.

– Frierst du?, fragt sie spitz, hier.

Sie streift meine Trainingsjacke von den Schultern. Darunter trägt sie Eddas T-Shirt. Das T-Shirt, das sie (Jackie) mir im Zelt vom Leib gerissen hat.

– Danke, bringe ich hervor.

Und bevor Jackie mir das Kleidungsstück dann aushändigt, hält sie ihr Gesicht noch kurz an den Stoff (ein Déjà-vu). Und das ist der Moment, in dem ich sehe, dass Edda auf der Hacke umkehrt. Mit einem Ausdruck im Gesicht, als habe sie gerade den Tod gesehen. Edda verschwindet hinter den Bäumen.

– Lass sie, sagt Jackie.

Ich lasse Edda nicht. Bücke mich aber schnell noch nach dem Mützenrest und schnappe mir die Trainingsjacke.

– Kommt gut nach Hause!, ruft Ponyhof mir hinterher. Da bin ich schon auf der anderen Seite der Lichtung im Unterholz.

Da peitschen schon Zweige mein Gesicht.

II

Drei Dinge, die ich nicht
über Mauser weiß

- Wie ähnlich er Zöllner wirklich gewesen ist.
- Wie ähnlich er Zöllner wirklich gewesen ist.
- Wie ähnlich er Zöllner wirklich gewesen ist.

◀◀

|zurück: Freitagnacht, noch 3 Tage Ferien
Die Sombreros sind ebenfalls wieder da, haben ihr Feuer
noch einmal ordentlich in Gang gebracht: Flackernde
Flammen stoßen hoch in den hungrigen Rachen der
Nacht; windverwehte Funken verglimmen weit oben im
Blauschwarz über den roten Strohhüten. Ich sitze in der
Hocke, sehe verstohlen zu der Gang hinüber.

Es sieht so aus, als würden sie einen aufgespießten
Hasen an einem Stock grillen. Es kann aber auch Brot
sein. Oder etwas anderes.

Hinter mir schlappt die Haut der Zelttüren um das
Gestänge. Ponyhof kommt aus dem Iglu gekrochen. Er
wirkt zuversichtlich.

– Kleiner *Chief*-Flash, sagt er, eine Runde Schlaf, und
alles ist wieder okay.

Ich erhebe mich, meine, Jackies Gewicht noch immer auf den Schultern zu spüren: Hügelan habe ich
sie geschleppt, den ganzen huckligen Weg vom See
hierher. Habe Ponyhof erzählt, was vorgefallen ist, die
ganze Geschichte, und auch dass ich mich vor Edda
und Zöllner davongestohlen habe, als seien sie Gespens-
ter.

– Beeil dich, sagt Ponyhof, du triffst diese Edda bestimmt noch am Parkplatz.

Er reicht mir das Köfferchen. Ich kann erkennen, dass
etwas auf die eine Seite gekritzelt wurde. Es handelt sich
unzweifelhaft um einen stilisierten Penis. Ich:

– Die Sombreros, nehme ich an.

Lautes Gelächter brandet sofort unter ihnen auf, als

sie sehen, dass ich das Kunstwerk entdeckt habe. Ponyhof nickt, wirkt untröstlich.

– Ich war zu feige, sie daran zu hindern, sagt er.

– Das war sicher besser, beruhige ich ihn.

Ponyhof drückt mich fest. Ein Sombrero, der sich
hinter uns angeschlichen hat, produziert mit gespitzten
Lippen schmatzende Kussgeräusche dazu.

– Geh am besten ins Zelt, flüstere ich Ponyhof zu, ich
hau jetzt ab.

Flink wie ein Erdhörnchen verschwindet er im Eingang neben Jackies Iglu. Ich höre, wie sich hinter ihm
der Reißverschluss schließt, wende mich zum Gehen.

Der Sombrero, der eben noch die Knutschtöne fabri-
ziert hat, stellt sich mir in den Weg. Wortlos. Es folgt eine
pantomimische Darbietung: Ich mache einen Schritt
nach rechts und er ebenso. Ich mache einen Schritt nach
links, und er folgt wie ein Spiegelbild. Dabei hört er
nicht auf zu lächeln.

– Gib mir das Köfferchen und du kannst gehen, sagt
er.

– …

Ich schlängle mich stumm an ihm vorbei, beschleunige meinen Schritt und bekomme ein Bein gestellt. Ich
strauchle, stolpere über eine Zeltleine, schlage lang hin,
verheddere mich in langen Schnüren.

– Warum nicht gleich so?

Ich habe beim Sturz das Köfferchen aus der Hand verloren, und beim Aufprall auf den Boden ist es offensichtlich aufgesprungen. Einer der Sombreros, ein kräftiger
Kerl mit sichtbaren Unterarmvenen, richtet den Akku-
Bohrer wie eine Waffe auf mich.

– Gib den sofort zurück, sage ich.

Schlage ihm den Sombrero vom Kopf, als er das Gerät

kurz aufheulen lässt. Seine Haare: ein wild gegen den Strich gebürsteter Flokati der Farbe *Weizenbier*.

– Willst du Organspender werden?, raunzt Flokati mich an.

Bleibt aber auf Distanz. Ich habe es geschafft, zurück auf die Füße zu kommen. Ein dicklicher, kinnloser Typ steht jetzt breitbeinig und mit vor der Brust verschränkten Armen hinter Flokati.

– Ich will die Bohrmaschine zurück, dann bin ich eine Wolke, sage ich.

– Peng! Peng!

Das ist die Antwortet von Flokati. Er macht mit der Bohrmaschine ein paar Faxen, als wäre er ein Pistolero, der den Colt um den Abzugsbügel kreisen lässt, und erneut heult das Gerät auf.

– So einfach ist das alles nicht, sagt Ohne-Kinn.

Ich kann es nicht leiden, wenn ich bedroht werde, da bin ich allergisch. Ich entwende ihm mit einem überraschenden Sprung nach vorne das Werkzeug. Aber er packt mich am Arm. Die Situation wird brenzlig.

– Der Typ ist Boxer, der macht euch alle!

Ein Zwischenruf von der Seite. Ponyhof. Mit der Federboa über den nackten Schultern und dem gezackten Hals einer zerbrochenen Weinflasche in der Hand ist er zurück aus dem Zelt. Flokati:

– Na, warum klären wir das Ganze dann nicht einfach ganz sportlich?

– In Ordnung, sage ich, einverstanden, zwei von euch gegen mich, und wenn beide einmal am Boden waren, bekomme ich die Bohrmaschine zurück …

(Ein Kurzschluss im Kopf.)

– … keine Waffen, keine Tritte, gekämpft wird nur mit den Händen.

Die Sombreros sind skeptisch. Aber als ich auch noch anbiete, mir zusätzlich den linken Arm mit Tape auf den Rücken binden zu lassen, stimmen sie zu.

– Bist du sicher, dass das eine gute Idee ist?

Sorgenfalten, tief wie Grabsteinmeißelungen furchen Ponyhofs Stirn.

– Guck besser nicht hin, sage ich, Zitat: *Leistungssport ist brutal und abstoßend*, Zitat Ende.

Bücke mich an unserer Feuerstelle, verziere die Wangen mit je zwei Strichen aus feuchter Asche. Das Anbringen der Kriegsbemalung: ein Ritual, das in Fleisch und Blut übergegangen ist.

Dann beginnt es.

Als Ring dient der Platz vor den Zelten, ein Oval mit den zwei Feuerstellen als Hindernissen. Ohne-Kinn, den sie Wiltrud nennen, und Blondie mit der Flokati-Frisur, der tatsächlich Flo gerufen wird, haben ihre roten Strohhüte zur Seite gepackt.

– Dekoriert dem Boxer die Visage um!, brüllt wer.

Ich wische mir die Nase an der Schulter ab, harre abwartend auf der Fläche zwischen den Feuerstellen aus. Ich bin bereit, stehe ganz ruhig da: Es gibt keine Empfindungen mehr, es gibt einfach etwas zu erledigen.

– Nicht so schüchtern!

Noch ein Zwischenrufer. Meine beiden Gegner marschieren Seite an Seite auf mich zu, die Köpfe tief zwischen die Schultern gezogen, die Fäuste vor der Brust. Ich komme ihnen einen Schritt entgegen, meine Rechte schießt vor, erwischt Wiltrud am Auge. Ich tänzle auf der Stelle, und als feststeht, dass der direkte Konter ausbleibt, verpasse ich auch schon Flokati eine, noch bevor Wiltrud sich geschüttelt hat.

Aber sie rücken nach. Fuchteln mit ihren Händen vor

meinem Gesicht herum. Die meisten Schläge: nutzlose
Paddelbewegungen, die ich mühelos pariere.

– Du schlägst ja gar nicht richtig zu, Boxer, höhnt
Wiltrud.

Ich verpasse ihm als Antwort einen heftigen Schlag
in den Wanst, ducke mich unter einem Schwinger von
Flokati weg und serviere in der Rückwärtsbewegung
eine pfeilschnelle Gerade an Wiltruds nicht vorhande-
nes Kinn: Er pirouettiert herum, schlingert zur Seite.
Fällt schließlich hintenüber.

– Nummer eins, sage ich.

Aufregung und Raunen am Rand des Ovals, wo sich
die restlichen Sombreros mit Fackeln in der Hand pos-
tiert haben. Ich nehme wahr, dass inzwischen auch
Köpfe von unbeteiligten Neugierigen hinter den Zelten
in der Dunkelheit aufgetaucht sind. Sie bekommen einiges geboten: Flokati bestürmt mich mit wuterfülltem
Gebrüll und im Stile eines Rugby-Spielers. Reißt mich
mit sich zu Boden.

(Jubel von der Seite.)

– Jetzt ist Schluss mit Wattepusten, blökt Flokati.

Er kniet auf mir, holt aus, legt sein ganzes Gewicht in
den Schlag.

Ich bekomme meine freie Hand zu spät hoch, kann
den Treffer nur noch abmildern. Die Faust kracht gegen
meine Stirn. Die ersten Schmerzwellen breiten sich sofort aus, laufen über das Gesicht und scheinen tief in
die Schädelknochen einzusickern. Ich sauge scharf Luft
ein.

– …

– Verdammt!

Flokati schüttelt seine Hand wie jemand, der sich an
einer heißen Herdplatte verbrannt hat. Beim Schlag ge-

gen meine Stirn hat er sich offenbar die Fingerknöchel lädiert. Ich kann mich freizappeln, gebe ihm im Aufstehen gleich noch einen mit: Seine Augenbraue platzt auf, ein dunkles Rinnsaal läuft ihm ins Auge. Er bleibt jedoch in der Vertikalen.

– Ich bin noch nicht am Boden, Boxer!

Ich habe aber keine Zeit, mich weiter um ihn zu kümmern. Wiltrud kommt mit windmühlenartig rudernden Armen und völlig offener Deckung auf mich zu. Er läuft praktisch in meinen Schlag hinein.

Ein Treffer, begleitet von einem Geräusch, als wenn Erde auf eine Urne fällt.

Es folgt ein dünner Schrei. Wiltrud presst sich die Hand an den getroffenen Mund. Blut quillt zwischen den Fingern hindurch. Der Sombrero verdreht das Gesicht.

Gut möglich, dass ihm ein paar Zähne fehlen.

(Wo steckt Flokati?)

– Achtung, Grünhorn!, höre ich Ponyhof rufen.

Dann ein Knacken hinter mir. Ich fahre herum, kehre Wiltrud den Rücken zu. Sie haben mich in der Zange. Und spätestens beim nächsten Angriff weiß ich, dass sich aus einem sportlichen Wettstreit, wenn es denn je einer gewesen ist, etwas ganz anderes entwickelt hat: Flokati erwischt mich mit einem Gegenstand an der Hüfte.

Ein Ast? Ich versuche erfolglos, meinen festgezurrten Arm zu befreien.

– Pfui!, schreit jemand von außerhalb des Ovals.

– Haut ihn um, hält einer der Sombreros dagegen.

Flokati schwingt keinen Ast, es ist das Bohrmaschinenköfferchen. Er:

– Jetzt zeig mal, was du draufhast!

Meine Rechte kommt. Sie ist etwas hoch angesetzt, explodiert aber an seinem Wangenknochen mit der Humorlosigkeit eines Tomahawk-Streichs. Ich feuere gleich eine weitere Rechte hinterher: Sie katapultiert seinen Kopf zurück.

Flokati taumelt in Schräglage, beweist aber einmal mehr Stehvermögen, auch wenn er das Köfferchen aus der Hand verliert. Wiltrud ist schneller da als ich.

– Noch gehört es uns, sagt er.

– Und das bleibt auch so, sekundiert Flokati.

Spuckt eine Ladung Blut, geht über zu einer Attacke. Ich kann ihn nicht auf Distanz halten, teile dafür im Clinch eine Salve Haken aus. Meine fest geballte Faust drischt wieder und wieder gegen die Rippen, während er ächzt und klammert und es mit einem Kopfstoß versucht. Flokatis Schädel rammt von unten mein Kinn.

– Bravo!, ruft einer der Fackel-Sombreros.

Ich schiebe Flokati samt dem Geruch nach Schweiß, Aschenbecher und Alkohol, den er ausströmt, von mir weg. Aber er bekommt im Rückwärtsgang meine Faust zu packen, reißt sie ans Gesicht, beißt zu. Es ist das Letzte, was er tut, bevor ich ihn mit dem Ellbogen ausknocke. Er kippt um.

– Nummer zwei, sage ich, Schluss!

Das ist der Moment, auf den Wiltrud nur gewartet hat.

Ich sehe ihn nicht, aber ich spüre, dass er sich von hinten nähert. Ich will noch herumfahren, aber es ist zu spät. Wiltrud katapultiert das Köfferchen gegen meinen Hinterkopf. Ich merke, wie die Knie weich werden, rette mich vorübergehend mit einem wackligen Ausfallschritt.

– Nein, jetzt ist erst Schluss, sagt Wiltrud.

Faltet beide Fäuste wie zum Gebet ineinander, holt weit aus (im Stile eines Tennisspielers, der eine beidhändige Rückhand übers Netz dreschen will).

Ich kann nichts mehr tun: Die Doppelfaust kommt näher wie ein Schnellzug auf sehr gerader Strecke und erwischt mich.

Ein kupferner Geschmack im Mund.

Ein Gemenge im Kopf von Situationen Bildern Wörtern Erinnerungsfetzen.

Ich sehe Licht, aber es ist nicht das Licht der Fackeln. Alles wird hell für einen Moment; und dann erst schwarz. Ich falle hin wie ein Sack Blumenerde.

■

|vor: Samstag, noch 2 Tage Ferien

Die Heckscheibe des davonpreschenden Fahrzeugs blitzt in der Sonne. Ich wische mir über die Augen, schlucke den Staub, den der falsche Käfer aufgewirbelt hat. Schmecke die Abgase bitter auf der Zunge. Ein unter der Brust ausuferndes Leeregefühl: Edda ist weg.

Weg!

Ich bin ihr von der Lichtung bis zum Parkplatz beim Camp gefolgt. Habe sie noch eingeholt, aber nicht mehr aufhalten können. Jetzt blicke ich dem Wagen nach, knete die Überreste meiner Mütze in der Hand, fühle mich wie tot. Und dann das: Ich sehe ein Augenpaar im wilden Gestrüpp neben der Straße, etwa auf Kniehöhe.

– Häuptling …?

Hockt da wirklich der Indianer? Hat er die Hand erhoben?

(Was soll das? Winkt er? Ist das ein *Chief*-Flashback?)

Ich mache einen Schritt auf das Augenpaar zu; von der Gestalt selbst sind nur Schemen zu erkennen, aber kein Zweifel: Sie weicht vor mir zurück.

Das Spielchen wiederholt sich, während ich nebenbei weiter dem kleiner und kleiner werdenden Wagen mit Edda an Bord beim Verschwinden zusehe.

Ich stutze, als der falsche Käfer (inzwischen ein winziger Punkt) am Ende meines Blickfeldes kurz stoppt. Das Aufflammen der Bremslichter.

Nein, Edda kehrt nicht um. Aber sie bleibt auch nicht auf der Straße, die zum Festival und zurück zur Autobahn führt.

– Was hast du vor, Edda?, frage ich mich selbst halblaut.

Edda biegt an der Gabelung ab Richtung See. Etwas in mir macht *klick*.

Es ist, als würde ich schlagartig verstehen, dass die Gestalt (ich bin mir jetzt fast hundertprozentig sicher, es ist der Indianer) mir etwas signalisieren will. Und versuchsweise trabe ich auf das Gestrüpp zu.

Tatsächlich: Das Augenpaar verschwindet.

Ich springe hinterher. Jage durch das Unterholz. Höre die Zugluft im Ohr. Den eigenen Atem. Höre die Tritte, das plötzliche Knistern, wenn Laub am Boden liegt, nach dem gedämpften Geräusch auf einer dicken Schicht Kiefernnadeln.

Die vorbeifliegenden verschwommenen Bäume Äste Gewächse.

Zweige verschrammen die Arme, schlagen in mein Gesicht.

Gift dringt aus meinen Poren. Ich spüre förmlich, wie ich das *Chief* Atom für Atom ausschwitze (die ganzen letzten Stunden und Tage).

Sehnen und Muskeln kreischen. Die Erschöpfung. Die Schmerzen. Ich gehe dagegen an. Winzige Ringe steigen vor meinen Augen auf. Ich mobilisiere letzte Reserven, erhöhe die Geschwindigkeit, kriege den Indianer dennoch nicht zu fassen.

Im eleganten Slalom huscht er vor mir durch den Baumparcours, verdeckt dabei immer wieder von dicken Stämmen und buschigen Sträuchern, und dann scheint ihn der Erdboden jäh geschluckt zu haben.

Weit und breit keine Spur mehr von ihm. Wie besinnungslos drehe ich mich im Kreis. Unter der Haut glühende Hitze; während mich im schattigen Wald zugleich dieselbe Kühle umweht wie in einem Parkhaus.

Ein eisiger Hauch kriecht durch meine Poren in mich hinein, tief ins Fleisch.

Die Bäume singen ihr Lied dazu: Ihre Spitzen weit oben, dicht an den Wolken.

Ich kann den Himmel nicht erkennen.

Hinter mir ein Laut. Da: Zwei Vögel schrecken auf.

Ein Stück weiter ein Farngewächs, dessen Wedelblätter in Bewegung geraten. Ich meine, das Augenpaar wieder auszumachen, die Gestalt. Ebenso rasch, wie sie aus dem Schatten der Bäume gekommen ist, verschwindet sie auch wieder darin.

Ich stürze ihr nach.

Gebückt scheint sie sich fortzubewegen, unheimlich behände dabei; die dichte Vegetation macht es mir schwer, Anschluss zu halten. Und als sich das ändert, geht alles rasend schnell, binnen weniger Wimpernschläge.

Spät erst nehme ich den sich nähernden Autolärm wahr.

Wir hetzen auf eine Schneise zu, die den Wald durchzieht. Eine Schotterpiste. Eddas falscher Käfer schießt um die Kurve. Rauscht in voller Fahrt heran.

Der Indianer (oder das, was ich für ihn halte) bricht ein gutes Stück vor mir mit weitem Satz durch das Strauchwerk.

Der Wagen bremst: Die aufgewühlten Steine unter den blockierenden Reifen. Das Knirschen. Fast ein Brodeln.

In derselben Sekunde die Kollision der Körper.

Ein heftiger Schlag gegen die Karosserie. Der Wagen kommt kurz darauf zum Stehen. Der Motor säuft ab.

Ich sehe nichts (Astgewirr versperrt mir den Blick). Habe nur diesen Klang im Kopf: die lärmende Stille, die ein Geräusch hinterlässt, wenn es abrupt aufhört. Wie im Kino, wenn urplötzlich der Ton versagt. Eine Auslöschung. Mit der ganzen Brutalität des Unsichtbaren.

(Edda! Ein Unfall!)

Meine Beine verwandeln sich in etwas Weingummiartiges, mit dem es nur mühsam und zu langsam vorwärtsgeht, den wurzeldurchzogenen Hang hoch. Ich taumle mehr auf die Schotterpiste, als das ich laufe.

Die Luft schmeckt erdig.

Der See sendet von weit, weit weg ein Funkeln aus.

Ich reiße am Türgriff.

Mein Herz springt Trampolin. Angst, Sorge, Verzweiflung: Ein ganzer Cocktail aus paniknahen Gefühlen durchtränkt mich wie Wasser den Zucker.

– Edda …

(Ich gaffe ins Wageninnere. Eddas Stirn ruht auf dem Lenkrad. Die Hände liegen im Schoß, ganz friedlich.)

– … alles in Ordnung?, frage ich.

– …?!

Mit Verzögerung fährt sie hoch. Erfasst offenbar erst jetzt (dafür mit umso größerer Verwirrung) meine Gegenwart. Sie schließt die Augen, als hätte sie gerade ein Gespenst gesehen.

– Alles in Ordnung?, frage ich noch einmal.

– Nein, gar nicht, ich glaube, ich habe ein Tier getötet.

Flüsternd. Ich greife über sie hinweg, öffne den Sicherheitsgurt, bewege sie dazu, aus dem Wagen zu steigen.

– Puh, du hast echt Glück gehabt, wie es aussieht, sage ich.

– Mir ist nichts passiert.

Sie lächelt schwach, bewegt Arme und Beine, fast wie ein Hampelmann.

– Ist gut, sage ich.

Sie schlägt die Hände vors Gesicht.

– Ist es tot?

– Es?

– Ich habe mit dem Wagen ein Wildschwein gerammt.

– Ein Wildschwein?

Ein Wildschwein. Sie hat sich nicht getäuscht. Es liegt ein Stück vom Wagen entfernt im Gras neben der Schotterpiste. Ein durchdringender Geruch nach einem Gewürz dünstet aus den dichtstehenden Borsten hervor. Ein Hauch von Curry, unterlegt mit einer penetranten Note, die entfernt an Wurstwasser oder Urin erinnert.

Ich atme durch den Mund. Betrachte abwechselnd das Tier und Edda, die vor dem auf der Seite liegenden Wildschweinkadaver kniet.

Winzige Fliegen umschwirren die Augen des Tiers.

– Ich habe es umgebracht, sagt Edda.

Ihr Gesicht wirkt fahl im Schlagschatten der Bäume, und sie schmuggelt, als sie sich zu mir umwendet, eine vieldeutige Emotion durch ihre starre Maske aus Schockblässe: halb Entsetzen, halb Trauer. Etwas Flehendes liegt auch darin.

– Unter Garantie hast du keine andere Chance gehabt, sage ich.

– Ich war wütend, ich bin viel zu schnell gefahren.

Ich reibe mir mit dem Handrücken die Nase.

– Du warst wütend? Warum, um Himmels willen?

Ich klinge eine Spur zu patzig, kann aber nicht anders. Ein böser Blick aus weit geöffneten Augen grellt mir entgegen, bevor die Antwort kommt.

– Eine Nacht mit *deiner* rothaarigen Freundin, die *mein* T-Shirt trägt und *deine* Trainingsjacke und wilde Geschichten erzählt, in *meinem* Auto. Deinetwegen bin ich hier! Deinetwegen bin ich wütend. Und jetzt ist dieses Tier tot.

Edda ist aufgestanden. Sie hat das Kinn angehoben, höher als gewöhnlich, und der Wind schmiegt das knielange Kleid an ihren Körper.

– Ich habe es nicht zur Strecke gebracht, sage ich.

Eine Bemerkung, für die ich mich augenblicklich schäme. Aber es gibt kein Zurück mehr. Anschuldigungen. Erklärungsversuche. Edda und ich brüllen uns regelrecht an gegenseitig. Fliegende Spuckepartikel glitzern im Gegenlicht.

– Tatsächlich habe ich am Anfang gedacht, es geht um deinen Vater, aber darum geht es dir gar nicht!, sagt sie.

– Sondern?

– Ums Vögeln? Was weiß denn ich!

(Was wirft sie mir hier an den Kopf?)

– Sag das nochmal!

– Ums Vögeln!, wiederholt Edda.

Ihre Augenbrauen schnellen provozierend nach oben. Prompt ist die Grenze überschritten, rutscht mir die Hand aus, noch ehe ich selbst weiß, was passiert.

Ein beherzter Schlag.

(Aber hat Edda ihn nicht förmlich erbettelt?)

Sie richtet sich die Brille.

– Jetzt sind wir quitt, sage ich.

Bin schon um zehn Zentimeter größer. Edda hat Gänsehaut, sie stiert an mir vorbei ins Nirgendwo. Nase hoch, Hände aber verlegen an den Seiten.

– Ja, sagt sie, ja, du hast recht.

Und während Edda dann stumm neben dem Tier verharrt, wende ich mich ab, inspiziere den Wagen. Vom Unwetter sieht die Karosserie aus, als hätte jemand mit einem Maschinengewehr ein Magazin Gummigeschosse drauf abgefeuert. Durch den Unfall ist außerdem die Frontschürze auf einer Seite gesplittert, ein Plastikteil darunter ebenfalls beschädigt, der Scheinwerfer hinüber. Haare, drahtig wie Schamhaar, kleben am Kühler, etwas Blut. Ich setze mich davor, schnüre meine Turnschuhe auf. Von hinten tritt Edda an mich heran.

– Gut, dass du Schnürhalbschuhe trägst, sage ich.

Sie hockt sich neben mich. In ihrer Brille fängt sich das Licht. Dahinter ein befremdeter Blick. Aber dann versteht sie, und mit unseren verknoteten Senkeln zurre ich die Stoßstange fest.

– Ich möchte, dass wir das Tier bestatten, sagt sie, aber nicht hier.

Ein wahrer Kraftakt, das Wildschwein überhaupt zu bewegen. Erst im dritten Anlauf finden wir die richtigen Hebel. Die Beine hängen schlaff nach unten, und aus einer Wunde tropft es, als wir es hochwuchten. (Wieder der würzige Fäkalgeruch. Er müffelt stoßweise aus den Luftkammern der Unterwolle.)

– Verleih nie wieder ein T-Shirt von mir, ja?

Edda wischt sich mit dem Handrücken über den Mund, nachdem wir den Kadaver in den Kofferraum gehievt haben. Hinter ihr geht in dem Moment ein Blätterregen nieder: Im Blickfeld diagonal zum Boden, zum Himmel.

Sie hat sich auf dem falschen Käfer abgestützt. Ich schiele in ihren Ausschnitt. Hauchblaue Adern. Wie sich die Wölbungen ihrer Brüste heben und senken beim Atmen. Ich schaue auf. Der Schweiß auf ihrer Oberlippe, die Narbe: Sie glänzen.

Auch noch, als ich längst wieder neben ihr im falschen Käfer Platz genommen habe und wir über den unebenen Pfad juckeln und rumpeln. Es geht bergab.

Die Lüftung schnarrt.

Die Karosserie des Wagens schlägt ab und zu auf die Buckel. Der Wald lichtet sich, und es schimmert golden durch das Geäst und die Blätter der Bäume hindurch; erst nur von der Seite und dann plötzlich, als das Ende der Schneise in Sicht kommt, auch von vorn. Das Glitzern auf dem Wasser des Sees.

Ich klappe die Sonnenblende runter, blicke erneut zur Seite, sehe Edda über das Lenkrad ins Unbekannte blicken, ins Licht.

II

Was zum Festival im Radio kommt (III)

Für die Rettungsmannschaften wird der Einsatz während des Unwetters zur besonderen Herausforderung. Mit Geschwindigkeiten von zum Teil weit über 100 Stundenkilometern geht der Hagel auf den Campingplätzen und in den Zeltstädten im Wald nieder, so die Polizei, die mit mehreren Dutzend Kräften vor Ort ist. Zigtausenden Besuchern wird die Schlafmöglichkeit genommen, weil Zelte unter der Niederschlagslast einstürzen, zerreißen oder vom Wind fortgetragen werden. Trotz der heftigen Verwüstungen hält sich nach Angaben der örtlichen Behörden die Zahl der Verletzten in Grenzen.

(O-Ton)
Der leitende Notarzt:

— Bei etwa 20 Menschen hatten wir Prellungen oder Platzwunden durch die Wucht schwerer Hagelkörner oder heruntergefallener Äste. Stationär behandelt werden musste aber niemand. Wir können vermutlich von Glück sagen, dass der Sturm fast genauso schnell wieder zu Ende war, wie er losgebrochen ist.

■

|zurück: Freitagnacht, noch 3 Tage Ferien
In der engen Gasse zwischen zwei Fahrzeugen werfe ich erst das Köfferchen, dann mich auf den Boden, robbe mit dem noch immer auf den Rücken gefesselten linken Arm keuchend unter einen der Wagen. Halte die Luft an. Höre sie kommen. Aufgeregtes Stimmengewirr.

– Wo ist er hin?

– Richtung Festival?

– Das darf doch nicht wahr sein …

Die Lichtpfützen ihrer Fackeln. Darin: Flackernde Schatten. Maximal eine Armlänge von meinem Kopf entfernt. Ich bin mir sicher, sie entdecken mich. Dann aber doch die davoneilenden Schritte meiner Verfolger. Und bald nur noch ihre Flüche aus weiter Ferne.

Ich bin den Sombreros entkommen.

Liege auf dem Rücken und lausche.

Einmal das Ins-Schloss-Fallen einer Autotür. Kurz darauf das Aufheulen eines Motors: Der Schotter des Parkplatzes knirscht unter den Rädern des wegfahrenden Gefährts. Ansonsten vor allem die Geräusche des stark auffrischenden Windes.

Laubgeraschel hier. Ein Knacksen im Astwerk da. Das Pfeifen in den Wipfeln.

Ich krieche aus meinem Versteck.

Vorsichtig recke ich meinen Hals, luge über einen Kotflügel hinaus ins Nichts; nur schwach schälen sich daraus die Konturen der in Reih und Glied nebeneinanderstehenden Fahrzeuge hervor: Schwarz vor dunklem Grau.

Ich mache geduckt einen Schritt raus aus der Gasse.

Eine Böe fegt mir eine Ladung vertrockneter Blätter um die Knöchel.

Seitlich von mir bewegt sich etwas.

Ein Tier?

Ich fahre herum. Nein, kein Tier.

Gerade will ich mich blind auf die Person stürzen, die da keine drei Schritte von mir entfernt an einer Kühlerhaube lehnt, als eine Taschenlampe angeknipst wird.

Licht blendet mich.

– Es ist ziemlich ungemütlich, höre ich eine Stimme sagen, wir können uns auch gerne reinsetzen, wenn du magst.

Die Schnürhalbschuhe. Blümchenkleid Brosche Brille.

– Edda?!

Das kollernde Lachen hat sie nicht verlernt.

– Hätte ich geahnt, dass du so netten Anschluss bei dieser Veranstaltung findest, wäre ich dir vermutlich überhaupt nicht gefolgt. Feine Freunde.

Edda hat den Kampf gesehen. Und sie hat geahnt, wohin ich fliehen würde. Ich bin sprachlos. Zwei Autos weiter steht der falsche Käfer.

– ...

– Du hast deine Mütze vermisst, gib's zu, sagt sie.

Einen Moment lang scheint sie mich sehr genau zu mustern, bevor sich ein angedeutetes Lächeln in ihrem Gesicht ausbreitet.

– Genau, außerdem möchte ich dieses Köfferchen wieder loswerden, immer eine Bohrmaschine herumzuschleppen macht auf Dauer auch keinen Spaß.

Edda nimmt mir das Gerät ab. Sehr sachlich. Ohne Berührung. Sie:

– Deine Mütze liegt im Auto.

– Das ist gut, sage ich.

Aber wir umarmen uns auch nach diesem Satz nicht. Obwohl es auf mich kurz den Eindruck macht, als würde Edda genau darüber nachdenken.

Sie setzt einen Fuß vor. Stockt in der Bewegung.

Eine unsichtbare Wand scheint zwischen uns zu stehen. Und einen Moment lang fühlt es sich fast so an, als würde ich noch einmal im Camp am Boden liegen, hilflos. Gefangen in einem Körper, der von innen und außen schmerzt und nicht gehorcht: Die Sombreros über mir. Wiltrud. Flokati. Mit ihren lädierten Visagen. Plus die anderen der Gang. Sie zählen. Im Chor.

Dazu fliegen die Finger durch die Luft wie bei Ringrichtern.

– … Sieben! … Acht!

Mein Knock-out: die willkommene Gelegenheit, mich zu verhohnepiepeln.

Ich bemühe mich instinktiv, wieder auf die Beine zu kommen, stemme mit aller Kraft den Oberkörper hoch, aber der feuchtkalte Untergrund will mich zurück.

– Der Kerl zappelt noch!

Bäuchlings liege ich im Dreck. Schmecke Erde auf den Lippen.

– Hast du nicht genug, Boxer?

Flokati bückt sich, befühlt meinen Kopf, greift in mein Gesicht, versucht, mir eine Reaktion zu entlocken. Ich:

– Mit meinen Fußnägeln hatte ich schon härtere Auseinandersetzungen.

Ein Kondor-Klassiker. Ich kassiere einen Schlag in die Rippen, nicht wirklich doll. Und noch einen. Wiltrud:

– … Neun. Und aus!

Ich krümme mich zusammen, zum Schutz. Sehe in

einer Art milchigen Verschwommenheit die Flammen neben mir zucken; unnatürlich kommt mir ihre Farbe vor: dieses Rot. Wie fuchsrotes Haar? Wie das Feuermal an einem Arm? Wie Stroh-Sombreros? Was hat mein Leben nur in Brand gesteckt?

Noch nie bin ich im Ring niedergeschlagen worden in all den Jahren. Mausers Boxstil ist fein und rasant. Er zermürbt seine Gegner, laugt sie aus, ist kein K.-o.-Schläger. Er boxt die volle Distanz.

Ich habe immer am Ende gestanden. Immer.

Rapple mich auch jetzt hoch auf die Knie. Erkenne zwischen den Beinen der Sombreros hindurch das Köfferchen mit der Bohrmaschine. Unbeachtet liegt es im Gras herum, zum Greifen nah. Ich bin bereit, es mir zu holen.

– Und, wer von euch Mädels ist nun die Nächste?, frage ich.

Hände packen mich am T-Shirt, zerren mich zurück auf die Füße. Ein bitteres Brennen im Rachen wie nach dem Kotzen.

– Du bist erledigt, Boxer, raunzt Flokati, halt am besten die Klappe.

Tumult. Wie aus dem Nichts kommt eine türkisfarbene Federboa näher. Ponyhof tankt sich zu mir durch. In seinem Gefolge der Schatten von mindestens einer weiteren Gestalt. Sie wollen mir beispringen.

– Schluss! Der Kampf ist vorbei!

Flokati blickt in Richtung des Rufers, lockert die Fäuste, die meinen T-Shirt-Stoff wringen. Ich reagiere sofort.

(Jetzt. Oder nie.)

Ein eiserner Griff mit der freien Hand zwischen die Beine.

Flokati schreit.

310

Lauter noch als der eine kleine Cowboy bei seinem Eiertanz.

Flokati lässt mich los. Ich breche geduckt, Kopf und Schultern voran, im Stile eines mittelalterlichen Rammbocks durch eine Phalanx aus Leibern.

Man versucht, mich zu halten, aber nach den ersten zwei noch taumeligen Schritten fasse ich Tritt, schüttle alles ab, was an mir hängt. Klaube einhändig das Bohrmaschinenköfferchen auf.

Laufe. Schlage Haken. Schubse jeden zur Seite, der mir in den Weg kommt. Ein Mob mir dicht auf den Fersen.

Das Rasseln und Scheppern des Kofferinhaltes.

Wie Kolben bewegen sich meine Knie in hoher Geschwindigkeit auf und ab, unablässig. Wind föhnt kalt die Haare nach hinten. Treibt Tränenflüssigkeit aus den Augen und auf die Schläfe.

Auch in Eddas Wagen kullert einmal kurz etwas aus dem einen Knopfloch, als ich die Tür hinter mir zuschlage und mich in den Sitz zurücksinken lasse.

(Kann sein, dass es einfach die Erschöpfung ist.)

– Hast du Hunger?

Edda hat mir die Armfessel entfernt. Ich habe versucht, das Blut an meinen Händen in einer Pfütze abzuwaschen. Jetzt habe ich die Mütze wieder auf dem Kopf, und Edda spendiert mir ein Brötchen, das ich verschlinge, als hätte ich Wochen nichts zu essen gesehen.

– Puh, sage ich, was für ein Tag.

Vermute, dass Edda nichts mitbekommen hat von meinem Gefühlsausbruch. Die Taschenlampe ist lange wieder aus. Edda:

– Ich habe gesehen, wie du ein Mädchen ins Camp geschleppt hast.

– Du würdest mir vermutlich gerne den Kopf abreißen.

– Sie hatte keine roten Haare.

– Jackie trägt neuerdings Perücke. Ich war auf dem Weg zum Findling, zu dir, als sie aus den Latschen gekippt ist.

Hinter der Windschutzscheibe sehe ich ein paar Sternenpünktchen zwischen den Wolkenmassen glänzen wie Silberpapier. Ich erzähle Edda, was passiert ist.

– Ich hatte fürchterliche Angst um dich bei dem Kampf, sagt sie.

– Ich komme mir so dumm vor wie ein wirbelloses Tier, sage ich.

Würde sie gerne berühren. Noch lieber würde ich von ihr berührt werden.

– Auf Kleineren rumzuhacken ist nicht fair, sagt Edda.

Auch wenn Edda es gerade mangels Licht nicht sehen kann: Ich versuche meine Gesichtszüge so anzuordnen, dass sie freundlich aussehen.

– Das Leben ist insgesamt nicht fair, hat mir mal jemand erklärt, sage ich.

Edda geht nicht darauf ein. Hat sich ins Profil gedreht.

– …

Sie schweigt. Seite an Seite sitzen wir da, ohne uns anzuschauen. Ich:

– Zöllner treibt sich auch hier herum.

– Oh, sagt Edda, hast du mit ihm gesprochen?

– Nein, ich will ihn nicht sehen.

– Warum nicht?

– Weiß ich nicht.

– Warum bist du dann hier?

Ich zucke mit den Schultern, lehne meinen Kopf weit in den Nacken, bis er an der Kopfstütze ruht. Edda bohrt nach. Deutet an, dass ich mich jetzt ähnlich verhalten würde wie Zöllner selbst in seiner Wohnung, als er mich alleingelassen hat.

– Ich habe ihm nichts zu sagen, außer: Geh zur Polizei, sage ich.

– Dann sag's ihm.

– Die Sache ist, das hat ihn ja beim ersten Mal schon nicht interessiert.

Edda bleibt hartnäckig.

– Wenn er nicht mit dir reden wollen würde, wäre er bestimmt nicht hier.

Ich verspüre einen Anflug von Schwäche, werde laut:

– Das ist kein Film, verstehst du, das ist echt. Das funktioniert anders.

– Wie wäre es denn im Film?

– Was weiß denn ich?

Gegen meinen Willen habe ich sehr konkrete Bilder im Kopf. Erinnerungen an düstere Roadmovies, an Actionstreifen mit albernen Autoverfolgungen. Edda:

– Wir würden ihn in den Kofferraum laden und über die Grenze fahren, oder? Alles würde gut werden.

– Ja, so wäre es im Film wahrscheinlich, Schießerei mit Grenzern inklusive, du würdest mit dem falschen Käfer Schlagbäume durchbrechen, das volle Programm.

– Das ist absurd, sagt Edda.

– Sag ich ja, …

(Ich hole Luft, fühle mich bis Oberkante Unterlippe erschöpft, leer.)

– … nichts wird jemals wieder gut, sage ich.

Wir beschließen zu fahren. Edda hat im Radio gehört, dass für die Nacht ein weiteres Unwetter angesagt ist. Angeblich ein noch heftigeres als das gestern.

– In drei Stunden können wir zu Hause sein, sagt sie.

Schaltet die Innenraumbeleuchtung an. Kramt in ihrem Rucksack nach dem Schlüssel. Ich blicke durch das Seitenfenster, sehe gespiegelt im Glas, dass sie bald fündig wird, sehe gleichzeitig draußen Fetzen eines Müllbeutels vorbeiwehen.

Einer von der Sorte, aus dem Ponyhof mir den Regen-poncho gebastelt hat. Mir kommt es unvorstellbar vor, Ponyhof und Jackie nicht wiederzusehen. Kehre im Kopf ein letztes Mal zurück ins Camp. Erinnere mich an das seltsame Erlebnis mit dem Indianer am Lagerfeuer, an meine Ankunft hier, an Ponyhofs Wunde.

– Mist ...

Ein Gedanke schießt in mir empor wie ein Kohlensäu-regetränk aus einer heftig geschüttelten Flasche. Edda reißt gerade den Motor aus dem Schlaf. Das grelle Licht der Scheinwerfer flammt auf.

– Stimmt etwas nicht?

Edda wendet fragend den Kopf zu mir. Unsere Blicke kreuzen sich. Ich stemme meine Hüften im Sitz hoch, schiebe meine Hand tief in die Hosentasche.

– Ich habe noch Ponyhofs Autoschlüssel, sage ich.

■

|vor: Samstag, noch 2 Tage Ferien

Ein Himmel von kühlem Blau. Wie blank geputzt. Über unseren Köpfen: ein einziges Paar bauschiger Wolken, das nach Malerei aussieht. Es treibt verloren herum, dort oben genauso allein wie Edda und ich hier unten.

– Wo willst du das Tier beerdigen?

Ich atme tief ein. Ein Duft leicht nach Harz. Die Sonnenstrahlen funkeln auf den Nadeln der Kiefern, die das von Gestrüpp bewachsene Seeufer säumen. Die Bäume sind höher, als ich schätzen kann. Ihre Abbilder schwimmen im See. Durch ihre ausgefransten Schwingen fällt das Licht. So als wäre Goldglanz in der Luft.

– Nirgends, sagt Edda.

– Du willst es doch nicht etwa mit zurücknehmen?

Ich sitze auf der Kühlerhaube, spüre die Hitze des Motors durch meine Hose, betrachte die Glanzlichter auf dem Wasser.

– Wir werden es nicht beerdigen, wir werden es im See bestatten.

Edda ist aufgesprungen. Die Luftschleppe ihres Vorbeigehens riecht gut, eine zarte Spur von Pampelmuse darin. (Gibt es das, fruchtig riechenden Schweiß?)

Gerader Oberkörper. Lange Schritte. Die ausgestreckten Arme, die nicht im Takt der Beine mitschwingen, die einfach nur dicht am Körper ruhen. Zielstrebig geht Edda auf ein Gebüsch in der Nähe zu.

(Was hat sie vor?)

Sie biegt Äste zur Seite, und jetzt sehe ich es auch. Ein Boot liegt dort in dem Versteck, bauchoben: ein Kanu.

Edda winkt und lächelt. Ihr noch immer schockblasser Teint wird durch einen Farbfleck auf jedem Wangenknochen aufgefrischt.

– Das hat doch nur auf uns gewartet, sagt sie (als ich näher komme).

Sie wischt Nadeln und Sand vom Kanu, das außen die Farbe von Wundschorf hat. Wir drehen das Boot um. Das porige Holz macht den Eindruck, als wäre es über Jahre ausgehöhlt worden von holzfressenden Insekten.

– Jedenfalls wird es niemand vermissen, sage ich.

– Bringen wir es zum Wasser, sagt Edda.

Erst schmirgelt Schotter am Unterboden, dann Sand. In Wassernähe schieben wir das Boot schließlich durch zähen Schlamm, gespickt mit Steinen, die am Rumpf kratzen.

– Und jetzt?

– Bin gleich wieder da, sagt Edda.

Sie marschiert zurück zum falschen Käfer. Noch bevor sie ihn erreicht, weiß ich, weshalb. Es ärgert mich ein bisschen, dass sie schneller auf die Idee gekommen ist als ich. Zugleich freue ich mich über ihre Geistesgegenwart und darüber, dass sie wieder deutlich lebendiger wirkt.

– Du darfst, sagt sie.

Sie öffnet das Köfferchen, löst die Bohrmaschine aus dem Plastikeinsatz, reicht mir das Gerät. Die leicht ausgestellte Hüfte, die gestreckten Arme: Das Ganze hat etwas von einer Zeremonie.

Ich setze einen Universalbohrer in das Schnellspannfutter ein, justiere den gewendelten Metallstift, bis er wirklich fest sitzt, klettere ins Kanu. Ich knie mich hin wie zum Gebet. Der Boden unter mir: ein schwankender Grund.

Ich drücke die Zentrierspitze des Bohrers fest ins Holz. Fühle mich auf eine nicht unangenehme Art erwachsener, tatkräftig, gut; die Muskeln gespannt, der Blick fest auf den Bohrer geheftet.

(Kann das stimmen? Kann erwachsener sein sich gut anfühlen hier und da?)

Mit bedächtigem Tempo lege ich los, erhöhe erst, als ich bereits einige Millimeter weit vorgedrungen bin, Druck und Drehzahl. Die abgenutzte Spitze frisst sich mit raschen Umdrehungen vorwärts, Bohrspäne aalen sich die Wendelung des Bohrers entlang nach oben.

Das Holz beginnt zu glimmen. Rauchringe wirbeln um die Vertiefung. Ein Geruch wie beim Entzünden eines Streichholzes.

Siebzehnmal vorne und siebzehnmal hinten stoße ich durch den Kanuboden. Die Löcher ergeben jeweils eine Kreuzform.

```
                *
                *
*   *   *   *   *   *   *   *   *
                *
                *
                *
                *
                *
                *
```

– Jetzt müssen wir das Vieh nur noch ins Boot bekommen, sage ich.

Wir heben das Tier aus dem Kofferraum, können es nicht halten: Es schlägt vor unseren Füßen auf. Mit einer Wucht, die uns erschreckt.

Kniehoch umwölkt uns der Staub.

Als er sich legt, sehen wir, dass der gewaltige Kopf des Wildschweins nach hinten weggeknickt ist. Die dunklen, glanzlosen Augen stehen offen, scheinen uns vorwurfsvoll anzustarren.

Edda packt die Vorderläufe, ich die Hinterläufe: Wir schleifen das tote Tier über den schotterigen Untergrund zur Bucht, begleitet von einem Geräusch, als würden auf einem vollbesetzten Parkdeck alle Fahrzeughalter gleichzeitig die vereisten Scheiben mit Eiskratzern bearbeiten.

– Auf drei, sage ich.

Das Boot kippelt bedenklich bei unseren Versuchen, das Wildschwein an Bord zu befördern. Ich ziehe vom Kanu aus, Edda schiebt von hinten. Beim fünften Anlauf ist es geschafft. Ich zurre den Kadaver mit zwei Spannbändern aus Eddas Auto zwischen den Sitzbänken des Bootes fest.

– Wir sollten noch über eine Grabbeigabe nachdenken, sagt Edda.

– Meinst du, das hilft weiter in den Ewigen Jagdgründen?

Edda spendiert die Brosche (ihre Wildschweinbrosche), ich die Überreste der verkohlten Mütze. Wir schieben beides unter den Körper des Tieres.

Edda wirft noch drei Ladungen Waldboden ins Boot, lässt dann zum Abschied die Hand einen Moment auf dem Rücken des Keilers ruhen.

Tränen in den Augen.

– Ich bin eine Heulsuse bei solchen Dingen, Entschuldigung, sagt sie.

– …

Ich mache ein Gesicht, das so etwas ausdrücken soll wie: alles in Ordnung, und schlüpfe aus Socken und

Schuhen. Edda macht es mir nach. Ich krempele die Hosenbeine hoch, Edda rafft den Rock ihres Kleides, knotet zwei Zipfel an der Taille zusammen.

Eine kurze Kraftanstrengung: Edda auf der einen, ich auf der anderen Seite des Kanus anpackend, schieben wir das Boot vom Ufer.

Wasser quillt durch die Löcher im Boden. Wir manövrieren das Gefährt aus der kleinen Bucht, bis die träge Strömung den hölzernen Rumpf erfasst hat.

Edda und ich stehen bis zu den Hüften im See, geben dem Kanu einen letzten Stoß; umgeben von nervös zitternden Kräuselwellen tritt es die letzte Reise an.

Als wir zurückgewatet sind, erklimmen Edda und ich eine rutschige Böschung, schauen von der erhöhten Position aus zu, wie sich der offene, schwimmende Sarg von uns entfernt: Er treibt hinaus, schuckelt Richtung Seemitte. Stück für Stück geht das Boot unter.

Nach einer Zeit meine ich, eine Krähe auf dem Rand des Kanus landen zu sehen. Kaum mehr als eine Paddelstielbreite ragt es noch aus dem Wasser, wird langsam, sehr langsam weiter in die Tiefe gezogen.

Edda und ich stehen unbeweglich da, ohne ein Wort zu sprechen.

Das Boot kippt nicht, hält bis zum Schluss die Balance.

Es versinkt, als wäre es ein Schwamm, der sich vollsaugt.

Die Krähe fliegt erst in letzter Sekunde wieder auf. Ich verfolge ihren Flug: Die Gestalt des Vogels verliert sich bald als kleiner schwarzer Punkt in der Ferne. Mein Blick wandert zurück zum See, gerade noch rechtzeitig: Das Glitzern des Wassers sticht wie Glas in meinen Augen, als eine helle, seichte Welle das letzte Stück des Kanus begräbt.

Ein paar Luftblasen. Ein dezentes Muster aus konzentrischen, nach außen strebenden Kreisen. Für einen Augenblick auch noch der Eindruck, als könne man den Schatten des Bootes unter der Oberfläche sehen.

Dann hat sich das Wasser ganz von selbst wieder arrangiert.

Weiter draußen treiben Seevögel. Enten Schwäne Graureiher.

Edda berührt mich mit ihrer Hand. Ihre Finger sind warm, aber trocken. Edda streichelt mir die Wange. Es ist eine freundschaftliche und selbstlose Liebkosung. Verständnisvoll. Verzeihend.

– Gespenstisch, sagt Edda, die Natur des Wassers, wie es alles schluckt und sich gleich wieder schließt, wenn es geschluckt hat.

Seltsamerweise habe ich das Gefühl, als würde sie mit dieser Erklärung mich meinen (oder sich). Ich komme mir ertappt vor. Zugleich erleichtert.

– Wie geht's weiter?, frage ich.

Meine, noch immer die Wärme an der Stelle zu spüren, wo Edda mich an der Wange berührt hat.

– Hast du einen Vorschlag?

– Nein, nicht wirklich, sage ich.

Edda blickt mich ganz seltsam an, wobei ich eine Veränderung in ihrem Gesicht bemerke, einen merkwürdigen Wandel, als sei sie plötzlich nicht mehr dieselbe Person wie noch kurz zuvor. Sie berührt mich nicht. Sie sagt nur:

– Würdest du dich ausziehen?

II

Die vierte Karte

Vorn:
Die Handzeichnung von einer Mütze (Filzstift auf gelbem Papier).

Hinten:
Text (große Blockbuchstaben).

DIR FEHLT ETWAS. MIR FEHLT ETWAS. BIST DU
HIER ? BIST DU. ICH GEHE DICH SUCHEN. ES GIBT
AM SEE EINEN FINDLING. DORT BIN ICH UM
22 UHR. UM 24 UHR AUCH. DANN WARTE ICH
NOCH EINEN AUGENBLICK AM AUTO, BEVOR ICH
FAHRE. EDDA.

PS: ERGIBT DAS ALLES SINN ? HAST DU MICH DAS
GEFRAGT ? FRAGST DU DICH DAS ? EGAL, SAGE ICH.
HAUPTSACHE, ES FÜHLT SICH RICHTIG AN.

■

◀◀

|zurück: Freitagnacht, noch 3 Tage Ferien
Windstöße pfeifen auf der Haut, peitschen mich einen
Schritt zurück. Tief gebeugt renne ich weiter, das Kinn
fast auf dem Brustbein, Ponyhofs Autoschlüssel sicher
geborgen in der Faust. Ich ziehe die Mütze im Laufen mit
der freien Hand in die Stirn, halte sie am Schirm fest und
die Augen offen.

(Gut möglich, dass die Sombreros noch nach mir suchen. Wenn sie nicht auch längst dabei sind zusammen-
zupacken, auf der Flucht vor dem Wetter.)

Überall im Camp werden Zelte und Gepäck notdürftig
zusammengerafft.

Zu Hunderten strömen *Powwow*-Besucher Richtung
Parkplatz.

– Der reinste Orkan, was ist denn das für ein mieser
Trip?, brüllt wer.

– Was willst du, wenigstens pisst es nicht!, ruft jemand anderes.

Ich kämpfe mich durch das Chaos, erreiche die Anhöhe, auf der Ponyhof, Jackie und die Sombreros ihre
Lager aufgeschlagen haben.

Die flatternden Zeltbahnen.

Ich stemme mich gegen eine weitere heftige Böe.
Schaue mich um. Beide Feuerstellen sind erloschen. Keine
Spur mehr von dem Kampf, der hier vor einer Stunde
stattgefunden hat. Weder bei den Zelten der Sombreros
noch sonst in der näheren Umgebung rührt sich etwas,
das auf einen der Bewohner der Unterkünfte hindeuten
würde. Ich traue mich näher heran.

Ponyhofs Zelt ist leer.

(Was hat das zu bedeuten? Vor allem: Was tun?)

Ich stehe vor der sturmgebeutelten Behausung, nehme einen ordentlichen Zug Atemluft, befingere Ponyhofs Autoschlüssel: den Plastikkopf, das handwarme Metall des Bartes. Mein Blick schweift umher, auf der Suche nach einem Hinweis vielleicht, einem Zeichen.

Innere Unruhe nagt an mir: Jede Sekunde könnte die Sombrero-Gang zurück sein. Ich bin nicht scharf auf ein Wiedersehen; und ich möchte auch nicht, dass Edda zu lange auf mich im falschen Käfer warten muss.

Gerade als ich mich zurückziehen will, fesselt etwas auf Höhe der Grasnarbe meine Aufmerksamkeit: kreisrund, faustgroß, ein rötlich schimmernder Lichtklecks an Jackies Iglu: der Schein einer entzündeten Taschenlampe, die innen dicht an der Zeltwand liegt.

– Jackie, bist du das?!

Mit gedämpfter Stimme stoße ich die Worte hervor, bin dafür in die Hocke gegangen. Ich bekomme ein unverständliches Murmeln zur Antwort, öffne den Zelteingang, schlüpfe ins Innere.

– Du?!

Jackie hat sich (mit der Taschenlampe in der Hand) auf die Unterarme gestützt, den Oberkörper halb aufgerichtet. Die Beine stecken im Schlafsack. Ihr roter Regenmantel liegt neben ihr, sie trägt noch immer die Perücke und meine Trainingsjacke (Reißverschluss weit geöffnet).

– Hast du eine Ahnung, wo Ponyhof steckt? Ich habe seinen Autoschlüssel.

Kniend öffne ich meine Faust. Jackie wechselt in den Schneidersitz.

— Wenn du seinen Schlüssel hast, sucht er dich womöglich, wo kommst du überhaupt her?

— Nimm, sage ich, ich fahre jetzt gleich zurück …

(Ich halte ihr den Schlüssel hin. Bringe sie in Kürze auf den letzten Stand.)

— … ihr solltet auch besser sehen, dass ihr schnell abbaut, sage ich.

Jackie lacht auf.

— Nennt man das Humor, wo du herkommst?

— Wo ich herkomme, sucht man besser das Weite, wenn es ungemütlich wird.

Sie nimmt mir den Schlüssel ab, legt ihn beiseite, schenkt mir einen Blick, für den Stadtrandjungs wie ich kein Wort kennen. Verrucht würde es noch am besten treffen, wenn man nicht genauso gut auch meinen könnte, dass sie mir einfach nur auf unschuldige Art verliebte Augen macht. Jackie:

— Letzte Woche wolltest du noch, dass ich dich heirate.

Ich richte die Mütze, spüre, dass etwas mit mir passiert, das mir nicht gefällt, und erinnere mich an etwas.

— Du hast mit diesem Trapper geknutscht, sage ich.

— Warum kränkst du mich?

Jackie legt mir die eine Hand aufs Bein, schiebt ihren Oberkörper nach vorn. Ich verstehe plötzlich wieder den Kerl sehr gut, der ich letzte Woche noch gewesen bin, merke, wie mein Verstand fahnenflüchtig wird.

— Wir passen nicht zusammen, sage ich.

Aber auch das zieht meinen Kopf nicht aus der Schlinge.

— Woher weißt du das?, fragt sie.

Ihr Schatten in meinem Gesicht. Sie hebt die Arme,

legt sie auf meine Schultern, schmiegt sich, obwohl ich keine Reaktion zeige, vorsichtig an mich.

Das geräuschvolle Hin und Her eines Insekts unter dem Zeltdach ist zu hören. Eine Ameise krabbelt mir über den Handrücken; auf der Seite, wo sich die verheilten Ritzungen befinden. Und der Wind lässt das Iglu sich einmal schütteln wie jemand, der aus einem bösen Traum hochschreckt.

– Ich fahre, sage ich.

– Du hast eine Latte, sagt sie.

Ihre Hand am Reißverschluss meiner Hose. Wieder dieser Blick. Mir ist, als würden mich unsichtbare Mächte nach vorne schubsen, und schon wälze ich mich mit ihr auf der Isomatte, verliere die Mütze vom Kopf.

– Warum magst du mich?, stoße ich hervor.

– …

Sie reißt an dem T-Shirt, das ich trage (und das Edda gehört).

Die Nähte knacken.

– Warum magst du mich?, frage ich noch einmal.

– Ich habe das Gefühl, schön zu sein, bei dir, flüstert sie, einmalig schön.

Ihr Mund ganz nah an meinem Ohr. Ich lasse mir das T-Shirt über den Kopf ziehen. Sie schlängelt sich aus der Trainingsjacke. Presst ihren biegsamen, nackten Körper gegen meinen, zieht mich auf sich, hantiert weiter an meiner Hose. Es ist nicht mehr zu unterscheiden, wo meine Haut aufhört und ihre anfängt.

– Ich will das nicht, sage ich.

Wehre mich halbherzig, lasse sie trotzdem mich auf den Arm küssen und mich auf die Schulter küssen und mich auf den Hals küssen.

– Aber ich will das, sagt sie, und ich glaube dir nicht.

Es ist wahr: Auch ich tue etwas mit meinen Händen und Lippen. Ein leises Stöhnen von ihr. Sie presst ihre Brüste gegen mich; und als mir dämmert, dass wir uns unmerklich einer Grenze nähern, sie vielleicht schon überquert haben, steckt ihre Zunge tief in meinem Mund, und sie sitzt auf mir.

Ich ziehe die Perücke von ihrem Kopf.

Haare fegen über meine Brust, den Bauch, fuchsrote Haare.

– Wer bist du?, frage ich.

– Ich bin Jackie.

Gehauchte Silben, wie: Ich bin alles, was du dir erträumt hast und mehr.

– …

Ich küsse ihr von den Fingern aus den Arm entlang hoch bis zur zarten Falte ihrer Armbeuge und weiter bis zur Achsel. Ich lutsche an ihren Brustwarzen, die salzig schmecken, ganz leicht nach Lakritz.

Ein Biss in mein Ohrläppchen. Jackie:

– Und wer bist du?

Wir wälzen ein weiteres Mal herum. Ich spüre die Zeltwand im Rücken, reiße Jackie den Kopf in den Nacken und greife ihr an die Kehle.

– Nur ein dummes Grünhorn, sage ich.

Einen Tick zu laut vielleicht. Jackies Hände tasten nach meinen.

– Lass das, sagt sie.

– Du weißt nichts von mir, Jackie.

(Oder weiß *ich* nichts von mir?)

Ich denke an Edda und bin plötzlich froh über die Armlänge Abstand zwischen Jackies und meinem Gesicht.

– Hör auf, das ist nicht witzig!

Ich habe nicht zugedrückt, und ich drücke auch jetzt nicht zu, aber ich habe die Hände noch immer an ihrem Hals, und sie tritt nach mir.

– Tut mir leid, sage ich.

Lasse von ihr ab, komme erst jetzt auf die Parallele zu Zöllners Tat und fahre innerlich zusammen. (Was ist bloß los mit mir?)

– Idiot, haucht sie noch, will sich dann schon wieder auf mich stürzen, stoppt aber abrupt in der Bewegung. Draußen vor dem Zelt raschelt etwas.

– Pssst, mache ich.

Halte ihr den Mund zu. Vielleicht wieder fester als nötig.

– …?

Jackie blickt nach oben, so als wolle sie etwas fragen oder eine Anweisung geben, und ihre glatte Stirn, die sonst scheinbar durch nichts zum Runzeln zu bringen ist, wirft tatsächlich ein paar Falten.

– Die Taschenlampe, flüstere ich.

Sie tastet danach, knipst sie aus. Und im nächsten Moment ist es auch schon wieder hell. Reißverschluss aufreißen und Köpfe ins Zelt stecken ist praktisch eins.

– Oh, da sind ja wirklich zwei Turteltäubchen drin, wie schön!

Die Sombreros grinsen. An ihnen vorbei wird durch die offenstehende Zelttür die Luft der stürmischen Nacht hereingeblasen. Ich finde meine Mütze, setze sie auf, Jackie hält sich die Trainingsjacke vor die Brust.

– Moment, Jungs, bin gleich bei euch, sage ich.

Sie wissen ja nicht, dass sie mich erlösen. Und natürlich fackeln sie nicht lange, sie wollen das Heft diesmal unbedingt selbst in der Hand behalten.

– Jetzt bist du dran, Romeo, schnauzt Flokati.

Stößt mich um, packt mich an den Fußgelenken, schleift mich vors Zelt. Ich wehre mich nicht. Sie sind zu sechst, und ich sehe, wie sie zu Jackies Iglu schielen.

– Lasst das Mädchen in Ruhe, okay, sage ich.

– Von dem Mädchen wollen wir nichts, behauptet Wiltrud.

Und tatsächlich darf Jackie gehen. Ich rufe ihr noch zu, dass in der Nähe von Ponyhofs Auto ein falscher Käfer steht, wo sie nach Hilfe fragen könne.

– Edda heißt sie, sie soll bitte auf mich warten!, brülle ich.

Ich bin mir nicht sicher, ob Jackie mich hört. Der Wind pfeift und rauscht, und Wiltrud stopft mir eine Socke, die er im Dreck findet, in den Mund. Hat leichtes Spiel, nachdem ich sicher bin, dass keiner der Sombreros Jackie verfolgt.

Ich ergebe mich. Voller Scham über das, was im Zelt passiert ist.

Edda hat mich wirklich nicht verdient.

Genau das geht mir durch den Kopf, und alle Lebensenergie strömt aus mir heraus. Als wäre ein Stöpsel gezogen worden.

Und vielleicht das erste Mal in meinem Leben fürchte ich mich vor mir selbst.

Lasse mich ohne Regung von dem vor Wut schäumenden Flokati bespucken, nehme Wiltruds Tritte widerstandslos hin.

Dann finde ich mich plötzlich mit Gaffer-Tape gefesselt in etwa einem Meter sechzig Höhe über dem Boden wieder: geschultert von der Sombrero-Gang wie ein Schienenbalken.

Ich habe keine Lust mehr zu kämpfen. Habe Nacht und Dunkelheit gründlich satt. Fühle den Wind auf der Haut. Wie er mich streichelt. Schließe die Augen.

Träume mich für ein paar Momente zurück ans Meer.

II

Was zum Festival im Radio kommt (IV)

Am Morgen nach dem Unwetter sorgt ein weiteres Ereignis am Rande des vorzeitig zu Ende gegangenen Festivals für erhöhte Medienaufmerksamkeit. Nach rund fünf Tagen Fahndungszeit ist das Rätsel um den Verbleib des mutmaßlichen Mörders Eric Z. offenbar gelöst. Ein Polizeisprecher bestätigte Berichte, nach denen sich der Mann im Rahmen einer «verdachtsunabhängigen» Kontrolle selbst stellte. Z. soll seine Frau erwürgt und mit der Leiche noch fast zwei Tage in der gemeinsamen Wohnung verbracht haben. In einer ersten Vernehmung habe Z. die Tat bereits gestanden, teilte der zuständige Staatsanwalt mit. Der 45-Jährige sitze nun wegen dringenden Mordverdachts in Untersuchungshaft. Vor dem Haftrichter sprach Z. davon, dass er schockiert sei von sich selbst.

■

| zurück: Donnerstag, noch 4 Tage Ferien
Wie sie mit dem Schaltknüppel umgeht, diese Selbstverständlichkeit, bis der falsche Käfer auf Touren ist. Sie
sitzt nicht einfach hinter dem Steuer. Edda beherrscht
ihren Wagen.

– Dann also Richtung Küste, sagt Edda, okay.

Wir lassen das Autokino hinter uns, preschen bald
mit 120 km/h voran, durch diese menschenleere, mit
Windkraftanlagen gespickte Landschaft.

Weite, verdorrte Wiesen; Kornfelder Maisfelder Über-
landleitungen.

Immer seltener Bäume.

Praktisch seit unserem Aufbruch meditiere ich stumm
über der Frage, ob mich das alles nicht viel mehr fertig-
machen müsste.

Ich habe Leichengeruch geatmet. Das Geständnis
eines Mörders gehört. Ein schweres Beben hat mein Leben durchgerüttelt. Aber mir ist, als hätte das alles gar
nichts mit mir zu tun. Als stünde ich ratlos vor einem
Haufen Trümmern und mir fiele partout nicht mehr ein,
wie das Ganze einmal ausgesehen hat.

(Wo bleiben die Tränen?)

– Sag es, sagt Edda, der Trick ist, dass man es loswird.

Eine Wolke Vögel eilt hoch über uns hinweg, wirft
einen Schatten auf den mürben Asphalt der Straße.
Ich:

– Was soll ich sagen?

– Na, das, …

(Edda schaltet einen Gang zurück.)

– … spuck einfach aus, was dir auf der Seele brennt,
sagt sie.

Der Wagen erklimmt gerade einen Anstieg zwischen
bestellten Feldern und umzäunten Weiden; leichte Böen
treiben sanfte Wogen durch die hochstehenden Halme
einer Wiese.

– Ich freue mich aufs Meer, sage ich.

Die Seitenfenster sind weit heruntergekurbelt. Ein
Teergeruch hängt in der Luft. Ich streiche über den Filz-
bezug der Wagendecke. Mein Ablenkungsmanöver
scheitert kläglich.

– Trotz des Grübelns? Oder legst du immer vor
Freude die Stirn in Falten?

Diese Edda. Ich strecke die Hand aus dem Fenster,
lasse mich vom Fahrtwind liebkosen, schaue zu meiner
Fahrerin, die konzentriert die Straße im Blick hat.

(Sollte ich ihr gestehen, dass mich meine fehlende Be-
troffenheit gruselt?)

– Ist das Meer nicht auch ein Grübler, sage ich.

– Ein Poet, sagt Edda, das erklärt natürlich so manches.

Sie lacht. Ein angenehmes Gefühl pocht durch meinen
Körper, die Rippen hinauf. Wie gut es tut, ihr Gesicht zu
betrachten.

(Woran liegt das? An den vermeintlichen Makeln wie
dieser Narbe?)

Ich kann den zarten Strich unter dem linken Nasenflügel von meinem Platz aus kaum sehen, und ich stelle
fest, dass mich das ärgert.

– Woher hast du die Narbe?

– Die beschäftigt dich, was …?

(Edda löst die rechte Hand vom Lenkrad, krallt sie
zur Forke, kratzt mir mit ihren rosigen Mädchenfingernägeln über den Unterarm.)

332

– ... die Fingernägel von Kindern im Mutterleib können richtig scharf sein, sagt sie, vermutlich habe ich mich gekratzt, und das Fruchtwasser hat ein kleines Härchen, das sich wahrscheinlich von meinem Kopf gelöst hat, in die Wunde gespült. So bin ich dann zur Welt gekommen: mit der Narbe auf der Oberlippe, unverwechselbar.

– Kein Witz?

– Kein Witz. Die Reise ist von Anfang an tückisch.

Ich betrachte die weißen Striemen auf meiner braunen Haut. Darunter brennt es, als wäre ich mit den nackten Armen durch ein Feld mit Brennnesseln gestolpert. Und ich spüre etwas in mir aufwallen, das ich so nicht kenne. Eine Art Zuneigung, die ich schuldig bin. (Hat Edda mich jetzt da, wo sie mich haben will?)

– Was denkst du, sage ich, warum fahren wir zusammen an die Grenze?

Sie dreht den Kopf zu mir. Nicht zum ersten Mal kommt es mir so vor, als könne Edda mir hinter die Stirn gucken, als wisse sie alles über mich. Aber dieses Mal begreife ich, dass es mir gefällt, sehr gut sogar.

– Es ist eine Expedition, sagt sie, das heißt, Flucht und Suche zugleich.

Eine Wolke verschattet die Sonne, augenblicklich wird es kühler auf der Haut.

– Worum geht's denn genau, bei dieser Expedition?

Edda hantiert an der Lüftung.

– Sag du mir das.

Das wärmende Licht, es kommt zurück. Praktisch gleichzeitig prasselt etwas gegen die Windschutzscheibe. Ein Schwarm Marienkäfer. Die Panzer zerschellen am Glas. Zurück bleiben abgerissene Flügel und Chitinteilchen.

– Alle tot, sage ich.

– Wir nicht.

Edda wirft die Scheibenwischanlage an. Dünne Wasserstrahlen schießen aus den Düsen hervor. Die Wischblätter entfernen die gröbsten Spuren des Massakers. Ein süßlicher Spülmittelgeruch dringt über die Frischluftzufuhr ins Wageninnere.

– Stimmt. Noch nicht, sage ich.

Stemme meine Füße gegen das Armaturenbrett. Spüre, dass der Gedanke mich gleichzeitig beruhigt und frustriert, und ich wünsche mir, immer weiterzufahren. Erfreue mich beim Blick aus dem Seitenfenster an den ersten leuchtend grünen Deichen (abschnittsweise bevölkert von Herden geschorener Schafe).

Darüber ein Himmel, der immer weiter Raum zu greifen scheint: Wolken mit strahlend weißen Buckeln und silbergrauen Bäuchen segeln durch das leuchtende Hellblau, bilden in der Ferne ein zerklüftetes, kopfstehendes Gebirge.

Und dann sind wir da. Die Sonne steht hoch über uns, ein gleißendes Rund (wie hineingestanzt in die Kuppel). Edda parkt den falschen Käfer in der Nähe eines Fähranlegers, spendiert uns in der dazugehörigen Raststätte eine Mahlzeit. Edda:

– Seeluft macht Appetit, weil sie gewürzt ist und so gut duftet.

In langer Reihe stehen wir mit unseren Resopaltabletts an, zwischen lauter Urlaubern: rotwangigen Erlebnisdurstigen und Belohnungshungrigen.

Und als wir unsere dampfenden Nudeln endlich haben, stößt sich Edda mit dem Oberschenkel an der Ecke eines Tisches (ein klobiges Ungetüm mit Betonplatte in einem umzäunten und überdachten Bereich im Freien).

– Das gibt einen Blauen, sage ich.

– Indianerherz kennt keinen Schmerz, sagt sie.

– Bist du denn Indianer?

Sie kommt nicht mehr zum Antworten. In unserer Nähe werden gerade zwei Plätze frei, die wir mit couragiertem Einsatz reservieren; der kleine Laden brummt, und ich ertappe mich beim Gedanken, dass ich gerne wieder allein mit Edda wäre.

– Ich mag auch keine Enge, sagt sie später, …

(Inzwischen gehen wir am Strand spazieren.)

– … man ist, fährt sie fort, speziell an solchen Orten wie diesem Restaurant, mehr zwischen anderen vorhanden als bei sich selbst.

Ich bleibe stehen. Der Horizont teilt das Bild in zwei Hälften, etwa in der Mitte: Wasser unten und Himmel oben. Auch Edda ist stehen geblieben.

– Bei sich selbst? Was soll das sein?, frage ich.

Die Luft ist weich. Das Watt glänzt wie nasser, transparenter Nagellack. Es ebbt. Das Meer weiter draußen schimmert in unwirklichen Farben: ein milchiges Flaschengrün hier, da Bernsteinbraun oder Schiefergrau; an tiefen Stellen wirkt es, als wäre es mit schwarzblauer Tinte eingefärbt.

– Das bedeutet, du tust einfach, was du tust.

Ich erzähle Edda von diesem Gefühl, eine Rolle zu spielen, wenn ich boxe oder mich mit Zöllner auseinandersetze oder mit Kondor oder sonst wem.

– Manchmal hat es etwas von einem Selbstgespräch, sage ich, manchmal kommt es mir vor wie ein zu großes Kostüm, in dem ich stecke, das ich gerne ausfüllen würde, aber nicht kann.

– Du möchtest anders sein, wie alle, sagt Edda.

Sie dreht sich halb um die eigene Achse, entfernt sich

ein paar Schritte, hat die Augen auf mich gerichtet, die Sonne im Rücken. Ich weiß nicht, wie ich ihre amüsierte Miene verstehen soll.

— Klugscheißerin, sage ich.

— Tja, du bist nicht so besonders, wie du denkst, tut mir leid.

Eine weiße Fähre kriecht über die See auf die Grenze zwischen oben und unten zu. Möwen krächzen gegen den Wind an. Ich betrachte Eddas Profil vor diesem perfekten Fototapetenpanorama. Sie unterdrückt ein Lächeln, das sieht man.

— Ist schon in Ordnung, sage ich, du bist ja auch kein Indianer.

Sie bückt sich. Eine Qualle liegt auf dem Boden.

— Bin ich nicht?

Edda streckt die Hand aus. Ein paar Minifliegen stieben auseinander.

(Es ist sonnenklar, was sie vorhat.)

— Indianer werfen nicht mit toten Tieren, sage ich.

— Dann hast du wohl recht, sagt sie.

Pfeffert mir das wabbelige Ding ins Gesicht.

— Rache!

Ich schnappe mir ein noch größeres Tentakeltier, und eine wilde Hatz über das Watt und durch diverse Priele beginnt; sie endet jäh damit, dass ich über die Ruinen einer Tropfburg stolpere und lang hinsegle.

— Ich glaube, sagt Edda, wir haben einen Sieger.

Artig gratuliere ich.

— Glückwunsch, du bist die Quallenkönigin.

Kehre mit gemischten Gefühlen zum falschen Käfer zurück.

— Und jetzt, fragt Edda, doch noch weiter zur Grenze?

Vielleicht meine beste Chance, größeren Schlamassel

zu vermeiden. Ich lasse sie ungenutzt. Nicke stumm, steige ein ins Auto, gebe innerlich Edda die Schuld: Wie sie sich zum Beispiel jetzt die Strickjacke über den Kopf zieht, weil ihr zu warm ist.

– Das war keine schlechte Idee, der Abstecher ans Meer, sage ich.

Senke die Augen keine Sekunde. Beim Ausziehen öffnet sich Eddas rasierte Achsel, zeigt nachgewachsene, dunkel schimmernde Ansätze.

– Ja, sagt sie, Umwege verschieben die eigenen Grenzen.

Mein Blick verhakt sich an den Riemen des BHs, die neben den Trägern ihres Tops ins Fleisch einschneiden. Man sieht die Abdrücke in der Haut, als Edda die Riemen richtet. Aber die eigentliche Sensation ist etwas anderes: Über den ganzen rechten Oberarm erstreckt sich ein rotes Mal.

– Darf ich?

Wie ferngesteuert strecke ich meine Hand aus. Ein Windstoß rauscht Edda durch das heruntergekurbelte Seitenfenster ins Haar, die kurzen Spitzen bekommen für einen Moment Auftrieb. Eddas Augen antworten: Ja.

– Du hast meinen Segen, sagt sie.

Ich berühre ihre nackte Haut. Nichts weiter. Aber die Temperatur meines Blutes hat sich mit dem nächsten Herzschlag scheinbar verdoppelt. Mir ist, als hätte ich ein ganz besonderes Geheimnis gelüftet.

– Ich habe eine Schwäche für bestimmte Rottöne, sage ich.

Spüre das Glück förmlich gegen die Gefäßwände pochen, während ich über das Mal hinwegstreichle, hoch zur Schulter. Glatt fühlt es sich an, warm.

– …

Edda schweigt. Tut nichts. Schaut mir nur direkt in die Augen. Und für einen Moment scheint auf der Welt diesseits und jenseits der von der tiefstehenden Sonne beleuchteten Windschutzscheibe nichts zu existieren als der Klang eines Rauschens.

— Danke, flüstere ich.

Ziehe meine Hand zurück. Komme mir vor wie der letzte Vollidiot. Bin heilfroh, als wir dann endlich wieder unterwegs sind.

II

Drei Dinge, die ich nicht über mich weiß

- Ob ich wirklich gerne 17 bin. (Wer möchte schon sein Leben lang Beifahrer bleiben? Mal ehrlich, ist Lenken nicht der große Spaß?)
- Wie es mit dem Boxen weitergeht. (Sich als Erfüllungsgehilfe zu fühlen ist immer so attraktiv, wie das Kaugummi eines anderen weiterzukauen, oder?)
- Wird man je sicher wissen, wann man sich richtig entschieden hat im Leben? (Was-wäre-wenn-Fragen sind so zäh wie Seepferdchen bei der Balz).

| vor: Samstag, noch 2 Tage Ferien

Die einzigen Zeugen: Die Sonne über uns, der See und ein falscher Käfer. Als Edda den Kopf neigt, ihr Gesicht sich mir in der Vormittagswärme lockend entgegenstreckt. Die Brille hat sie gerade erst zur Seite gelegt, zuoberst auf den Klamottenhaufen gebettet, eine Art bunter Maulwurfshügel; neben mir befindet sich ein ganz ähnlicher.

Auf Knien sitzen wir uns gegenüber.

Ich sehe mich lächelnd in ihren Pupillen gespiegelt. Im Hintergrund glitzerndes Wasser. Leerer Himmel über Kiefernkronen.

Sie schließt die Lider, und ich mache es ihr nach.

Ihre Atemstöße treffen jedes einzelne Flimmerhärchen auf meiner Wange.

Edda öffnet zuerst ihren Mund. Ihre Zungenspitze kitzelt über meine Lippen, bevor sich meine unter den ihren öffnen.

Ein Geschmack, der sich mit meinem mischt, fremd (wie von jungen Kräutern), der dafür sorgt, dass sanfte Kriechströme vom Nacken aufwärtsflirren. Es fühlt sich an, wie das Klappern und Klimpern von Dutzenden Stricknadeln klingt.

Dann zieht Edda mich ganz in ihre Arme.

Wir kugeln herum. Himmel und Erde wechseln ein paarmal die Plätze. Das Gras und der Sand des Uferbodens piksen auf der bloßen Haut.

Edda unter mir, bleiben wir liegen, meine Zehen vergraben sich im kühlen Boden. Meine Zunge folgt der Spur meines Atemhauchs und zieht eine Linie von ihrem

Hals bis hin zum Schlüsselbein, dort, wo das rote Mal beginnt.

Ich schiele aus halbgeschlossenen Augen nach ihrem Gesicht, immer wieder.

Das Zucken ihrer Nasenflügel. Die feinen Falten in den Lidwinkeln.

Meine Hand tastet sich von ihrer Brust außen über Flanke und Taille vor in die Mitte (entlang der Leistenbeuge), gleitet zwischen ihre Schenkel.

Unter meinen kreisenden Auf-und-ab-Bewegungen hebt sich Eddas Unterleib mir entgegen, drängt gegen meinen. Aber mein Arm ist im Weg, und einer von Eddas kommt jetzt noch hinzu. Ich spüre ihn am Bauch. Eddas Knöchel gleiten an meinem Nabel vorbei. Ihre Faust schließt sich um mich.

Die Berührung schnürt mir die Kehle ab: Eingeschlossene Luft presst meine Brust. Alle Muskeln scheinen zeitgleich zu kontrahieren. Ein schneidender Schmerz in Höhe der Beckenschaufeln. Ich kann nichts tun: Sperma schießt durch den Kanal, spritzt in spastischen Stößen aus mir hervor auf Eddas Haut. Ich vergrabe mein Gesicht an ihrem Hals. Sie drückt mich fest an sich.

Ein kurzer Moment der Verlegenheit, als wir voneinander ablassen. Ähnlich dem Hochschrecken aus einem intensiven Traum: Wo bin ich? Und wer? Für die Zeitspanne eines Wimpernschlags vielleicht.

Dann habe ich mich wieder gefangen. Edda gluckst leise. Wischt mit ihrer Fröhlichkeit jedes Schamgefühl hinfort. Flicht ihre Hand in meine.

– Püh, sagt sie.

Sonst nichts. Es klingt für mich nach: Das ist die absolute Art, am Leben zu sein. Wahrscheinlich weil genau das meine Empfindung trifft in dieser Sekunde.

Hoch steht die Sonne inzwischen am Himmel, kurz vor Mittag. Die Luft über dem Wasser des Sees zittert. Die Kiefern ringsum bewegen sich kaum; nur ein paar der Wipfel pendeln schwach im Wind.

Edda und ich liegen Kopf an Kopf. Lassen uns rösten. Mein Körper fühlt sich leicht an. Ich träume im Liegen. Völlig inhaltslos. Mit offenen Augen. Bin einfach noch einmal für eine Zeit woanders, jenseits des Hier und Jetzt. Bis ich nach einer Weile anfange, über die Rückfahrt nachzudenken.

Eigenartig konkrete Vorstellungen davon nehmen im Kopf Gestalt an. Beinah so, als könnte ich in der Zeit (ganz nach Belieben) nicht nur zurück-, sondern auch vorspulen.

Eddas geübte Handbewegung, als sie den hustenden Motor startet. Die im ramponierten Käfer gestaute Hitze. Der Staubsaugergeruch, den Plastikteile und Lüftung verströmen: Wir drehen sofort die Fenster runter, das Radio auf, juckeln los.

— Bitte anschnallen, sagt Edda.

— Klingt so, als könnte ich was erwarten, sage ich.

Schaue zu ihr. Und dann aus dem Seitenfenster. Sehe, nachdem Wald und Schotterpiste mit ausgefahrenen Radspuren und Schlaglöchern hinter uns liegen, eine schier endlose Reihe von Feldern an uns vorüberziehen.

Andere Wagen überholen uns, darin müde wirkende Gestalten, die verspätet Festival oder *Powwow* den Rücken gekehrt haben.

An einem Heck entdecke ich einen Sticker: *Wir feiern nicht, wir eskalieren!*

Unwillkürlich werde ich an Jackie erinnert. Und ich muss feststellen, dass es mir einen leichten Stich versetzt. Der Gedanke plötzlich, dass ich es wohl nie wieder mit eigenen Augen sehen werde, wie sich eine Locke des fuchsroten Haars um ihren Finger ringelt. (Ist es normal, dass man sich selbst ein ewiges Rätsel bleibt?)

Wie ein Fremder komme ich mir jedenfalls vor. Auch später noch einmal: beim ersten Hören von Zöllners Verhaftung. Alle Sender, die wir reinbekommen, berichten darüber, wenn auch nur in kurzen Sätzen. Wir sind da schon wenige Kilometer vor dem Ziel, und es ist Abend.

– Er hat sich gestellt, sage ich.

– Das ist gut, sagt Edda.

Das Geräusch der Reifen: ein auf der Stelle fliegender Schwarm Bienen.

– Ich weiß, es klingt vermutlich schräg, aber es fühlt sich an, als hätte das alles nichts mit mir zu tun, sage ich, als wäre ein großer Nebel um mich herum.

– Die Psyche baut eine Schutzhülle auf, damit der Mensch die grausame Wirklichkeit überhaupt aushalten kann, habe ich mal gelesen.

– Und wie lange schützt mich meine Dunstschicht, wenn ich fragen darf, hast du darüber auch etwas gelesen?

– Bis morgen? Bis nächstes Jahr? Bis du sie nicht mehr brauchst?

Die Spitze von K 16 und die Türme des Einkaufszentrums tauchen auf. Majestätisch und barbarisch in einem, so hochaufgeschossen und kastig, wie sie über der lichtflimmernden Siedlung thronen. Ein Funkeln wie von Kerzenlichtern in den beleuchteten Fenstern.

Edda fährt ab von der Autobahn. Das *Tactactac* des Blinkers.

Ich weiß, wir werden gleich die Brücke passieren, wo sie mich aufgelesen hat. Und genau das ist die Stelle, an der ich plötzlich ins Schleudern komme.

Ist es denn ausgeschlossen, dass ich nicht genau dort noch sitze?

Dass ich mich vielleicht nie fortbewegt habe, nie die Grenze unserer Siedlung überschritten, die ganze Reise bloß phantasiert habe?

Dass Mauser und ich nur in meiner Einbildung eins sind?

Dass die Zeit überhaupt nicht vorangeschritten ist? Dass ich mir nur eine Geschichte ausgedacht habe, in der ich mich selbst begleite (bei meiner Expedition zu mir selbst)? Eine Geschichte, wie es weitergehen könnte?

– Bitte, kneif mich mal, sage ich zu Edda.

– Hm?

– Kneif mich, bitte.

Sie nimmt ein Hautstück meines Handrückens mit Daumen und Zeigefinger in den Pinzettengriff, zwirbelt es. Der Schmerz strahlt warm zu allen Seiten aus.

– Du bist eingeschlafen, sagt sie.

Es ist heller Tag. Ein Wolkenpaar über mir, das im Strahlenglanz eigenwillig über den buntstifthellblauen Sommerhimmel taumelt.

– Und wer sagt mir, dass das hier kein Traum ist?

– Dein Sonnenbrand? Zum Beispiel, sagt Edda.

Und ich sehe, dass sie sich gerade damit beschäftigt, einen Marienkäfer, der auf ihren Unterarm geflogen ist, vorsichtig auf ein abgepflücktes Blatt zu lotsen.

Ich richte mich auf. Ein leichter Dusel. Inklusive Schleier vor den Augen.

– Ich habe geträumt, dass wir nach Hause fahren.

– Du willst los?

– Die Sommerferien sind so gut wie vorbei.

Sie schaut mich ernst an.

– Okay, sagt sie, aber bevor wir in den Sonnenuntergang reiten, schuldest du mir noch etwas.

– Ach ja?

Sie nickt.

– Mindestens einen Kuss, sagt sie.

Ihre Züge hellen sich auf.

Ich bedeute ihr mit dem Zeigefinger, näher zu kommen. Näher. Noch näher. Presse dann meine Lippen fest
gegen ihren Hals und puste mit aller Kraft.

Edda gackert auf und geht zum Gegenangriff über.
Wir rangeln. Sie bringt ihr Kinn zwischen meine hoch-
gezogene Schulter und die dagegengepresste Wange.
Schnappt mit ihren Zähnen nach meinem Ohrläppchen.
Erwischt es und beißt zu.

Ich lege die Arme um sie, und sie flüstert in mein Haar
hinein. Ich verstehe kein Wort mehr, nichts. Der Haut-
kontakt treibt mir das Blut in die Schwellkörper.

Ich schiebe mein Gesicht vor ihr Gesicht.

Zungenschläge wie das Schwanzflossengepaddel von
zwei Fischen, die man ans Ufer geworfen hat. Ich atme
flach. Sie auch. Dann streckt sie den Rücken durch,
stützt sich mit den Händen ab an meiner Brust.

Ein Windhauch bläst ins Schamhaar.

Ich taste nach ihren Schenkeln. Sie beugt sich vor, bedeckt meinen Körper mit leichten Lippenberührungen.
Mir sträuben sich die Härchen auf den Unterarmen.

Dann verändert Edda ihre Position, setzt sich ganz auf
meine Hüften.

Der Sand unter mir gibt nach.

Ich werde umschlossen, sie stülpt sich über mich.
Oder ich dringe in sie ein. Es ist nicht zu entscheiden.
Aber es geschieht ganz einfach, fühlt sich gut an, es ist
warm in ihr. 37°. Wenn nicht mehr.

Wir bewegen uns in Rhythmen ohne festen Takt.
Und ich bin nicht mehr ich selbst.
Nicht mehr ich.
Ich bin nicht mehr.
Ich löse mich auf in Moleküle am Ende, nur um von unsichtbarer Macht gleich wieder zusammengesetzt zu werden, absolut identisch und doch ganz anders.

Soundtrack

Today – The Smashing Pumpkins 3:20
Spoiled – Sebadoh 3:03
Car – Built To Spill 2:59
Society – Eddie Vedder 3:58
Young and Beautiful – Elvis Presley 2:04
Me and the Devil – Gil Scott-Heron 3:34
A Few Lines – Dan Lyth 5:55
Where Is My Mind? – Pixies 3:54
No Karma – Jaydiohead 3:33
Out Of Gas – Modest Mouse 2:31
Aneurysm – Nirvana 4:36
How Can We Hang On to a Dream – Tim Hardin 2:02
Another Lonely Day – Wayne Hussey 4:57
My Little Corner of the World – Yo La Tengo 2:26

(Amrum & Jenfeld, 2009/2010)

Kim Frank
27
Roman

rororo 21577

KLub 27 – der Eintritt kostet das Leben.

Sänger Mika quält die Angst, mit 27 Jahren zu sterben. Denn das haben sie alle getan, die großen Musiker. Und Mika ist mittlerweile einer von den Großen. Jeden Morgen wird er per Telefon von seinem Manager geweckt, in irgendeinem Hotelzimmer, mit Informationen über Uhrzeit, Tagesablauf und den Namen der Stadt, in der sie sich befinden. Denn so was gerät in den Hintergrund, wenn man jeden Tag im Zeitraffer erlebt – wenn man derjenige ist, dem eine kreischende Meute Fans so nah wie möglich sein will. Mikas Leben wird immer ferngesteuerter, immer unwirklicher und die Angst immer unkontrollierbarer. Schließlich isoliert er sich in seiner Wohnung und lässt die Band und ihre Musikmaschinerie ohne Sänger ziehen, versinkt in seinem Innersten.

Wolfgang Herrndorf
Tschick

ISBN 978-3-87134-710-8

Lassen Sie sich von «Tschick» rühren, erheitern, glücklich machen

Mutter in der Entzugsklinik, Vater mit Assistentin auf Geschäftsreise: Maik Klingenberg wird die großen Ferien allein am Pool der elterlichen Villa verbringen. Doch dann kreuzt Tschick auf. Mit seinem geklauten Wagen beginnt eine Reise ohne Karte und Kompass durch die sommerglühende deutsche Provinz, unvergesslich wie die Flussfahrt von Tom Sawyer und Huck Finn.

«Eine Geschichte, die man gar nicht oft genug erzählen kann, lesen will ... existentiell, tröstlich, groß.»
Tobias Rüther, Frankfurter Allgemeine Sonntagszeitung

S 108/1

Maiken Nielsen

Lonablog.com

Roman

rotfuchs 21543

So geht das nicht, meine Liebe!

Erst tischst du mir diese Geschichte von dem schönen Unbekannten auf, der dich vor dem sicheren Hungertod rettet, und jetzt höre ich nichts mehr von den nachfolgenden pikanten Details?! Du brichst deine Geschichte vor dem Höhepunkt ab, Lona. So etwas gehört verhütet! Klärst du mich wohl bitte endlich auf?! Deine Marie.»

In Lonas Blog erfahren ihre Freunde alles über den Beginn ihrer Weltreise: Sie schildert die wilde Vulkanlandschaft auf den Liparischen Inseln ebenso wie die unglaublichen Geschichten, die sie mit ihrer italienischen Sippe erlebt. Nur der schöne Unbekannte ist ein Tabuthema im Blog! Von dem erzählt Lona nur ihrer besten Freundin Marie in ihren Mails ...

Witzig, romantisch, abenteuerlich – dieses Buch macht süchtig!

BRE 219/1

Das für dieses Buch verwendete FSC®-zertifizierte Papier
Lux Cream liefert Stora Enso, Finnland.